DIE PRINZESSIN UND DER FROSCHKÖNIG

HEINZ BRAST

PSYCHO THRILLER

Über den Autor

Heinz Brast, geb. 1940 in Deutschland, wanderte 1977 mit Familie nach Kanada aus. Hier war er über 20 Jahre im deutsch-kanadischen Investitionsgeschäft tätig. 1983 schrieb er sein erstes Buch "Kanada, Ihre neue Heimat", welches vom ZDF als dreiteilige Serie "Kanadische Träume" unter der Redaktion von Dr. Claus Beling erfolgreich verfilmt wurde.

Danach folgte das Drehbuch "Die Rückkehr" mit Gerhard Lippert u. Christine Neubauer als Hauptdarsteller, ebenfalls erfolgreich ausgestrahlt vom ZDF.

In den darauffolgenden Jahren betätigte sich Heinz Brast als freiberuflicher Journalist und schrieb über 120 Artikel über Land und Leute in Kanada, vorzugsweise aber über Indianer und Mennoniten, veröffentlicht in den Zeitschriften und Magazinen "Deutsche Presse", "Kanada Journal", "Kanada Kurier" und anderen einschlägigen Publikationen.

An der renommierten "New York Institute of Photography" erwarb der Leica-Fotograf im Jahre 2008 das begehrte Zertifikat als "Professsional Photographer".

Dieses Buch ist auch als Kindle eBook
im Amazon Bücher Shop erhältlich.

1. Auflage
1. Taschenbuchausgabe Oktober 2015

Gestaltung & Publishing: Jochen Böning

Copyright ©2015 Heinz Brast
Alle Rechte vorbehalten

ISBN: 978-1518705472

Kapitel 1: Metropolitan Toronto

Es ist noch recht früh am Morgen. Eine in der Nähe der Gerrard-Street an der Fassade eines Wolkenkratzers angebrachte Riesenuhr kündigt gerade lautstark die Zeit an. Mit melodischen Tönen lässt sie dabei sechsmal ihren Glockenschlag erklingen bis weit hinein in die University Avenue hörbar. Obwohl im Moment das Tageslicht die Dunkelheit der Nacht zu vertreiben sucht, herrscht auf den Straßen der rund zweieinhalb Millionen Einwohner zählenden Metropolitan Toronto bereits reges Leben. Der um diese Zeit auftretende Verkehrsstau während der Woche hat inzwischen eingesetzt, um damit beizusteuern, die meisten der betroffenen Verkehrsteilnehmer schon vor ihrem Arbeitsbeginn in eine gereizte Stimmung zu versetzen.

Doch das alles um sich herum vorgehende Treiben scheint den Mann in den Endfünfziger Jahren, der mit schnellen Schritten auf das Gebäude der Salvation-Army (Heilsarmee) in der McCaul-Street zuschreitet, nicht im Geringsten zu stören. Im Gegensatz zu den meisten gleichgültigen oder missmutigen Gesichtern, die ihm aus ihren Fahrzeugen entgegenstarren, strahlt er ein zufriedenes Lächeln aus. Ja, heute am fünften September, ist sein 60. Geburtstag. Doch als wäre es nichts Besonderes, ist er wie an jedem anderen Tag auf dem Weg zum „Haus der Freundschaft" im Gebäude der Heilsarmee. Dort werden sie trotz der frühen Morgenstunde bereits auf ihn warten. Die Bettler, die Obdachlosen, ja eigentlich alle die durch die Ritze der Gesellschaft gefallen sind. Hier im „Haus der

Freundschaft" haben sie wenigstens kurzzeitig ein Dach über dem Kopf. Und hier sind sie unter sich, die Ausgestoßenen und Einsamen, denen die Einordnung in das normale Leben nicht mehr gelungen ist oder ihnen verwehrt wurde.

Der Mann verlangsamt seine Schritte je näher er seinem Ziel kommt. Mit einem ein wenig abgewetzt ausschauenden Jogging Anzug bekleidet, bleibt er vor dem Gebäude der Heilsarmee kurz stehen, streckt und reckt sich noch einmal, bevor er den Frühstücksraum im Erdgeschoß betritt. Die in drei Reihen aufgestellten Tische mit je zwölf Plätzen sind bereits alle besetzt.

Doch für ihn ist immer ein Platz frei. Kaum hat er den Raum betreten, als sich auch schon einer der "Herren der Straße", ein Name den sie sich selber gegeben haben, auf ihn zueilt. „Guten Morgen Mark, warum bist du schon so früh hier, gibt es was Besonderes?" Der kleine, aber kräftig ausschauende Mann mit dem Spitznamen ‚Butch' schaut mit einem fast ehrfürchtigen Blick zu dem vor ihm stehenden über 1.85 Meter großen attraktiven Mann mit der undefinierbaren Augenfarbe auf. Jeder der Anwesenden hier im Raum kennt ihn. Dennoch weiß keiner wer er ist und was er so eigentlich betreibt. Das einzige was sie mit Sicherheit wissen ist die Tatsache, dass jedes Mal wenn er mit ihnen gefrühstückt hat, ihre Speisen und Getränke auf „das Haus gehen", wie ihnen der einzige Kellner mit einem Zwinkern in den Augen erklärt. So wird es auch heute sein, obwohl sie alle wissen, dass es ein besonderer Tag sein wird. Sie, die vom Schicksal nicht gerade immer mit sanften Händen angefasst worden sind, wissen nämlich etwas wovon er absolut nichts ahnt. Ihnen allen ist bekannt, dass heute sein sechzigster Geburtstag ist.

Doch ihm gegenüber lassen sie sich nichts anmerken. Der Kellner, der auch gleichzeitig im Rang eines ‚Majors' der Heilsarmee steht, hat es ihnen unter dem Siegel der strengsten Verschwiegenheit mitgeteilt. Markus gegenüber sind sie gehalten, sich absolut nichts anmerken zu lassen. Kein unbedachtes Wort, keine auch noch so unscheinbare Gebärde oder Bemerkung ist ihnen erlaubt. Sie alle mögen ja arm, ja sogar verlogen und bei weitem nicht immer ehrlich sein. Aber wenn es um das kleine Geheimnis geht, das man ihnen anvertraut hat, halten sie zusammen wie Pech und Schwefel. Schließlich ist das so etwas, was der normale und gemeine Bürger schlicht und einfach als ‚Ganovenehre' bezeichnet.

Auf dem ihm angebotenen Stuhl nimmt Markus seinen Platz ein und mit äußerst gelassener Miene genießt er seine Tasse Kaffee und verzehrt gleichzeitig ein mit Butter und Marmelade bestrichenes Stück Brot. Nach etwa einer dreiviertel Stunde und einigen Gesprächsthemen, denen absolut kein literarischer Wert nachgewiesen werden kann oder soll, erhebt er sich, wünscht den Gesprächspartnern an seinem Tisch noch einen schönen Tag, bevor er sich durch die Reihen der anderen Tische dem Ausgang zu bewegt. Dort bleibt er eine Weile stehen und überschaut noch einmal den Raum und seine Gäste. Viele von ihnen winken ihm mit freundlichen Mienen und Gesten zu, als er bedächtigen Schrittes das Gebäude verlässt.

Auf der Straße als auch auf den Gehsteigen herrscht bereits reges Leben. Die Zeiger der Uhren an oder in den Schaufenstern verschiedener Gebäude haben inzwischen die sieben Uhr Grenze überschritten. Daher ist es kein Wunder, dass sich viele der in entgegengesetzten Richtungen bewegenden Fußgänger beeilen, so schnell wie möglich ihre Büroräume oder anderweitige Arbeitsplätze zu erreichen.

Trotz der nach Hektik ausschauenden Bewegungen auf den Bürgersteigen, ergibt sich für Markus Hofer immer noch die Gelegenheit, seine Gangart in einen auflockernden „Jogginglauf" umzuwandeln. Rund fünfzehn Minuten nimmt sein „Frühsport", wie er diesen Lauf zu bezeichnen pflegt, in Anspruch. Vor einem der mächtigen Glaspaläste in der Gerrard-Street bleibt er stehen. Wieder reckt und streckt er sich, bevor er seinen Kopf nach hinten legt, um mit einem befriedigten Blick nach oben die Höhe der architektonisch absolut außergewöhnlichen Glasfassade zu bewundern. Immerhin war er derjenige, der vor sieben Jahren das Gebäude entwarf, erstellen ließ und es zur Hauptverwaltung des ‚Guggenhofer International' Konzerns ernannte. Obwohl vom Gebäude von allen Seiten der Name einer der größten kanadischen Banken bis weit in die Umgebung lesbar ist, gehört der mächtige Büroturm einzig und allein der Familie ‚Guggenhofer' beziehungsweise deren Erben und Nachfolgern.

Die Außentemperaturen bewegen sich zu dieser frühen Morgenstunde um die 12 Grad Celsius. Dennoch stehen dicke Schweißperlen auf der Stirn des gutaussehenden Mannes mit dem wohlklingenden Namen ‚Markus Hofer', als er durch eine der Drehtüren die Lobby des Gebäudes betritt. Sich nach allen Seiten umschauend, bemerkt er den stämmigen mittelgroßen Mann, der mit einem Handtuch über seinem rechten Arm hängend, schnellen Schrittes auf ihn zueilt.

„Good morning Boss, es sieht fast so aus als hättest du deinen Frühsport mal wieder ein wenig übertrieben."

Als er unmittelbar vor Markus zum Stoppen kommt, kann dieser ein breites Grinsen kaum verbergen. Daran können auch die von seinem Gesicht heruntertropfenden Schweißperlen nichts ändern. Der gerade 70 Jahre alte Moritz Drommer, mittelgroß und fast genau so breit wie hoch, legt ohne Zögern seinem Boss, wie er ihn liebevoll nennt, das Handtuch auf die Schulter. Selbst jeder Laie sieht auf den ersten Blick, dass hier keines der üblichen Vorgesetzten-Angestellten Verhältnisse herrscht, sondern mehr eine herzliche Männerfreundschaft den Vorrang hat. Immerhin waren Moritz und seine inzwischen verstorbene Frau Anna-Maria schon vor vierzig Jahren von den Hofers, also den direkten Nachfolgern des Firmengründers Alfons Guggenhofer, in ihre Dienste berufen worden. Als nach dem Ableben der Eltern Markus Hofer das Ruder des Firmenkonzerns übernahm, stand ein Ausscheiden des Ehepaares aus ihren Diensten überhaupt nicht zur Debatte. Immerhin gehörten Moritz und Anna-Maria fast wie Blutsverwandte inzwischen längst zur Familie.

Als stände ein Glücksstern über ihm, gelang es Markus Hofer als Kopf des Unternehmens dieses in den nächsten drei Jahrzehnten um das rund zehnfache zu vergrößern.

Aus den damals rund eintausend Mitarbeitern ist der Konzern inzwischen weltweit auf über zehntausend Beschäftigte angewachsen. Durch eine fast geniale aber dennoch rationelle Denkweise und die dadurch notwendige Überarbeitung der Geschäftspraktiken, konnte dank seiner Führungsqualität auch der erwirtschaftete Gewinn fast verdreifacht werden.

Obwohl er wie jeder andere in der Firma beschäftigte Mitarbeiter genau seine Arbeitszeiten einzuhalten pflegt, hat er für heute besondere Pläne auf seiner Liste. Alle vorgesehenen Termine hat er auf Anraten seiner Tochter Helen bereits seit Tagen abgesagt oder den Möglichkeiten entsprechend auf spätere Zeitpunkte verlegt. Schließlich ist ihm nicht entgangen, dass sein Sohn Patrick sowie auch seine Tochter Helen ihm seit Tagen so viel wie möglich aus dem Wege gehen, um wie es scheint, ein direktes Gespräch mit ihm zu vermeiden.

Gleichwohl der clevere Geschäftsmann mit allen ihm zur Verfügung stehenden Mitteln versucht, den gegen ihn geschmiedeten Komplott herauszufinden, bleibt er vorerst ratlos. Seine Kinder sind schließlich sein Produkt. Beide sind glücklicherweise mit seiner Intelligenz, seinem Scharfsinn und seinen Führungsqualitäten ausgestattet. Deshalb hat er ja Beide innerhalb der letzten zwei Jahre zu je fünfzigprozentigen Geschäftsführern des Konzerns ernannt und damit sein eigenes Arbeitsvolumen und Leben enorm erleichtert.

Inzwischen hat Moritz, sein treuer Vertrauter mit einer Menge von Jahren der Zusammenarbeit auf dem Buckel und dem besten Chauffeur, den man sich wünschen kann, ihn verlassen, um in die Büroräume im zwölften Stock zu gelangen. Markus hat sich daher in eine ruhige Ecke in der Lobby zurückgezogen. Zuerst reibt er sich so gut wie möglich die Haare trocken und wischt sich den Schweiß aus dem Gesicht. Danach wählt er eine an der Gebäudeaußenwand angebrachte Stellage als Sitzgelegenheit, stützt seinen Kopf in beide Hände, um die in seinem Gehirn schwirrenden Gedanken zu ordnen und der Wichtigkeit nach zu sortieren.

Kapitel 2: Die „Neue" ist da.

Mit monotoner Stimme kündigt eine Lautsprecheransage im Bus die nächste Station, die Ecke Gerrard Street und University Avenue an. Sich aufgeregt zur Tür drängelnd, möchte Krista Rosner auf keinen Fall ihr Aussteigen versäumen. Schließlich versuchen etliche Personen gleichzeitig auf dem Bürgersteig an der Haltestelle ihr Glück. Es sieht einfach so aus, als wolle jeder der Erste sein. Ihr einen giftigen Blick zuwerfend, drängelt sich ein älterer Mann vor sie. Fast wäre sie tatsächlich zum Weiterfahren zur nächsten Station gezwungen worden, hätte sie nicht plötzliche Hilfe bekommen. Ein junger freundlich dreinblickender Mann, steht wie aus dem Nichts gekommen, zwischen ihr und dem älteren Herrn.

„Obwohl sie alt genug aussehen, scheinen sie noch nie was von ‚Ladies first' gehört zu haben. Also machen sie bitte den Weg frei, damit die junge Frau ungehindert aussteigen kann."

Dabei schiebt er den älteren Mann wie einen Spielball zur Seite, streckt seinen Arm aus und zwinkert Krista mit einem freundlichen Lächeln zu:

„Sehen sie, so geht's auch. Ich wünsche ihnen noch einen schönen Tag."

Verschreckt und fast schüchtern, nickt sie dem jungen Mann dankbar zu, bevor sie fluchtartig den Bus verlässt.

Das ist also Toronto und von heute an ihr neuer Arbeitsplatz. Falls sich das jeden Tag so abspielen wird, na dann ‚Gute Nacht'.

Unschlüssig steht sie an der Ecke University Avenue und Gerrard Street. Momentan scheint sie ihr Orientierungssinn total verlassen zu haben. Hilflos schaut sie sich um. Doch es dauert nur einen Augenblick, bevor die Gedächtnislücke sich geschlossen hat. Ja, nur etwa hundert Meter in die Gerrard Street und sie steht vor dem mächtigen Glaspalast, in dem sie zukünftig ein Drittel ihrer Tage verbringen wird. Jedenfalls ist das nicht gerade ihre wünschenswerteste Vorstellung einer glücklichen Zukunft.

Krista Rosner, 1.72 Meter groß mit einer auffallend attraktiven Figur, kastanienbraunen Haaren und einem äußerst aparten Gesicht, welches durch ihre großen bernsteinfarbenen Augen die Schönheit ihrer Gesichtszüge noch mehr zum Ausdruck bringt, ist sichtlich nervös. Mit einer fahrigen Bewegung zieht sie die Revers ihrer beigen Kostümjacke gleichmäßig an, um dann mit hastigen Schritten durch die laufende Drehtür in die Lobby zu gelangen.

Auf den Aufzug zuschreitend, wirft sie noch einen schnellen Blick in den seitlich der Aufzugstüre hängenden Spiegel. ‚Mein Gott, mein Haar ist ja total zerzaust. So kann ich wirklich nicht vor meine neuen Chefs treten!' Hastig dreht sie sich um und schreitet so schnell sie kann in eine versteckt aussehende Ecke, wo sie, wie sie glaubt, sich unbeobachtet ihre Frisur einigermaßen wieder herrichten kann.

Doch dort sitzt bereits ein ihrer Meinung nach ‚Obdachloser', seinen Kopf in die Hände gestützt als hätte er alle Last der Welt auf sich genommen. Als sie fast vor ihm steht, hebt er seinen Kopf und schaut ihr geradewegs in die Augen. ‚Mein Gott, warum sitzt der Mann hier. Er ist zwar ärmlich gekleidet aber irgendwie strahlt sein Gesicht etwas aus, was ihn trotz der kärglichen und dem Verschleiß nahen Kleidung nicht wie einen Bettler aussehen lässt. Und ganz bestimmt hat er Hunger.' Ohne auch nur einen Moment des Zögerns öffnet sie ihre Handtasche, nimmt ihr mitgenommenes Frühstücksbrot heraus und drückt es ihm in beide Hände. Wieder hebt er seinen Kopf, schaut sie fassungslos an und nickt ihr zu, ohne auch nur ein Wort von sich zu geben.

Bevor sie sich umdreht um davon zu eilen, schaut sie ihm in die mit einer undefinierbaren Farbe ausgestatteten Augen, in denen sie einen Schimmer von Feuchtigkeit zu entdecken glaubt.

‚Egal, wenn auch heute alles schief gehen sollte, jedenfalls habe ich wenigstens eine klitzekleine gute Tat vollbracht'!

Erst als sie im zwölften Stock vor der mächtigen Doppeltüre des Hauptsitzes der ‚Guggenhofer International' Geschäftsleitung steht, bemerkt sie, dass sie total vergessen hat, ihre zerzauste Frisur wieder in Ordnung zu bringen. Zu spät, aber irgendwie scheint es sie nicht Mal mehr zu stören.

Sich eines forschen Auftritts zu bemühen, tritt sie ein. Die geschmackvolle, aber dennoch gediegen ausgestattete

Lobby, die sie nun betritt, dämpft durch den dicken Teppichboden nicht nur ihre Schritte sondern auch ihre sich selbst eingetrichterte Courage und Forsche. Das auf den ersten Blick auf sie Einströmende übertrifft bei weitem ihre Vorstellungen. Gediegenheit, gepaart mit einer vornehmen Eleganz lässt sie eigentlich nur ahnen, was sich hinter den rechts- und linksseitigen Türen an der hinteren Wand verbirgt.

Die elegant gekleidete Dame, Krista schätzt sie auf rund fünfzig Jahre, schaut der gerade Eingetretenen mit einer Mischung aus Neugierde und Höflichkeit entgegen. Noch bevor es Krista gelingt, sich mit ihrem Namen vorzustellen, hat sich Theresa Lindegaard bereits erhoben, um mit wenigen Schritten ihren Rezeptionstisch zu umrunden und steht fast unmittelbar vor ihr.

„Sagen sie bitte nichts, sie sind Krista Rosner, die neue Chefsekretärin unseres Seniorchefs, Herrn Markus Hofer. Liege ich mit meiner Vermutung da richtig?"

„Ja, mein Name ist Krista und nachdem wir bereits einige Male zusammen telefoniert haben, freut es mich besonders, sie persönlich kennenzulernen. Um ganz ehrlich zu sein, hatte ich sie mir genauso vorgestellt wie sie jetzt vor mir stehen."

„Ja, Frau Rosner und bitten schauen sie mich jetzt nicht so erstaunt an, denn ich kann das, was sie soeben gesagt haben, ihrerseits auch von meiner Seite nur bestätigen. Jedenfalls möchte ich sie jetzt schon Mal herzlich willkommen heißen. Eigentlich ist das nicht meine Sache, aber unsere beiden Junior-Chefs, Patrick und Helen, werden heute etwas später hier sein als normal, da die Beiden wegen einer wichtigen privaten Angelegenheit aufgehalten wurden. Doch jetzt nehmen sie bitte, "dabei zeigt sie auf einen Sessel neben einem kleinen runden Tisch, „erstmal Platz. Ich bestelle uns einen frischen Kaffee. Dabei können wir beide uns unterhalten und auch etwas näher kennenlernen. Irgendwann innerhalb der nächsten Stunde werden die Herrschaften sicherlich eintrudeln."

Doch als erster erreicht Markus Hofer das zwölfte Stockwerk. Durch eine versteckte, der Außenwand angepasste Tür ist es ihm möglich, seinen kleinen privaten Bürotrakt unbemerkt zu erreichen. Der Raum, den er gerade betreten hat, dient als sein eigentlicher Arbeitsplatz. Der extra für ihn erstellte kleine mit den neuesten Sicherheitsmethoden ausgestattete Bürostrakt ist durch ein zwölfsitziges Konferenzzimmer mit den vorne zur Empfangshalle liegenden Büroräumen seiner beiden Kinder, Patrick und Helen, durch schalldichte Türen verbunden. Linkerhand neben dem Konferenzraum, aber nur von seinem Büro aus erreichbar, ist ein großzügig angelegter Well- und Fitnessraum, der mit einem kleinen Gegenstrom-Wellenbad sowie Dusche und verschiedenen anderen Annehmlichkeiten ausgestattet ist, während sich rechtseitig von seinem Büro das Arbeitszimmer seiner Sekretärin befindet.

Nachdem er sich durch einige Auflockerungsübungen in dem auf 26 Grad Celsius erwärmten Schwimmbad mit einer anschließenden Dusche erfrischt hat, bittet er Theresa Lindegaard in sein Büro. Ob man es als Zufall bezeichnen kann oder nicht, sei dahingestellt. Gerade in dem Moment als er sich in sein Konferenzzimmer begibt, um aus einem der dort stehenden Bücherschränke eine Akte zu entnehmen, wirft er einen Blick durch die beiden vor ihm liegenden und offenstehenden Durchgangstüren. Draußen an dem runden Tisch in der Empfangshalle sitzt niemand anderes als die attraktive Dame, die ihm ihr Frühstücksbrot in die Hände gelegt hat. Hastig und leicht erschreckt zieht er seinen Kopf zurück ohne von ihr bemerkt zu werden.

Auf dem Weg zurück zu seinem Schreibtisch, versucht er sich fast gleichzeitig mit der Empfangsdame durch den engen Türrahmen zu drängeln. Sich bei Theresa entschuldigend, bemerkt sogar diese seine momentane auch für sie unerklärliche Verunsicherung. Aber sie schweigt.

„Theresa, bitte setzen sie sich. Und nun heraus mit der Sprache. Wo bleiben Helen und Patrick. Was spielt ihr mir vor? Und bitte keine fadenscheinigen Ausreden!"

Irgendwie von der plötzlichen Frage ein wenig überrumpelt und ihre Verlegenheit deutlich durch die fahrigen Bewegungen ihrer Hände sichtbar, sucht die sonst nie um Worte verlegene Empfangsdame krampfhaft nach einer glaubwürdigen Ausrede. Sie bemüht sich alles Mögliche zu auszudenken, aber nichts Brauchbares kommt ihr dabei in den Sinn. Also heraus mit der Wahrheit.

„Chef, heute ist ihr sechzigster Geburtstag. Sicherlich ist ihnen aufgefallen, dass nicht mal ich ihnen gratuliert habe. Doch auch das hat seinen Grund. Als das ‚Sunny Shore-Resort' in der Georgian Bay noch zu unserem Investitions-Portfolie gehörte, was es ihr ganzer Stolz. Dennoch haben auch sie dem Verkauf zugestimmt, da es einfach nicht in das Portfolie unseres Konzerns passte. Aber da nun heute ein ganz besonderer Tag ist, haben Patrick und Helen das gesamte Resort angemietet. Ihre Gäste werden sie dort um Mittag erwarten, um mit ihnen ihren Ehrentag zu feiern. Schließlich darf ich sie noch daran erinnern, dass ihnen auch noch heute ein besonderes Firmenjubiläum bevorsteht. Egal, ob sie mich nun rausschmeißen oder nicht, mehr darf ich ihnen beim besten Willen nicht verraten."

„Theresa, ist schon in Ordnung. Nur noch eine Frage liegt mir auf der Zunge. Wer ist die attraktive Dame im Vorzimmer mit der sie, wie ich annehme, zumindest geplaudert oder inzwischen eine Tasse Kaffee zusammen getrunken haben?"

„Chef, es tut mir außerordentlich leid. Aber auch darauf kann und darf ich ihnen keine Antwort geben. Doch auch die Lösung dieser Frage ist nur noch Stunden von ihrer Auflösung entfernt."

„Herrje, fast komme ich mir vor wie in einem Kindergarten. Meine Kinder scheinen tatsächlich zu versuchen, mir etwas Opa-ähnliches anzuhängen. Wenn sie sich dabei nicht verschätzen. Schließlich werde ich heute gerade mal Sechzig und bin noch weit von meinem Altersruhesitz entfernt."

Nicht gerade mit dem freundlichsten Tonfall in seiner Stimme entweichen die Worte seinem Munde. Hastig verlässt die Empfangsdame das Büro ihres Seniorchefs. Schließlich möchte sie weitere unangenehme Fragen, die

Markus Hofer noch einfallen könnten, wenn irgendwie möglich vermeiden.

Krista Rosner sitzt immer noch Gelassenheit vortäuschend, an dem kleinen runden Tisch, als sich unverhofft die Eingangstüre öffnet und ein Mann etwa zwischen 35 und 40 Jahre alt, die Lobby betritt.

Mit einem Kopfnicken und dabei sein grinsendes Gesicht nicht verbergend, steckt er ihr die rechte Hand entgegen.

„Sie müssen Krista Rosner, die neue Sekretärin meines Vaters sein, stimmt's? Ich bin Patrick Hofer. Leider bin ich heute Morgen etwas spät dran, aber wie ich sehe hat man sich schon um sie gekümmert. Macht es ihnen was aus, wenn ich sie noch einige Minuten warten lasse. Meine Schwester Helen ist bereits im Gebäude und dürfte jede Minute hier auftauchen. Sobald sie da ist, möchten wir sie in mein Büro bitten, um uns gemeinsam ein wenig, über ihren neuen Arbeitsplatz zu unterhalten."

Ohne ein weiteres Wort von sich zu geben, begibt sich Patrick Hofer in sein Büro, die gepolsterte Tür hinter sich mit einem satten ‚Plopp' zuziehend.

Inzwischen ist auch Helen Hofer, mittelgroß und mit einem hochgesteckten Schopf mittelblonder Haare und auffallend blauen Augen, mit forschen Schritten in der Lobby erschienen. Doch nicht mehr allein sitzend wie vorhin beim Erscheinen Patricks, hat die freundliche Empfangsdame Theresa wieder den Sessel neben Krista belegt. Augenblicklich als Helen die Rezeption betritt, erhebt sie sich. Doch Helen ist schneller. Bevor es Krista gelingt sich vorzustellen, hat die freundliche Tochter des Konzerninhabers bereits ihre beiden Hände ergriffen.

„Aha, Frau Rosner, da sind sie ja. Ich hoffe sie können sich noch an unser erstes gemeinsames Gespräch erinnern?"

„Ja sicher, aber eigentlich hatte ich nicht mehr damit gerechnet, die Stelle zu bekommen. Deshalb freue ich mich umso mehr, jetzt hier zu sitzen. Schließlich brennt es mir schon unter den Fingernägeln, nach wochenlanger Untätigkeit zu Hause endlich mal wieder gefordert zu werden."

Helen hört ihr aufmerksam zu. Verständnisvoll nickt sie dabei mit dem Kopf.

„Bei ihrer Qualifikation kann ich mir das recht lebhaft vorstellen. Doch bevor wir den nächsten Schritt machen, bin ich ihnen eine Erklärung schuldig. Schließlich haben mein Bruder und ich ihnen etwas verschwiegen, was sie aber unbedingt wissen sollten, bevor wir sie ihrem neuen Chef, nämlich unserem Vater, vorstellen."

Ihren Kopf in Richtung der Vorzimmerdame wendend, deutet sie mit dem Zeigefinger ihrer rechten Hand auf eine der beiden nach hinten führenden Türen:

„Wissen sie, ob mein Vater schon da ist?"

„Ja, er ist bereits seit einer Viertelstunde in seinem Büro."

„Theresa, wenn er raus kommt, sagen sie ihm bitte nichts. Ich nehme Frau Rosner zuerst einmal mit in Patricks Büro und werde ihr dort mit meinem Bruder gemeinsam versuchen zu erklären, warum ihre Einstellung in unsere Firma halt ein wenig außergewöhnlich ist." Krista wie eine langjährige Freundin bei der Hand nehmend, klopft sie kurz aber heftig an die Bürotüre ihres Bruders. Ohne das übliche ‚Herein' abzuwarten, tritt sie ein, wobei sie Krista immer noch an der Hand hält.

„Kommt bitte herein und sucht euch ein Plätzchen. Mein Vater war kurz hier, hat mich begrüßt und als ich ihm so quasi zu verstehen gegeben habe, dass ich auf ein wichtiges Telefonat warte, hat er mich nur angegrinst:

"Na, dann mach mal schön."

„Ohne weitere Worte und seinen normalerweise üblichen spitzfindigen Kommentar hat er den Raum verlassen. Ich glaube, dass wir wenigstens für die nächste halbe Stunde vor ihm sicher sind. Ich kann mich nämlich des Gefühls nicht verwehren, dass er Lunte gerochen hat, dass hier etwas Außergewöhnliches abgeht, aber nicht die geringste Idee hat, was wir mit ihm vorhaben."

Mit wenigen Schritten kommt Patrick auf Krista zu, um dann abrupt vor ihr stehen zu bleiben:

„Frau Rosner, wie ich vorhin schon bei meiner Ankunft erwähnt habe, ich bin Patrick Hofer, der ältere und auch einzige Bruder der Dame, die immer noch versucht sie mit einer Hand festzuhalten. Eigentlich machen sie mir nicht den Eindruck, als ob es ihre Absicht wäre, wegzulaufen. Also Helen, wenn es dir nichts ausmacht, kannst du ruhig die Hand der Dame loslassen. Dann dürft ihr beide euch setzen und wir können schließlich loswerden, was wir zu sagen haben. Bei unserem Vater weiß man nämlich nie genau, was er ihm Schilde führt und er urplötzlich hier vor uns steht. Doch bevor wir weiterreden, möchte ich euch bitten, euch erst einmal hinzusetzen."

Dabei deutet er mit beiden Händen auf die zwei Sessel vor seinem Schreibtisch, während er sich in dem wuchtigen Ledersessel hinter seinem Schreibtisch niederlässt.

„Helen, möchtest du bitte beginnen und Frau Rosner mit Vorsicht die Besonderheiten erklären, die sie mit der Annahme dieses Jobs erwarten.

Bevor Helen mit der von ihrem Bruder gewünschten Erklärung beginnt, schiebt sie ihren Sessel in eine Position, von der aus sie geradewegs Krista Rosner in die Augen schauen kann. Mit fast flüsternder Stimme beginnt sie das sicherlich nicht leichte Gespräch, denn immerhin haben sie und ihr Bruder hinter dem Rücken ihres Vaters etwas in die Wege geleitet, was bestimmt nicht auf das Wohlwollen des Firmenpatriarchen stoßen wird. Nicht nur, dass sie und ihr Bruder in die Privatsphäre ihres Vater eingedrungen sind, sondern sie haben sich die Freiheit genommen, für ihn ohne sein Wissen oder gar seine Zustimmung so mir nichts dir nichts eine neue Sekretärin einzustellen. Sicherlich war die Notwendigkeit hierfür nicht von der Hand zu weisen. Immerhin hatte Markus Hofer es nach der Pensionierung seiner bisherigen Privatsekretärin fertig gebracht, in den Büros seiner Kinder eine Art ‚Chaos' zu verursachen.

„Liebe Frau Rosner oder machen wir es uns doch etwas einfacher, ihr Einverständnis vorausgesetzt, ich bin die Helen und das ist mein Bruder Patrick. Schließlich, dessen bin ich mir sicher, werden Stunden und Tage auf uns zukommen, wo uns nichts übrig bleiben wird, wie eine verschworene Gemeinschaft zusammenzuhalten. Patrick, wie beurteilst du die Sachlage?"

Patrick Hofer, der den Ausführungen seiner jüngeren Schwester aufmerksam zugehört hat, beugt sich nach vorne. Mit beiden Händen die Frauen zu sich herwinkend, bis sie fast Kopf an Kopf zusammen sind, kann er sein schelmisches Grinsen nur schlecht verbergen:

„Also, zuerst einmal finde ich es außergewöhnlich nett, dass wir uns so schnell zusammengefunden zu haben. Krista, außerdem haben sie einen so schönen Vornamen, den man gar nicht oft genug benutzen kann. Bezüglich des Verschweigens der Einstellung als seine Sekretärin ist heute die beste Gelegenheit, es unserem Vater schonend beizubringen. Schließlich sind heute nicht nur sein Geburtstag und unser 45jähriges Firmenjubiläum, sondern heute bekommt er ein Geburtstagsgeschenk, welches er in seinem Leben so leicht nicht vergessen wird. Ich werde das gute Gefühl nicht los, dass er uns nicht zu hart tadeln wird. Also Krista, wenn er bald hier auftauchen wird, was immer er sagt, bitte nehmen sie seine Worte nicht zu bitterernst. Trotz allem was er in seinem manchmal recht harten Leben geschaffen hat, sein Herz ist aus purem Gold. Krista, noch ist es Zeit genug, den ihnen angebotenen Job abzulehnen und wir würden es ihnen nicht mal verübeln."

„Oh nein, so leicht lasse ich mich nicht in die Flucht schlagen. Ich muss zugeben, dass ich heute Morgen mit einem recht mulmigen Gefühl aufgewacht bin. Schließlich ist dies erst die dritte Stelle in meinem Leben. Nach meinem

Handelsschulabschluss wollte ich unbedingt für ein Jahr nach Kanada, dem Land von dem ich so viel gehört hatte. Doch als ich hier ankam, fand ich nach drei Wochen eine Bürostelle in einer Investitionsfirma in Kitchener, in der ich bis zur Schließung vor rund sechs Wochen meine Stellung gehalten habe. Ohne Zweifel war ich total überrascht, als ich dieses Büro heute Morgen betrat und ich verspreche ihnen, ich werde alles geben, um sie mit meiner Arbeitsleistung zufrieden zu stellen."

Patrick, der ihr aufmerksam zugehört hat, zeigt zum zweiten Mal für heute Morgen sein schelmisches Grinsen:

„Krista, uns, also mir und meiner kleinen Schwester hier brauchen sie nichts mehr vorzumachen. Wenn wir nicht von ihren Qualitäten so überzeugt wären, säßen sie bestimmt jetzt nicht hier. Psst, ich glaube ich höre was, das wird er bestimmt sein."

Doch falsch geraten. Bei dem stämmigen Mann, der gerade nach einem kurzen Anklopfen in Patricks Büro eingetreten ist, handelt es sich um Moritz Drommer, Markus Hofers Freund und Vertrauter, der nach einem freundlichen ‚Guten Morgen' auf Patrick zuschreitet, ihm etwas ins Ohr flüstert, um dann genau so schnell wieder zu verschwinden, wie er eingetreten ist. Krista ist sofort nach seinem unverhofften Eintritt aufgesprungen. Doch als Helen ihr mit einer kurzen Handbewegung andeutet, dass es sich um einen falschen Alarm gehandelt hat, nimmt sie sichtlich erleichtert ihren Platz wieder ein.

Nichtmals zwei Minuten später nachdem Moritz Drommer dem Juniorchef ins Ohr geflüstert hat, dass zwei mit

Markus Hofers Freunden beladene Busse zur Abfahrt zum ‚Sunny Shore Resort' an der ‚Georgian Bay' zur Abfahrt in einer Seitenstraße bereitstehen, öffnet sich fast ruckartig die Verbindungstür aus dem Konferenzzimmer in Patrick Hofers Büro. Nach einem kurzen Anklopfen, jedoch ohne eine ‚Herein' Antwort abzuwarten, tritt ein elegant gekleideter, stattlicher Mann in den Raum. Noch während des unverhofften Eintritts schaut er sich um, bevor er vor Krista stehenbleibt. Dabei gibt er ihr nicht mal die Gelegenheit, sich zu erheben.

„Mein Gott, sie müssen Krista Rosner sein, meine neue Sekretärin. Darf ich mich vorstellen, ich bin Markus Hofer, der Vater dieser zwei missratenen Geschöpfe, die sich als meine Kinder ausgeben. Ja, da kann ich gleichzeitig auch die Gelegenheit benutzen, um mich bei Ihnen zu bedanken. Um ganz ehrlich zu sein, war es das gefühlsvollste Erlebnis in vielen Jahren, als sie mir ohne Zögern ihr Frühstücksbrot in die Hand drückten. Und ich schäme mich auch nicht zuzugeben, dass sie mir mit ihrem großmütigen Verhalten fast die Tränen in die Augen getrieben haben. Obwohl ich ihre Bewerbungsunterlagen schon seit zwei Wochen kenne, habe ich sie heute Morgen nicht wiedererkannt, denn das beigefügte Foto tut ihrer natürlichen Schönheit nicht im Geringsten Genüge. Ja und leider kann man auch Herzenswärme nicht im Bild festhalten. Und davon scheinen sie ja genügend mitbekommen zu haben, wie sie heute Morgen bewiesen haben.

Als wäre sie auf der Sitzfläche ihres Sessels angewachsen, rührt sich Krista Rosner nicht vom Fleck:

„Als ich sie heute Morgen in der halbdunklen Ecke des Glaspalastes sitzen sah, machte sich nur ein einziger Gedanke in meinem Kopf breit:

‚Wie dicht liegen doch arm und reich beieinander. Hier vor dir sitzt ein Bettler, der sicherlich nicht weiß, wie er seinen Hunger überkommen kann und den Tag überleben wird. Sie haben mir so leidgetan, als ich ihnen das Butterbrot in ihre Hände drückte. Sie saßen da mit halboffenem Mund, nicht mächtig ‚Danke' zu sagen, doch ihre Augen sprachen Bände. Nun hat sich das Bild hundertprozentig gedreht und mir persönlich kommt es vor, als ob sich meine gesamte kleine Welt einmal um die eigene Achse gedreht hat."

In Patricks Büro ist Totenstille eingetreten. Sichtlich erregt schauen die beiden Hofer-Nachkömmlinge zu ihrem betreten dreinschauenden Vater.

Langsam, als hätten sie unendlich viel Zeit, rinnen einige Tränen über Kristas aparte Wangen, als Markus Hofer sichtlich bewegt, ihr sein Taschentuch reicht.

Schließlich ist er auch der erste, der seine Fassung wiederfindet:

„Und nun zu euch Beiden", dabei wirft er einen scharfen Blick auf die mit schuldbewussten Mienen vor ihm stehenden Nachkommen, seinen Sohn Patrick und seine Tochter Helen:

„Anscheinend ist euch immer noch kein Licht aufgegangen, dass es nicht so einfach ist, euren Vater hereinzulegen. Ja, Patrick, besonders dir möchte ich ans Herz legen, wichtige Papiere nicht so mir nichts dir nichts auf deinem Schreibtisch für jeden zur Einsicht liegen zu lassen, wenn du nicht im Büro bist. Als ich die Bewerbungsunterlagen einer Krista Rosner auf deinem Tisch liegen sah, erwachte in mir natürlich eine gewisse Neugierde. In den letzten zwei Wochen hat es mir viel Spaß bereitet, das Fortschreiten dieses Vorganges zu beobachten. Na, nun wisst ihr alle, wie es endet. Ich glaube ich hätte mich schon irgendwie gewehrt, hätte das Gesamtbild ihrer Einstellung nicht meinen Vorstellungen entsprochen. Aber das hat's ja und ich begrüße sie, Frau Rosner recht herzlich in unserer Firma und freue mich auf meine neue Mitarbeiterin und unsere gemeinsame zukünftige Zusammenarbeit."

Inzwischen ist Moritz Drommer einige Male im Raum erschienen. Nach wiederholten Versuchen, die Aufmerksamkeit seines Junior-Chefs Patrick auf sich zu lenken, startet er seinen letzten Versuch, diesmal Helen etwas zuzuflüstern. Nachdem ihm dies gelungen ist, verlässt er schnellen Schrittes das Büro seines Junior-Chefs, während Helen sich zwischenzeitlich an der Seite ihres Vaters stehend, Krista zuwendet:

„Liebe Krista, der Chauffeur meines Vaters hat mir soeben mitgeteilt, dass nur ein paar Häuser weiter zwei vollbeladene Busse mit Gästen, fertig zur Abfahrt zum ‚Sunny-Shore Resort' auf uns warten. Ich glaube, ihnen auch im Namen meines Vaters und Bruders sagen zu dürfen, dass wir sie als die neue Mitarbeiterin herzlich willkommen heißen. Da wir ja wie ich annehme, alles Wesentliche besprochen haben und meine Familie in weniger als zwei Stunden im ‚Sunny Shore Resort' zu einem besonderen

Treffen erwartet wird, ist auch der erste Arbeitstag für sie beendet. Sicherlich können sie auch, wenn sie möchten, den Rest des Tages hier mit Frau Lindegaard verbringen. Allerdings können sie sich auch jederzeit nach Hause begeben. Immerhin waren die ersten Stunden in unserem Unternehmen bestimmt für sie recht aufregend und anstrengend und die Heimfahrt nach Kitchener kann bei dem heutigen Verkehrsaufkommen auch noch mit einigen, hoffentlich jedoch nur kleinen Schwierigkeiten verbunden sein. Aber nach einigem Hin- und Herpendeln werden sie sich schnell daran gewöhnt haben. Jedenfalls nochmals herzlichen Dank, eine gute Heimfahrt und wir freuen uns, sie Morgen wieder hier zu sehen."

Mit einer undefinierbaren Miene in seinem Gesichtsausdruck, hat Markus Hofer den Worten seiner Tochter gelauscht. Doch jetzt geht er einen Schritt auf Helen zu:

„Liebes Töchterlein, unter keinen Umständen möchte ich deine Autorität untergraben aber eigentlich habe ich vor, Krista Rosner noch mit ihrem neuen Arbeitsplatz vertraut zu machen und sie außerdem, ihre Zustimmung vorausgesetzt, zu meinem Wiegenfest mit einzuladen. Und noch etwas zum Abschluss. Ich bitte dich wie auch deinen Bruder euch in Zukunft nicht in meine Privatangelegenheiten einzumischen. Ich hoffe, ich habe mich klar genug ausgedrückt. So, nun macht dass ihr fortkommt. Wir sehen uns dann im Resort-Hotel."

Markus Hofer ist als harter aber dennoch fairer Geschäftsmann bekannt und respektiert, doch wenn jemand es wagt, in seine Privatsphäre einzudringen, selbst wenn es seine eigenen Kinder sind, versteht er keinen Spaß. Patrick und Helen können dies ohne weiteres bezeugen.

Zuzüglich ist ihnen momentan klar geworden, dass sie einer deftigen Zurechtweisung nur dadurch entgangen sind, weil eine Person mit ihnen im Raum war, die mit ihrem ganz individuellen Charme ihren Vater bezirzt hat.

Kapitel 3: Eine ‚ungewöhnliche' Geburtstagsfeier

Inzwischen haben sich Patrick und seine Schwester Helen zu den beiden wartenden Bussen begeben. Mit genauen Angaben und Daten versorgt, machen sich die beiden Busfahrer auf ihre Fahrtroute zum ‚Sunny Shore Resort' in der Georgian Bay. Die angegebene Fahrzeit wird sie in rund eineinhalb Stunden zu ihrem Ziel führen, einem Kleinod auf einer Halbinsel, von anderen kleinen Inseln und einer besonders reizvollen Landschaft umgeben. Patrick sowie auch Helen werden den beiden Bussen mit ihren Privatfahrzeugen folgen.

Während Markus nach dem Verlassen der Büroräume seiner Kinder Krista gebeten hat, ihm in seinen Bürotrakt zu folgen, bemüht er sich, ihr in aller Ruhe verschiedene Fragen zu stellen, die ihm trotz allen Wissens noch auf der Zunge brennen. Mit einer gewissen Aufregung, die sie nun mal nicht zu verbergen vermag, beantwortet sie aufrichtig und ehrlich, was immer er noch von ihr wissen möchte. Nur ein einziges Mal füllen sich ihre Augen mit Tränen als er ihr mitteilt, dass er mehr rein zufällig aus den Bewerbungspapieren vom plötzlichen Tod ihres geliebten Mannes gelesen hat. Kaum ihrer Stimme mächtig, erzählt sie ihm dann doch, wie sie an einem frühen Morgen vor etwa acht Monaten in das gemeinsame Schlafzimmer ging, um ihren Mann aufzuwecken. Vorsichtig rüttelte sie an seinen Schultern, aber nichts geschah. Der Tod hatte ihn so einfach überrascht, ohne jegliche Vorwarnung. Diagnose: massiver Herzinfarkt im blühenden Alter von 48 Jahren. Die nächsten Tage und Wochen verbrachte sie wie eine Schlafwandlerin. Sie kann und möchte sich einfach nicht mehr daran erinnern. Ein Teil ihres Lebens war plötzlich nicht mehr da, einfach wie weggeblasen. Zum Glück war ihre Ehe kinderlos geblieben, aber mehr als einmal war sie der Verzweiflung nahe, wollte einfach dem Leben keine weitere Chance mehr geben.

Als wäre der sie hart getroffene Schicksalsschlag für sie noch nicht genug, schloss auch die Firma, für die sie über 20 Jahre tätig war, wegen der schlechten Auftragslage ihre Tore für immer. In der Stadt Kitchener und auch deren Umgebung hatte sie keine Chance, eine ihrer Qualifikation entsprechende Arbeitsstelle zu finden und deshalb saß sie jetzt hier. Ja, momentan würde sie wohl zwischen der neunzig Kilometer entfernt liegenden Stadt Kitchener und Toronto hin und her pendeln müssen. Doch irgendwann in der nahen Zukunft möchte sie ihre Bleibe in Kitchener aufgeben, um sich in Toronto ein kleines Appartement zu suchen.

„Ja Frau Rosner ich glaube, es ist an der Zeit mich für das, was sie mir in der letzten halben Stunde erzählt haben, bei ihnen zu bedanken. Sie haben dabei nicht nur die offenstehenden Lücken in ihren Bewerbungsunterlagen gefüllt. Sie haben mir ein klein wenig ihres Innenlebens gezeigt und mir dabei zusätzlich die Gelegenheit geboten, dabei auch in ihr Seelenleben zu schauen.

Doch nun möchte ich ihnen noch ganz schnell ihren neuen Arbeitsplatz zeigen und dann müssen wir uns wirklich auf den Weg zum ‚Sunny Shore Resort' begeben, sonst feiern die womöglich meinen Geburtstag ohne mich. Folgen sie mir bitte!"

Dennoch nimmt er sich die erforderliche Zeit, um Krista nicht nur ihr Büro zu zeigen, sondern sie auch mit dem gesamten von ihm beanspruchten Bürotrakt vertraut zu machen. Ohne ein Wort von sich zu geben, folgt sie ihm. Sie kann es einfach noch nicht fassen, dass sich ihr Leben innerhalb weniger Stunden so entscheidend verändern kann. Alles was sie zu sehen bekommt, ist gediegene Eleganz gepaart mit sorgfältig zusammengestellter Funktionsfähigkeit. Und das alles von einem Mann dessen angenehmes Wesen und seine natürliche Art von Bescheidenheit sie von der ersten Minute an beeindruckt hat.

Nachdem er ihr alles Wesentliche gezeigt hat, schweift sein wachsames Auge noch einmal kurz über seinen Schreibtisch, bevor er die Bürotür sorgfältig verschließt und die Beiden sich zum nahegelegenen Aufzug begeben. Auf dem Weg dorthin bleibt er plötzlich stehen, zieht einen Schlüsselring an dem zwei Schlüssel baumeln, aus seiner Jackettasche.

„Frau Rosner, bevor ich es vergesse….. hier sind die Schlüssel zu ihrer und meiner Bürotür. Bitte verlieren sie sie nicht, denn sonst sind wir morgen Früh aufgeschmissen."

„Keine Sorge, Herr Hofer, ich verspreche ihnen mit meinem großen Ehrenwort, dass ich wie ein Luchs auf sie aufpassen werde und herzlichen Dank für das mir entgegen gebrachte Vertrauen."

Dabei steckt sie die Schlüssel in die übergroße Tasche ihrer Kostümjacke.

„Keine Ursache und ich werde das Gefühl nicht los, dass einer guten Zusammenarbeit mit ihnen nichts im Wege steht."

Es ist inzwischen Mittag geworden. Als die Aufzugstüre sich vor ihnen öffnet, bittet Markus seine Begleiterin mit einer charmanten Geste, voranzugehen. Doch als sie eintreten will und an ihm vorbeigeht, rempelt er sie versehentlich gerade in dem Moment an, als er sich bemüht ihr galant die Türe offenzuhalten. Sie mit ernster, ja ein wenig erschreckter Miene anblickend, versucht er sich vielmals für sein Missgeschick zu entschuldigen, als sie lachend zu ihm aufblickt:

„Nichts zu entschuldigen, es ist doch nichts passiert."

Mit den Schultern zuckend, erwidert er fast schelmisch vor sich hin grinsend:

„Na, dann habe ich ja nochmal Glück gehabt."

Wieder hält er ihr galant die Aufzugstüre offen, als sie im Tiefgeschoß angekommen sind und die Tiefgarage vor ihnen liegt.

„Moritz wird sicher schon einige Zeit auf uns gewartet haben. Wir müssen nur noch um zwei Ecken, um zu meinem Parkplatz zu gelangen. Übrigens, Frau Rosner, sie haben einen so schönen Vornamen, würde es sie sehr stören, wenn ich sie anstatt ihres Nachnamens mit Krista anreden dürfte?"

„Ja, das gefällt mir auch besser, denn seit ich in meinem Beruf nun über zwanzig Jahre tätig bin, war ich in meiner vorherigen Firma auch immer nur die ‚Krista' und habe mich damit recht wohl gefühlt."

„Okay Krista, auch dieses Problem haben wir damit gelöst. Nun habe ich nur noch eine kleine letzte Bitte an sie. Würden sie mir bitte für einen Moment die Schlüssel zurückgeben, die ich ihnen überlassen habe, bitte nur für einen Moment."

Mit einem spitzbübigen Gesichtsausdruck, schaut er dabei in ihre ausdrucksvollen Augen.

Fast ungläubig, blickt sie zu ihm auf bevor sie kontert:

„Na, so ganz groß scheint ihr Vertrauen in mich doch noch nicht zu sein, wenn sie nach so kurzer Zeit die Schlüssel schon wieder zurück haben möchten. Aber kein Problem, hiiieeeer sind sie."

Dabei greift sie in die Tasche ihrer Kostümjacke, danach in die andere auf der gegenüberliegenden Seite, doch alles was sie dabei herauszieht, ist jeweils eine leere Hand. Merklich aufgeregt, versucht sie es ein weiteres Mal. Wieder mit dem gleichen Resultat. Der Schlüsselbund mit den beiden so wichtigen Schlüsseln ist und bleibt verschwunden. Sie schaut zu ihrem neuen Chef auf und möchte so gerne etwas sagen, doch kein Laut kommt über ihre Lippen. Nur ein paar Tränen, die ihren Augen entweichen, sind das Resultat ihrer Aufregung und wieder reicht er ihr sein Taschentuch. Erst mit lachendem Gesicht, dann aber doch in eine ernste Miene überwechselnd, holt er den

Schlüsselring mit den beiden daran hängenden Schlüsseln aus seiner Tasche und dreht ihn mit dem Zeigefinger seiner rechten Hand im Kreis:

„Liebe Krista, verstehen sie mich bitte jetzt nicht falsch und ich möchte mir nicht das Recht anmaßen, sie zu belehren. Als ich sie beim Betreten des Aufzuges anrempelte, geschah das mit voller Absicht, um die Schlüssel aus ihrer Tasche unbemerkt zu entwenden. Sie haben mir sogar mit ihrem großen Ehrenwort versprochen, dass diese Schlüssel in ihrem Besitz sicher aufgehoben sind. Alles was ich sagen möchte ist, dass wir in Toronto in einer Großstadt sind. Wir sind hier von vielen guten aber auch von vielen schlechten Menschen umgeben, die alles versuchen, ihre Mitmenschen ohne ehrliche Arbeit um die Früchte ihres Schaffens zu erleichtern. Bitte passen sie gut auf sich auf. Und damit ihnen in Zukunft nichts passieren kann, brauchen sie ab jetzt so etwas wie einen Schutzengel um sich. Wenn es ihnen recht ist, möchte ich diese Aufgabe mit Freude übernehmen."

Wortlos überreicht er ihr wieder sein Taschentuch, als er die Tränen bemerkt, die sich ungewollt einen Weg über ihre Wangen bahnen.

Gerade im richtigen Moment als sie um die nächste Ecke biegen möchten, kommt ihnen Moritz mit Riesenschritten entgegen:

„Boss, nun ist es aber wirklich Zeit, sich schnellstmöglich auf die Socken zu machen. Du bist wirklich der einzige Mensch, den ich in meinem Leben kennengelernt habe, der seine eigene Geburtstagsfeier versäumt. Du bist auch der einzige, dem ich zutrauen würde, zu spät zu seiner eigenen Beerdigung zu kommen. Seit fast einer Stunde warte ich jetzt auf euch. Übrigens würde es dir auch recht gut stehen, wenn du mir die reizende Dame an deiner Seite mal vorstellen würdest!"

Fast wie ein Befehl klingen die Worte des breitschultrigen Mannes, der sich jetzt umdreht und ohne weitere Worte auf die um die nächste Ecke bereitstehende Limousine zueilt, um die hintere Wagentüre zum bequemen Einsteigen seiner Fahrgäste aufzuhalten.

Nachdem die Beiden im Fond ihre Sitzplätze eingenommen haben und Markus Hofer seinem Chauffeur und gleichzeitigen Freund einige kurze Anweisungen erteilt hat, bemüht sich Moritz Drommer mit gespielter Gleichgültigkeit die schwere ‚Mercedes' Limousine mit gekonnter Präzision aus der engen Tiefgarage auf schnellstem Weg und mit manchmal ein wenig überhöhter Geschwindigkeit auf die Autobahn nach Norden zu bringen.

Erst nachdem sie die Stadtstraßen Torontos hinter sich gelassen haben und sich auf der Autostraße Nr. 400 befindet, stellt Markus Hofer seinem Freund mit einigen sich ein wenig launig anhörenden Worten seine neue Sekretärin vor.

Wie der Chauffeur bereits vorhin kurz erwähnt hat, beträgt die gesamte Fahrtzeit weniger als eineinhalb Stunden, zumal sich der Verkehr auf der Autostraße Nr. 400 als leicht herausstellt. Als sie in die Einfahrt zum Hotel-Resort einbiegen, stehen auf dem Parkgelände bereits die beiden ihnen vorausgefahrenen Busse sowie etliche Privatfahrzeuge.

Direkt auf das Hotel zusteuernd, stoppt der Chauffeur die Limousine unmittelbar vor dem Hauptportal des Hotels, um seinen Gästen den Hoteleintritt so einfach und bequem wie möglich zu gestalten. Danach fährt er den Wagen zurück zum Parkplatz, um ihn dort neben den anderen Fahrzeugen abzustellen.

Als Markus mit seiner neuen Sekretärin Krista die Lobby des Hotels betritt, bietet sich den Beiden ein ungewöhnliches Bild. Die gesamte Eingangshalle ist zwar festlich mit Blumen, Girlanden und bunten Luftballons dekoriert, aber es herrscht eine Totenstille. Keine einzige Menschenseele ist zu sehen. Die im Raum vorherrschende Geräuschlosigkeit strahlt trotz der aufwendigen Dekorationen eine fast gespenstig anmutende Atmosphäre aus.

Etwas verunsichert schaut Krista in das ausdruckslose Gesicht ihres Begleiters. Doch es dauert nur einen kurzen Moment bis Markus sich zusammenreimen kann, was man hier plant.

„Ja Krista, ich glaube man hat sich etwas Besonderes ausgedacht und was das ist, werden wir jetzt herausfinden. Marschieren wir einfach Mal durch die dort am anderen Ende offenstehende Türe in das dahinter liegende Restaurant. Sicherlich werden wir dabei auch den nächsten Clou finden."

Als sie die Lobby verlassen und durch die Pendeltüre in den etwa zehn Meter langen und fast stockdunklen Flur auf das Restaurant zuwandern, ergreift Markus ohne Zögern eine Hand seiner neuen Sekretärin. Schließlich ist es nur die eingeschaltete Notbeleuchtung, die den Beiden den Weg zum Restaurant ermöglicht. Als hätte Markus geahnt, was sie dort erwartet, werden sie nach ihrem Eintreten hier ebenfalls von vollständiger Dunkelheit eingehüllt. Eigentlich noch schlimmer, denn hier scheint sogar die Notbeleuchtung ihren Dienst versagt zu haben oder ist willkürlich für den Moment ausgeschaltet worden.

Markus hält Krista immer noch wie ein kleines Mädchen an der Hand und irgendwie beflügelt sie das Gefühl einer anheimelnden Wärme, die sich aus seiner Hand auf ihren gesamten Körper zu übertragen scheint.

‚Oh mein Gott, ich stehe hier mit einem wildfremden Mann in einem stockdunklen Raum. Er hält meine Hand und ich habe nicht Mal die geringste Angst. Wenn mir gestern jemand gesagt hätte, was heute und hier auf mich zukommt, hätte ich mir bestimmt die Lungen ausgeschrien. Gibt es sowas? Nein, es muss ein Traum sein. Aber ich bin doch hellwach!' Trotz aller Anstrengung scheint es ihr nicht zu gelingen, ihre Gedanken in geordnete Bahnen zurückzulenken.

Erst als der Mann, der nun ihr neuer Chef ist, etwas vor sich hin zu murmeln beginnt, scheint auch sie ihr Begriffsvermögen wiederzufinden.

Als wäre nicht nur Krista, sondern auch seine Kinder Patrick und dessen Schwester Helen um ihn herum, lacht Markus Hofer kurz auf. Aber nur kurz bevor seine Worte wie einem Wasserfall seinem Mund entweichen:

„Wartet nur ihr Lieben, nur noch wenige Minuten und euer ‚Papa' wird euch zeigen, dass man einem so alten Hund wie mir keine neuen Tricks mehr zeigen kann. Kommen sie, Krista. Wir tasten uns jetzt zum Konferenzsaal vor, wo sie garantiert alle auf uns warten und ich werde sie alle verblüffen, vorausgesetzt, dass sie das Spiel mitspielen. Werden sie das?"

„Ja, ja Herr Hofer, aber eigentlich wäre ich schon ganz froh, wenn sie mich wenigstens mit wenigen Worten über ihr Vorhaben informieren würden." Fast schüchtern haucht sie die letzten Worte mehr als sie spricht, aus ihrem wohlgeformten Mund.

„Spielen sie doch das Spiel einfach mit. Falls es ihnen nicht gefällt, treten sie mich mit einem Absatz ihrer hochhackigen Schuhe auf meine Füße bis ich laut aufschreie, abgemacht?"

„Abgemacht!"

Krista an einer Hand hinter sich herziehend, verlassen sie das Restaurant. Wieder führt der Weg durch den dunklen Hallengang bis sie zu einer Doppeltüre aus massivem Eichenholz gelangen. Vorsichtig versucht Markus die Türe zu öffnen. Im Konferenzsaal hat man alle Jalousien total heruntergelassen und hier herrscht nun absolute und wirklich im wahrsten Sinne des Wortes absolute Dunkelheit.

Mit seiner neuen Sekretärin im Schlepptau, versucht Markus ohne an irgendetwas anzustoßen, in die Mitte des Raumes zu gelangen. Dabei rudert er mit seinem rechten

Arm wie mit einem Wedel vor sich her. Er schafft es tatsächlich auch, die ungefähre Raummitte zu erreichen, hätte ihn nicht der stämmige Bauch eines rundlichen Körpers plötzlich daran gehindert.

Wie auf ein Kommando zuckt plötzlich ein greller Blitz durch den stockdunklen Raum, gefolgt von einem Donnerschlag. In ihrer Aufregung hat Krista nicht Mal bemerkt, dass sie sich mit ihrem gesamten Körper an Markus geschmiegt hat. Fast zu Tode erschrocken schreit sie auf. Doch dann ist der Spuk vorbei. Alle Scheinwerfer und Lampen plötzlich eingeschaltet, erscheint das Konferenzzentrum in strahlendem Glanz, nur übertroffen von den fast ausschließlich aus Männerstimmen bestehendem Chor der Gäste mit dem wohl bekanntesten Geburtstagslied:

"Happy birthday to you, happy birthday to you, happy birthday, dear Markus, happy birthday to you."

Dennoch ist das nicht der Grund der leicht erkennbaren Sentimentalität, die sich im Gesicht des Geburtstagskindes Markus Hofer widerspiegelt. Alle Gäste, die hier und heute in diesem Raum zusammen gekommen sind, sind nicht die großen Geschäftsfreunde, nicht die alles versprechenden und nichts haltenden Politiker und auch nicht die Leute mit ‚Rang und Namen', die man heute hier erwartet hätte. Nein, es sind die ‚Freunde der Straße', die Freunde des Philanthropisten Markus Hofer. Die, die er, er weiß nicht wie oft in ihren Elendsquartieren und auf der Straße besucht hat und besuchen wird. Es sind die, denen er in ihrer Verzweiflung immer wieder und wieder die Courage zum Weiterleben und neuen Lebensmut eingetrichtert hat.

Seine Kinder, Patrick und Helen, haben nicht mal lange überlegen müssen, womit man einen Mann erfreuen kann, der alles gesehen und erlebt hat, was das Leben einem bieten kann. Und sie haben sich nicht getäuscht. Ihr einziges Problem bescherte ihnen der Hoteldirektor, als er darauf bestand, dass alle „Herren der Straße" oder, wie er sie bezeichnete, „seine Nobelgäste" sich in den Gästeduschen einer Generalreinigung unterziehen mussten, bevor sie das Konferenzzentrum betreten durften.

Markus und Krista stehen immer noch mitten im Raum, unschlüssig was ihr nächster Schritt sein wird. Vor ihnen haben sich ‚Butch', kleinwüchsig dafür aber an Rundlichkeit kaum zu überbieten und sein Freund ‚Storky', mindestens 1.90 Meter groß und Zaun dürr, postiert. Dem stillen Betrachter bietet sich ein groteskes Bild, welches selbst der bisher aufgeregt und fast ängstlich wirkenden Krista ein verstecktes Lachen abringt. Unwillkürlich denkt sie zurück an ihre Kindertage und die ‚Heldengestalten' der alten Lustfilme aus ‚Pat und Pattachon' oder ‚Dick und Doof', tauchen vor ihrem geistigen Auge auf.

‚Butch', dem man trotz seiner Obdachlosigkeit und seines Lebens auf der Straße eine gewisse Intelligenz, gemischt mit einer Portion Bauernschläue nicht verwehren kann, versucht eine kurze und herzliche Rede zu halten. Und keiner der im Raum Anwesenden wird die von ihm gewählten Worte je vergessen. Mit nur wenigen Worten streift er das brutale oft selbst gewählte Schicksal welches ihn und seine Freunde hart, ja manchmal zu hart getroffen hat. Mehr Worte widmet er denen, die vom Glück begünstigt und vom Reichtum überhäuft wurden. Wie überall, sind auch unter diesen Menschen jene zu finden, die sich nicht scheuen, anderen die Hand zu reichen und zu teilen, wie man es hier und heute und an so vielen anderen Tagen von einer Person wie ihrem Freund ‚Mark' zu spüren bekommt.

„Und, liebe Freunde und Gäste hier im Raum, eines Tages werden wir alle vor unserem Richter da oben stehen. Er wird nicht fragen, wieviel wir hatten oder nicht hatten. Er wird uns nach unseren Worten und Werken mit seinem Spruch richten. 'Was ihr dem geringsten meiner Brüder getan habt, das habt ihr mir getan'. Ja das war's dann wohl. Aber bevor ihr euch alle hinsetzt, möchte unser Künstler, Storky,' dir Mark, von uns allen etwas schenken. So ‚Storky', nun bist du dran. Los, mach schon, ich bekomme nämlich langsam Hunger."

Mit schlaksigen Bewegungen geht der zaundürre Mann, der auf den Spitznamen ‚Storky' hört auf den seitlich von ihm stehenden Stuhl zu. Als handele es sich um ein nur notdürftig in braunes Packpapier gewickeltes Bild, hebt er das etwa einen halben Meter große Stück vom Stuhl, um damit direkt vor dem Geburtstagskind stehen zu bleiben. Alle hier in diesem Saal anwesenden ‚Tippelbrüder' kennen ‚Storky', die meisten von ihnen für viele, ja unzählige Jahre. Er stammt ursprünglich aus einer gutsituierten Familie. Außerdem hatte er das Glück, aufgrund seiner verschiedenen, außerordentlichen Talente auch eine großartige und gesicherte Zukunft vor sich liegen zu haben. Doch ein einziger falscher Freund, ein falscher Umgang und der daraus resultierende Tatbestand des Drogenmissbrauchs warfen ihn in kürzester Zeit auf die schiefe Bahn, aus deren Laufbahn er sich mit alleiniger Kraft nicht mehr befreien konnte.

Jetzt steht er da vor zig Menschen, die alle mit Spannung auf ihn schauen. Seine Hände, mit denen er zuerst vorsichtig versucht, die Packpapierumhüllung zu entfernen, sind zu zittrig, zu fahrig. Ohne große Überlegung reißt er daher das Packpapier herunter und wirft es achtlos auf den Boden.

In seinen Händen hält er ein etwa 70 cm mal 50cm aus einem Stück bestehendes großes Holzstück, aus dem er in wochenlanger Kleinarbeit die „Betenden Hände" seines großen Vorbildes Albrecht Dürer herausgeschnitzt hat.

Langsam, ja fast bedächtig wendet er sich Markus Hofer zu. Markus, ein absoluter Kenner der meisten von Albrecht Dürer im fünfzehnten und sechzehnten Jahrhundert über neunhundertdreißig erstellten Gemälde, bleibt fast der Verstand stehen, als ihm ‚Storky' mit schüchterner Gebärde das Kunstwerk, dessen Original im Jahre 1508 von dem großen Künstler aus Nürnberg gemalt wurde, in die Hände legt. Eine lange Zeit betrachtet er die kunstvolle Schnitzerei. In seinem Gesicht ist eine unverkennbare Bewunderung zu entdecken. Er, der so viel auf seinem bisherigen Lebensweg erlebt und gesehen hat, steht da wie erstarrt. Er ist nicht nur fasziniert von der absolut meisterhaften Perfektion und Schönheit des Schnitzwerkes, nein auch die dazugehörigen Umstände sind momentan für ihn schlicht und einfach unfassbar und auch gedanklich in diesen Minuten selbst für ihn nicht nachvollziehbar.

Doch jetzt hebt er die so kunstvoll geschnitzte Holztafel der „Betenden Hände" hoch über seinen Kopf. Langsam dreht er sich um seine eigene Achse, um jedem im Raum Anwesenden die Gelegenheit zu bieten, dieses wohl einmalige Werk zu bestaunen, bevor er es seinem Sohn Patrick unter dem rauschenden Beifall der Gäste, in dessen aufgehaltene Arme legt.

Mit einer gewissen Rührung in seiner Stimme bedankt er sich bei allen Anwesenden für ihr Hiersein und besonders bei seinen Kindern. Ihnen gibt er aber auch mit deutlichen Worten zu verstehen, dass sie ihm mit der Einladung seiner ganz besonderen ‚Freunde' diesen Ehrentag enorm bereichert haben. Und zwar ohne Übertreibung mit etwas, was man normalerweise mit materiellen Dingen auf dieser Welt nicht bewerkstelligen oder kaufen kann.

„So und jetzt habe ich mehr als genug gesagt. Nun wünsche ich euch, meine Freunde, einen guten Appetit und bitte euch dabei aufrichtig, dem Alkohol nicht zu viel zuzusprechen. Und zum Abschluss nur noch eine winzige Kleinigkeit. Es ist mir eine große Ehre und Freude mit euch meinen Geburtstag zu zelebrieren. Aber bitte, Freunde, wir kennen uns alle zu lange und zu gut. Deshalb bitte ich euch, so viel zu essen wie ihr wollt. Aber die Tafelbestecke lasst ihr bitte auf euren Tellern liegen. Und auch du ‚Butch'," dabei schaut er dem kleinen rundlichen Mann mit einem spitzbübischen Grinsen geradewegs in die Augen ....

„Sei bitte so nett und lege alles was du in deiner rechten Jackentasche verstaut hast, wieder auf den Tisch. Wenn ich beim Beobachten deiner Aktion richtig mitgezählt habe, sind es mindestens vier Tafelbestecke und essen kannst du doch sowieso immer nur mit einem."

Unter dem schallenden Gelächter der anderen „Herren der Straße", legt der rundliche ‚Möchte gern Ganove' mit hochroter Gesichtsfarbe die, wie er angibt, versehentlich in die Tasche gesteckten Gegenstände zurück.

Erst nachdem alle an ihren ihnen zugeordneten Tischen ihre Plätze eingenommen haben, erhebt sich aus der hintersten Ecke ein eigentlich recht ordentlich aussehender Mann. Sein Alter ist durch einen ziemlich verstrubbelten Bart nur sehr schwer schätzbar. Was sich in den nächsten drei Minuten abspielt, klingt fast unglaublich. Mit ineinander gefalteten Händen spricht er ein kurzes Dankgebet und als wäre es so abgesprochen, verneigen alle die hier Sitzenden und vom Rest der Gesellschaft so oft Vergessenen, ihre Köpfe und aus mancher Kehle ist ein klares und deutliches „Danke Lord" vernehmbar.

Doch dann beginnt eine ‚Tafelrunde', wie sie sicher noch niemand in derartiger Form gesehen hat und auch schwerlich jemals wieder sehen wird. Der deutsche Schlagersänger Reinhard Mey müsste eines seiner bekanntesten Lieder, nämlich ‚Die Schlacht am kalten Buffet' total neu schreiben. Nur so wäre es ihm vielleicht möglich, dem sich hier abspielenden Geschehen auch nur annähernd nahe zu kommen. Nur um es leichter verständlich zu machen, ergibt sich für den stillen Betrachter der Anschein, als ob etwa ein Drittel der Speisenden noch nie etwas von Messer und Gabel gehört hätten.

Während Krista aus dem Staunen nicht herauskommt, betrachtet Markus das tragisch komische Bild mit einer Mischung aus lautem Lachen, aber auch manchmal gemischt mit Wehmut. Dann nämlich, wenn er daran denkt, warum und weshalb diese Menschen so sind wie sie sich jetzt darbieten und welches Schicksal sie in der Vergangenheit wohl durchgemacht haben.

Während die Zeit wie im Fluge verrinnt, ergeben sich auch hier oder dort im Saale einige Unstimmigkeiten, bei denen die für alle Fälle vorbereiteten Sicherheitskräfte mit einem schnellen Eingreifen zum Einsatz kommen.

Eigentlich war es der Plan Markus Hofers, in seiner kurzen Begrüßungsansprache beim Beginn des Festessens Krista Rosner als seine neue Freundin vorzustellen. Sein diebisches Ziel war es dabei, hauptsächlich seine beiden Kinder zu überrumpeln und zwar so glaubhaft, dass er dabei Krista mit einem schmatzenden Kuss überraschen würde. Doch je mehr Zeit verging, umso abwegiger erschien ihm sein Überrumpelungsplan bis er ihn als zu überwältigend und unfair seiner neuen Sekretärin gegenüber, total verwirft. Das einzige was er verwirklicht hat, ist die Tatsache, dass er nach Beendigung des Geburtstagsessens Krista sein geplantes aber nicht ausgeführtes Vorhaben mit lachendem Gesicht erzählt.

„Aber Herr Hofer, das hätten sie wirklich nicht tun dürfen. Ich glaube, ich wäre vor Scham in den Erdboden versunken."

Mit ihren großen Augen und einem verdutzten Gesichtsausdruck schaut sie ihn an. Innerlich kommt ihr vor, als wäre sie einer Ohnmacht nahe. Wann war sie das letzte Mal geküsst worden? Sie wäre nicht Mal in der Lage gewesen, auch nur einen annähernden Zeitpunkt zu nennen, denn Küssen war nicht sein Ding, wie ihr Mann immer behauptete. Aber dieser Mann hier, sie kannte ihn nur für einige Stunden, war für sie ein total Fremder. Warum um Himmels Willen fühlt sie sich so zu ihm hingezogen? Vielleicht weil er ihr so ehrlich und gradlinig vorkommt? Sie weiß es beim besten Willen nicht. Sie fühlt sich daher viel besser, als er in ein anderes Thema überwechselt. Eines ist ihr jedenfalls klar geworden…..hätte er tatsächlich versucht sie zu küssen, sie hätte sich nicht gewehrt.

Es ist inzwischen sieben Uhr abends geworden und die Geschwister Hofer haben die Heimfahrt der Busse nach Toronto für halb acht Uhr festgelegt. Pünktlich wie vereinbart verlassen daher die ‚Nobelgäste' die Stätte einer für die meisten von ihnen kaum glaubhaften Feier. Keiner von ihnen hat sich in den Stunden ihres Aufenthaltes betrunken und außer ein paar Meinungsverschiedenheiten hat es keine besonderen Vorfälle gegeben. Als wären sie die Geburtstagskinder gewesen, hat Markus sichergestellt, dass jedem Fahrgast, bevor er den Bus besteigt, ein Essenspaket oder wie er es nennt, eine Überlebensration, überreicht wird.

Viele der hartgesottenen Männer versuchen, vor dem Einsteigen ihm noch einmal die Hände zu schütteln, um sich bei ihm persönlich zu bedanken. Im Gesicht eines Mannes, der sein Leben lang hart gearbeitet hat, spiegelt sich Zufriedenheit. Nur er weiß, dass trotz harter Arbeit bei allem was er geschaffen hat, auch ein Drittel Glück mit im Spiel war und deshalb ist er auch das geworden, was er heute ist...ein Philanthropist. Und wie hat sich ‚Butch', der kleine Tagedieb mit dem großen Mundwerk und dem noch größeren Herzen in seiner kurzen Ansprache heute Mittag biblisch ausgedrückt.....

‚Was ihr dem geringsten meiner Brüder getan habt, das habt ihr mir getan.'

Nach dem Verlassen der Busse ist es still im ‚Sunny-Shore Resort' geworden. Patrick und Helen Hofer haben es absichtlich vermieden, andere enge Freunde ihres Vaters einzuladen. Heute haben sie ihr Ziel voll erreicht, denn die Beiden haben im Laufe der Jahre gelernt, die Gedanken ihres nicht immer gerade einfachen Vaters zu lesen. Heute ist auch für sie ein Glückstag, denn jeder Wunsch ihrerseits ist in Erfüllung gegangen. Wenn die beiden Geschwister immer noch sichtlich bewegt, zu dem kleinen Restauranttisch am Fenster zum See blicken, schauen sie in die zwei strahlenden Gesichter ihres Vaters und seiner neuen Sekretärin Krista. Als Patrick und Helen sich beide einen Blick zuwerfen, ist ihr Gedanke der gleiche, nämlich der, dass dort zwei Menschen beieinander sitzen, die sich offensichtlich gesucht und gefunden haben. Dabei waren sie es doch, die mit Kristas Anstellung als die Sekretärin ihres Vaters ein Feuer, wenn auch im Moment nur ein ganz kleines, entfacht haben.

Kapitel 4: Aller Anfang ist schwer

Längst ist die Dunkelheit über dem Hotel-Resort ‚Sunny-Shore' hereingebrochen. Die beiden Busse mit ihren nicht alltäglichen Benutzern befinden sich noch auf dem Weg nach Toronto oder sind bereits am Zielort angekommen.

Während Markus Hofer und Krista Rosner, seine neue Sekretärin, immer noch im Restaurant bei einem Glas Wein die herrliche Aussicht über die vor ihrem Fenster liegende ‚Georgian Bay' in sich aufsaugen, gesellt sich Moritz Drommer zu ihnen.

„Na Chef, das war ja eine Feier wie ich sie noch nie erlebt habe. Davon werden deine ‚Freunde' noch lange zehren. Wir, ich meine Patrick, Helen und ich, haben höllisch aufgepasst und auch deinen Gästen eingetrichtert, alle Vorbereitungen so geheim wie möglich zu halten. Die Burschen haben das wirklich vollbracht, dafür muss man ihnen Kredit geben. Sicherlich hätten wir uns sonst mit einigen Medien-Reportern herumschlagen müssen. Kann mir nämlich bildlich vorstellen, was das für ein gefundenes Fressen für die Presse gewesen wäre. So wie mir der Resort-Manager vor wenigen Minuten berichtet hat, ist das Ganze viel besser verlaufen, als er es sich vorgestellt hatte. Ein paar Bestecke werden wohl sicherlich fehlen aber größerer Schaden ist nach seinen Worten nicht entstanden. Dafür, so sagt er, sei die Großreinigung der ‚Nobelgäste' in den Waschräumen heute Morgen aber ein so köstliches Erlebnis gewesen, welches er wohl nie wieder vergessen werde. Immerhin und das könne er nun mit ruhigem Gewissen erzählen, hätten die meisten, ja selbst die hartgesottensten der Männer Seife und Wasser als ihre absolut natürlichen Feinde angesehen."

Mit einem Schmunzeln in seinem Gesicht, schaut Markus in die Augen der ihm gegenüber sitzenden Dame, nämlich Krista Rosner.

„Ja Krista, das war wohl für uns alle ein ganz besonderer Tag. Wie meine Kinder und dieser ältere Herr neben dir es fertiggebracht haben, mich bis zur letzten Minute im Dunkeln zu belassen, wird mir wohl noch einige Stunden meiner kostbaren Zeit bis zur vollständigen Aufklärung rauben. Das einzige was mich ein wenig unangenehm berührt ist die Tatsache, dass sie durch meine Schuld gleich am ersten Tag in unserem Unternehmen so quasi ins kalte Wasser geworfen wurden. Ich möchte mich daher bei ihnen förmlich entschuldigen und verspreche ihnen hoch und heilig, dass ich es irgendwann und irgendwie wieder gutmachen werde."

Mit einem ernsten Blick aus ihren bernsteinfarbenen Augen schaut sie Markus voll ins Gesicht:

„Herr Hofer, ich bin mir sicher, dass ich diejenige bin, die sich bei ihnen bedanken muss. Schließlich habe ich heute einen Blick in eine andere Welt werfen können. Eine Welt von Leid und Armut, ja sogar ein wenig mysteriös, deren Existenz ich zwar geahnt habe, aber mir davon keine Vorstellung machen konnte. Doch miterleben zu dürfen, wie dicht Wohlstand und Armut nebeneinander liegen, hat mir schon Angst eingejagt. Herr Hofer, aber ich bin jetzt so richtig stolz, für sie arbeiten zu dürfen."

Eine geraume Zeit lang herrscht Stille am Tisch der Drei. Selbst der sonst nie um witzige Worte verlegene Moritz Drommer schaut etwas betreten zum Fußboden, als erhoffe er sich hier einige passende Worte zu finden.

Erst als Patrick und seine Schwester Helen mit dem Resort-Manager Daniel Schneider am Tisch der drei mit ihren eigenen Gedanken beschäftigten Personen treten, erweckt es den Anschein von wieder gefundener Aktivität. Mit kurzen, aber präzise formulierten Worten, erstattet Daniel Schneider seinen Lagebericht des Tagesverlaufes. Nichts Besonderes, keine größeren Unannehmlichkeiten, so gut wie keine nennbaren Schäden, der Ehrentag des Geburtstagskindes Markus Hofer ist so verlaufen wie von seinen Kindern geplant, nämlich als ein besonderer Tag für ihren hochrespektierten Vater.

Mit einem Kopfnicken der am Tisch sitzenden Gäste ordert Markus noch eine letzte Flasche Champagner, um damit seinen 60. Geburtstag abzuschließen. Nach dem letzten Anstoßen der Sektkelche ist es doch viel später geworden als erwartet und nach einiger Überredungskunst gelingt es Markus, Krista davon zu überzeugen, die Nacht hier im Resort zu verbringen. Selbstverständlich bekommt sie das schönste Hotelzimmer im Hause. Nach einem herzlichen ‚Gute Nacht' lässt es sich der Resort-Manager nicht nehmen, ihr das Quartier für die Nacht persönlich zu zeigen. Verwirrt, vermischt mit etwas Bestürzung schaut sie sich in dem Luxuszimmer um. Selbst ein wenig Unschlüssigkeit kann sie nur schwerlich verbergen, als sie sich von Daniel Schneider mit einem zittrigen ‚Danke schön und gute Nacht' verabschiedet.

Erst am nächsten Morgen an der Rezeption erfährt sie von der freundlichen Dame hinter dem Counter, dass das Zimmer in dem sie übernachtet hat, unter dem gesamten Personal nur als die ‚Honeymoon Suite' bekannt ist.

Als Krista um 9 Uhr das Frühstücksrestaurant betritt und sich unauffällig umschaut, entdeckt sie an dem Tisch am Fenster zum See bereits Markus Hofer, der ihr mit einem freundlichen Lächeln zuwinkt. Höflich erhebt er sich bei ihrer Ankunft, fragt nach ihrem Wohlbefinden, bevor er ihr einen Stuhl anbietet und sie bittet, sich zu ihm zu gesellen. Irgendwie wirkt er anders als gestern. Es ist nicht nur seine geschäftliche Garderobe, die er heute trägt. Sein Gesichtsausdruck ist ernst, nur manchmal kommen die kleinen Lachfalten in seinen Wangen zur Geltung. Als Krista ihn mehrfach fragend anschaut, bemüht er sich schließlich, ihr mit knappen Worten mitzuteilen, was ihn bedrückt.

„Krista, eigentlich war es mein Ziel, die nächsten Tage dafür freizuhalten, um sie in unser Unternehmen einzuweisen. Ganz besonders liegt mir nämlich am Herzen, sie mit den Besonderheiten in meinen Räumlichkeiten vertraut zu machen. Doch heute Morgen, als sie sicherlich noch tief und fest schliefen, habe ich von einem Repräsentanten unserer russischen Partnergesellschaft in St. Petersburg einen wichtigen Anruf erhalten. Ob es mir recht ist oder nicht, bin ich praktisch gezwungen, morgen Abend mit einem Lufthansaflug nach Frankfurt und von dort mit einem direkten Anschluss am nächsten Morgen nach St. Petersburg weiterzureisen. Aber jetzt freue ich mich, mit ihnen gemeinsam zu frühstücken. Danach wird Moritz uns zurück nach Toronto bringen. Da ich mir vorstellen kann, dass sie sich gerne umkleiden möchten, wird Moritz sie dann nach Hause bringen, wo sie sich erst einmal von den hinter ihnen liegenden Strapazen von gestern und heute erholen können. Der Tag heute ist ein Geschenk von mir und wird ihrem Urlaub nicht angerechnet, abgemacht?"

„Aber Herr Hofer, ich habe doch noch gar nicht gearbeitet und der Tag gestern war etwas ganz Besonderes. Sicherlich werde ich das Erlebte nie mehr aus meinem Gedächtnis streichen können. Es war halt zu überwältigend und ich weiß nicht einmal, wie ich ihnen dafür danken kann."

Wie aus dem Nichts heraus springt sie auf, möchte ihm ihre Hand reichen. Doch irgendwie ins Stolpern gekommen, rutscht sie an der Tischkante vorbei, um geradewegs in den aufgehaltenen Armen ihres neuen Chefs zu landen.

Für einen unsichtbaren Betrachter mag es ein urkomisches Bild sein. Während Markus Hofer mit einem erschreckten Gesichtsausdruck und seinen starken Armen versucht, sie nicht seitwärts zu Boden rutschen zu lassen, ist sie total verwirrt. Mit kreidebleichem Gesicht schaut sie hilflos an Markus vorbei, noch bevor die ersten Tränen ihre Wangen hinunter kollern.

Helen, inzwischen nur einige Meter vom Tisch des Geschehens entfernt und unbeabsichtigter Zeuge des Geschehens, kann sich trotz Kristas Tränen ein lautes Lachen nicht verkneifen. „Aha, daher weht der Wind. So angelt man sich also seinen Chef. Papa, würde das bei mir auch klappen?"

Fassungslos und vollkommen verwirrt, schaut die neue Chefsekretärin zu Helen hinüber, die ihr nun hilfreich ihre Hand reicht und sie mit einem leichten Schubs in den für sie bereitgeschobenen Stuhl setzt.

„Krista, war doch nur ein Scherz. Da es so urkomisch aussah, musste ich halt lachen. Schließlich weiß ich, wie prüde mein Papa sein kann. Also nichts für ungut und hoffentlich hast du dir nicht wehgetan. Mein Papa behauptet nämlich, alles an seinem Körper seien Muskeln und unnötiges Fett schleppe er nicht mit sich herum."

Wie man inzwischen an ihrem Ausdruck deutlich erkennen kann, hat Krista ihre Fassung wiedergewonnen, denn ihre Gesichtsfarbe hat die Blässe von vorhin verloren und ist in eine fast puterrote Farbe übergewechselt. Wenn sich die Möglichkeit ergeben hätte, wäre sie sicher in diesen Minuten vor Scham im Erdboden versunken.

Doch die nächste Stunde vergeht wie im Fluge. Während Patrick als auch seine Schwester sich zurückziehen, um eine sicherlich wichtige Unterhaltung zwischen ihrem Vater und seiner neuen Sekretärin nicht zu stören, informiert dieser Krista über seinen bevorstehenden Trip. Mit wenigen Worten versucht er ihr zu erklären, was ihn in Russland erwarten wird und wie er sich bestens darauf vorbereiten kann. Krista glaubt ihren Ohren nicht trauen zu können, als Markus Hofer mit der Aufzählung der Dinge beginnt, die er bis zu seinem morgigen Abflug als

‚erledigt' abhaken möchte. Mit gespannter Aufmerksamkeit hält er selbst auf der Rückreise nach Toronto im Fond der Limousine seine Begleiterin in Atem.

Doch als sie fast die Stadtgrenze von Toronto erreicht haben, stockt Markus Hofer in seinen Ausführungen, da ihm in seiner Wortwahl ein bestimmtes Wort entfallen zu sein scheint.

„Herr Hofer, bitte nehmen sie mir meinen Einwurf in ihre mir vorgetragenen Arbeiten nicht übel. Aber sie wissen sehr wahrscheinlich besser als ich, dass sie das in der kurzen Zeit niemals bewerkstelligen können. Wenn alle diese Dinge von enormer Wichtigkeit für ihre Reise sind, bleibt ihnen doch keine andere Wahl, als den Trip um einige Tage zu verschieben. Falls das nicht möglich ist, habe ich eine Bitte an sie, die sie mir nicht abschlagen dürfen.

Anstatt mich nach Hause bringen zu lassen, wo sowieso keiner auf mich wartet, möchte ich gerne den Rest des Tages in ihrem Büro verbringen, um ihnen bei ihren Vorbereitungen helfen zu dürfen. Sagen sie bitte nicht nein. Das Vorbereiten von Reisen für meine früheren Chefs war immer meine besondere Stärke. Außer der benötigten Hilfe wird es ihnen auch zeigen können, ob ihre Kinder und sie mit meiner Auswahl auch die richtige getroffen haben. Wenn nicht, haben sie direkt einen triftigen Grund, mich gehen zu lassen. Bitte schlagen sie mein Angebot nicht aus. Bitte nicht."

Lachend streckt er ihr seine Hand entgegen: „Ja Krista, eigentlich brauche ich wenigstens eine kurze Zeit zum Überlegen, ach Quatsch, ich nehme ihr Angebot dankend an. Aber freuen sie sich nicht zu früh. Sollten sie mich nämlich enttäuschen, bleibt mir wirklich keine Wahl, als sie nach Hause zu schicken."

Krista schlägt in die immer noch von ihrem Chef offengehaltene Hand und im Unterbewusstsein kann sie das leicht verdächtige Gefühl nicht verdrängen, dass er ihre Hand ein wenig zu lange in seiner gehalten hat.

Längst ist die Mittagszeit überschritten. Weder Krista noch ihr hochkarätiger Chef haben während der vor ihnen liegenden Arbeit auch nur einen Gedanken an das Wort ‚Hunger' verschwendet. Gleich nach der Ankunft in seinem Bürotrakt und einer kurzen, gemeinsamen Lagebesprechung mit Patrick und Helen wird es Markus Hofer in kürzester Zeit klar, was für ein ‚Juwel' seine beiden Kinder für ihn gefunden haben.

Ohne große Worte hat sie in kürzester Zeit einige Listen mit den wichtigsten Papieren zusammengestellt und diese in einer übersichtlichen Rangordnung nummeriert. Gleich zu Beginn wurde ihr klar, dass ihr neuer Boss nicht mit einem großen Organisationstalent ausgestattet sein konnte. Sicherlich von ihrer inzwischen pensionierten Vorgängerin ein wenig zu viel verwöhnt, hatte er anscheinend selbst wichtige Dinge nach deren Pensionierung nicht erledigt oder vergessen. In einfachen Worten ausgedrückt, würde es einige Zeit in Anspruch nehmen, dem ihr hinterlassenen Chaos den Garaus zu machen, um das Zentrum der „Guggenhofer International" wieder kontrollierbar und vor allen Dingen übersichtlicher zu gestalten. Vom Eifer ihrer gemeinsamen Tätigkeit voll erfasst, haben weder ihr Chef noch sie bemerkt, dass es inzwischen sieben Uhr abends geworden ist. Mit einer geradezu ablesbaren Verlegenheit in seinem Gesicht, beschließt Markus, dass der Arbeitstag zu Ende ist. Beide haben das Ende eines langen Arbeitstages nur im Unterbewusstsein aufgenommen. Von ihnen wurde nicht Mal bewusst wahrgenommen, dass sich Patrick und Helen als auch Theresa Lindegaard verabschiedet haben.

Ohne auch nur einen Moment zu zögern, doch mit einem Wortschwall von Entschuldigungen, lädt Markus seine Chefsekretärin zum Abendessen in das sich im Erdgeschoss liegende Restaurant ‚La Boheme' ein, um so wenigstens für ihr leibliches Wohl zu sorgen. Gerne willigt sie ein, denn das leere Magengefühl macht sich inzwischen durch ein zwar nur leichtes, aber dennoch unüberhörbares Knurren, bemerkbar. Die Zeit ist inzwischen auf 21 Uhr vorgerückt, als Markus telefonisch seinen Freund und Chauffeur zu dem Restaurant bestellt, in dem die Beiden nach einem leichten Dessert und einer Tasse Kaffee den Tag beschließen werden. In weniger als zehn Minuten parkt Moritz die ‚Mercedes' Limousine vor dem Eingang.

Obwohl Krista einige Male ihrem Chef zu verstehen gegeben hatte, dass es nicht nötig sei, sie nach Hause bringen zu lassen, sieht Markus dies als die geringste Selbstverständlichkeit an, die er ihr schuldet. In einem kurzgehaltenen Gespräch holt er sich ihre Zustimmung, ob sein Chauffeur sie morgen Früh um 9 Uhr in Kitchener abholen dürfe. Nicht auf ihre Erlaubnis wartend, schiebt er sie durch die offengehaltene Tür in das Wageninnere und wünscht ihr eine gute Heimfahrt. Mit einem lautstarken

„Dankeschön" und einem „Gute Nacht" Wunsch beendet er das Gespräch und winkt ihr mit beiden Händen nach, bis die Limousine um die nächste Straßenecke verschwunden ist.

Noch bevor die Limousine die Stadtgrenze von Toronto verlassen hat, befindet sich Krista bereits in einer Art ‚Twilight-Zone'. Ihre Augen geschlossen, versucht sie vergeblich, das seit gestern Erlebte in ihre Erinnerung zurückzurufen. Erfolglos. Immer wieder schweifen ihre Gedanken in andere Richtungen, bis sie schließlich tief und fest einschläft. Schlagartig und verschreckt reißt sie ihren Kopf in die Höhe, als der Chauffeur sie nach ihrer genauen Adresse fragt. Schlaftrunken entsteigt sie am Zielort der Limousine, bedankt sich bei Moritz und wünscht ihm eine gute Heimfahrt, bevor sie im Hause verschwindet, um sich nach einer kurzen Auffrischung in ihr Bett zu begeben.

Von seltsamen, ihr nichts sagenden Träumen verfolgt, wacht sie erst wieder auf, als ihr Telefon läutet. Es ist Moritz, der sie nur warnen will, dass er in etwa 15 Minuten vor ihrer Haustüre stehen wird, um sie für einen neuen Arbeitstag abzuholen.

Auf dem Weg nach Toronto bespricht sie mit Moritz die Möglichkeit ihrer Übersiedlung in die Großstadt. Schon nach dem gestrigen ersten Arbeitstag ist ihr klar geworden, dass es für sie fast unmöglich sein wird, den Anfahrweg von und zu Ihrer Arbeitsstelle zweimal täglich zu bewältigen. Wie so viele andere dieses Kunststück fertig bringen, ist für sie nicht nachvollziehbar und wird sicherlich auch ein ewiges Rätsel bleiben.

„Frau Krista, so darf ich sie doch nennen oder?"

„Nein Moritz, machen wir es uns doch etwas einfacher, schließlich werden in der Zukunft öfters Situationen auf uns zu kommen, die wir zusammen bewältigen müssen. Wenn es ihnen nichts ausmacht, ich bin die Krista und wenn wir uns mit ‚Du' ansprechen könnten, wäre unser Leben bestimmt schon ein Stück einfacher geworden."

„Also, ich bin der Moritz und uns in einer viel persönlicheren Form, nämlich zu duzen, finde ich auch viel schöner. Ha, ha wird der ‚Alte', obwohl er viel jünger ist als ich, nenne ich ihn immer so, den Mund aufsperren, dass ich ihm mal wieder einen Schritt voraus bin. Übrigens, um zum Thema Wohnung zurückzukehren, mach dir bitte keine weiteren Sorgen. So wie ich Markus kenne, hält er dafür bestimmt schon eine Lösung bereit."

Da sich der Verkehr auf der Autostraße Nr. 401, verglichen mit anderen Zeiten, heute Morgen in Grenzen hält, parkt Moritz seine ‚Staatskarosse', wie er den Dienstwagen oft bezeichnet, bereit um 10.30 Uhr in der Tiefgarage der ‚Guggenhofer International' und in wenigen Minuten hat Krista ihr Büro im zwölften Stockwerk erreicht.

Genauso wie sie es sich vorgestellt hat, wartet Markus schon auf ihr Erscheinen. Glücklicherweise ist es ihnen durch Kristas Organisationstalent gelungen, die meisten noch zu erledigenden Arbeiten bereits am Vortage abzuschließen. Noch eine weitere Stunde harter Arbeit wartet auf sie, als Markus ihr zu verstehen gibt, dass sie beide tatsächlich in Rekordzeit alles das erledigt haben, wofür man einige Tage hätte beanspruchen können. Noch während sich die Beiden eine kurze Verschnaufpause gönnen, tritt nach einem kurzen Anklopfen die Empfangsdame Theresa ein und legt einen deutlich mit Lufthansa gekennzeichneten Briefumschlag auf Markus Schreibtisch.

„Herr Hofer, würden sie bitte nachschauen, ob alles so in Ordnung ist. Ich nehme nämlich an, dass sich in dem Briefumschlag das von ihnen bestellte Ticket nach St. Petersburg befindet."

„Danke Theresa, werde gleich nachschauen."

Ihr einen freundlichen Blick zuwerfend, wirft er einen kurzen Blick in den Umschlag, nickt mit dem Kopf zur Bestätigung und entlässt die Empfangsdame. Eigentlich hätte er den firmeneigenen ‚Lear Jet' beanspruchen können, aber von seiner letzten Reise nach Russland haften einige schlechte Erinnerungen in seinem Gedächtnis, deren Wiederholung er nicht nochmal erleben möchte.

Nur einen kurzen Augenblick vor sich hin sinnierend, hebt er seinen Kopf und Krista in die Augen schauend, erklärt er ihr mit spitzbübischem Gesicht:

„Liebe Krista, alles was wir jetzt noch zu erledigen haben, betrifft eigentlich nur sie. Wenn ich mich Mal auf der Reise befinde und mir irgendwelche wichtigen Dinge einfallen, möchte ich nämlich auf einen verlässlichen Ansprechpartner zurückgreifen können, was leider manchmal weder bei Helen noch Patrick der Fall ist. Außerdem bist du, entschuldigen sie bitte, ich meine natürlich

‚sie' meine Privatsekretärin, die mir bereits in den wenigen Stunden unserer Zusammenarbeit ausdrucksvoll gezeigt hat, was sie drauf hat und bewerkstelligen kann. Da die seltsamsten Dinge oft außerhalb der regulären Arbeitszeit passieren, kann es ohne weiteres vorkommen, dass ich dabei auch ihre Privatzeit in Anspruch nehmen muss. Ist das okay mit ihnen?"

„Herr Hofer, darüber brauchen wir gar nicht zu reden. Selbstverständlich können sie mich zu jeder Tages- oder Nachtzeit anrufen und was immer in meiner Macht steht, werde ich für sie erledigen. Übrigens habe ich auch eine kleine Bitte an sie. Sagen sie doch einfach Krista und ‚du'. Das würde doch auch für sie der einfachere Weg sein."

„Da haben sie, nein da hast du Recht, gestalten wir uns doch das Leben so einfach wie möglich. Von nun an bist du die Krista und ich der Markus, okay?"

„Nein Herr Hofer, ich glaube wir haben uns da ein wenig missverstanden. Ja, ich bin die Krista und freue mich, wenn sie mich mit ‚du' anreden. Doch bitte lassen sie mich sie weiter mit Herr Hofer und ‚sie' anreden. Ich danke ihnen herzlich für das nach so kurzer Zeit entgegengebrachte Vertrauen. Mein Respekt ihnen gegenüber lässt einfach keine andere Möglichkeit offen. Bitte verübeln sie mir meine recht ungeschickte Antwort nicht, aber ich glaube fest, dass es die sinnvollere Lösung ist."

„Na ja, wenn du so darauf bestehen bleibst, hast du gewonnen, aber dennoch müssen wir dir jetzt erst einmal ein gutes ‚Handy' besorgen und dir dabei auch gleichzeitig eine E-Mail Adresse beschaffen, auf der wir uns gegenseitig alle wichtigen Angelegenheiten während meiner Abwesenheit mitteilen können. Da du ja nun die Nummer ‚Vier' hier in unserer Geschäftsleitung bist, schlage ich vor, dir die E-Mail Adresse: k.r.ghk.4@rogers.com zuzuordnen. Wenn du damit einverstanden bist, möchte ich diese Angelegenheit sofort erledigen, damit sie nicht vergessen wird."

Über die ‚Intercom' Sprechanlage beauftragt Markus Theresa Lindegaard sofort ein ‚Handy' für Krista beschaffen zu lassen und zwar noch vor seiner Abreise. Außerdem erteilt er ihr die Anweisung, die vom ihm gewünschte E-Mail Adresse für Krista Rosner sofort zu programmieren und durch einen in der Firma tätigen Techniker mit der Firma ‚Rogers' im Netzwerk der ‚Guggenhofer International' zu installieren.

Erst nach der erfolgreichen Durchführung der von ihm gewünschten Aufträge, bittet er Krista, seinen Sohn Patrick, sowie seine Tochter Helen in sein Büro. In der ihm verbliebenen Zeit von weniger als einer Stunde erläutert er den Drei in kurzgehaltenen, aber äußerst präzisen Worten den Inhalt seiner plötzlichen und dringend erforderlich gewordenen Russland-Reise.

In knappen Worten bittet er seine neue Privatsekretärin, die von ihr bereits begonnene Organisationsänderung in seinem Büro fortzusetzen. Gleichzeitig bittet er seine beiden Kinder, Krista Rosner bei ihrer verantwortungsvollen Tätigkeit mit bestem Willen und Wissen zu unterstützen. Da seine Rückkehr vom Erfolg seiner Verhandlungen abhängt, ist er im Besitz eines offenen Rückflugtickets, hofft aber in spätestens einer Woche alle Verhandlungen mit seinen russischen Partnern erfolgreich zu realisieren.

Noch während der Unterhaltung mit Krista und seinen Kindern erscheint die Empfangsdame mit dem in der Firma arbeitenden Techniker, der in kurzen Worten Krista ihr neues Mobiltelefon erklärt und sie auch in wenigen Minuten mit dem Gebrauch ihrer E-Mail Adresse vertraut macht.

Markus Hofer überprüft persönlich die ihm übergebenen benötigten Reisedokumente, bevor er sich von Patrick, Helen und Krista für die Zeit seiner Abwesenheit verabschiedet. Danach geht alles Schlag auf Schlag. Moritz Drommer holt die Reisetasche sowie einen mittelgroßen Reisekoffer aus dem Büro ab, um seinen Chef und dessen Gepäck auf schnellstem Weg zum Flughafen zu befördern.

In der Abfertigungshalle im Terminal 1 herrscht wie immer um diese Zeit Hochbetrieb. Während Markus am Abfertigungsschalter beschäftigt ist, bemüht sich sein Chauffeur Moritz mit dem Einchecken des Gepäcks. Danach folgt ein kräftiger Händedruck, eine kurze, aber herzliche Umarmung und er ist seinem Blickfeld entschwunden.

Wie bei den meisten seiner unzähligen Geschäftsreisen, wird auch dieser Flug ihn nicht zu Begeisterungsstürmen hinreißen, sondern sich eher als recht langweilig erweisen. Da die neuen ‚Recaro'-Sitze der Lufthansa in der ersten Klasse äußerst bequem sind, erhofft er sich einen ruhigen Flug. Sicherlich wird er versuchen, zeitweilig etwas Schlaf zu ergattern, aber aus Erfahrung weiß er, dass die meiste

Zeit mit dem Durchlesen von wichtigen Akten in Anspruch genommen werden wird.

Pünktlich um 8.15 morgens landet der Airbus A 340 in Frankfurt. In der First Class Lounge im Terminal 1 verbringt er die nächsten Stunden bis zu seinem Anschlussflug nach St. Petersburg, der für 13.20 Uhr angesagt ist und um 17.00 Uhr auf dem Pulkovo-Airport in St. Petersburg landen wird. Wie mit der russischen Partnerfirma vereinbart, wird er dort von einem Dr. Alex Sacharow empfangen und abgeholt. Dieser wird ihn zum etwa 23 Kilometer entfernten Stadtzentrum in das Hotel ‚Domina Prestige' bringen, wo er während seines Aufenthaltes in St. Petersburg wohnen wird.

Als er pünktlich wie vorgesehen, den Lufthansa Airbus bordet, stellt er zu seiner Überraschung fest, dass er der einzige Fluggast in der 1. Klasse ist. Die nächsten fast drei Stunden Flugzeit wird er also nutzen, um noch einmal alle mitgebrachten Papiere und Dokumente durchzulesen und auf ihre Richtigkeit zu überprüfen. Dr. Alex Sacharow ist ihm bisher nicht bekannt. Deshalb möchte er auf der Hut sein. Fehler dürfen ihm mit dieser ihm noch unbekannten Person nicht unterlaufen, da es absolut tödlich sein kann und mit den Russen als Partnern trotz inzwischen gut etablierten Geschäftspraktiken nicht zu spaßen ist.

Wie bei der Lufthansa nicht anders zu erwarten, verläuft auch dieser Flugabschnitt planmäßig. Aber wen er nach seiner Ankunft und der ordnungsgemäßen Überprüfung nach der Landung in der Empfangshalle durch die Zollbehörde, nicht entdecken kann, ist Dr. Alexander Sacharow.

Sicherlich hat er aufgrund seiner Müdigkeit den Herrn mit einem Namensschild in der Hand hoch über seinem Kopf haltend, übersehen. Eine andere Erklärung kann er beim besten Willen nicht finden oder doch? Zweimal ist er bereits ziellos durch die Empfangshalle marschiert, hat dabei aber keine Person entdeckt, die ihm nur den geringsten Hinweis geben könne, als ob sie ihn erwartet. Noch einmal, zum letzten Mal, wird er es versuchen. Gerade hat er die ersten Schritte hinter sich gebracht, als eine äußerst attraktive Dame wie aus der Versenkung forschen Schrittes auf ihn zuschreitet, um ihn in akzentfreiem Deutsch anzusprechen:

„Entschuldigen sie bitte, sind sie Markus Hofer?"

„Ja, der bin ich. Aber wer sind sie?"

„Ich bin Dr. Alexandra Sacharow. Meine Freunde nennen mich kurz und bündig Alex. Ich habe von Dr. Lutschikov, der ihnen ja sicherlich bekannt ist, vor wenigen Stunden den Auftrag bekommen, sie hier abzuholen und zum Hotel ‚Domina Prestige' in der Innenstadt zu bringen. Wenn das so mit ihnen in Ordnung ist, können wir ja gleich losfahren. Vielleicht gelingt es uns dann noch etwas von der ‚Rush-Hour' zu vermeiden. Ohne eine weitere Frage, nimmt sie den doch recht schweren Koffer, den Markus neben sich abgestellt hat, schaut ihn fragend an und mit den zwei Worten:

„Los geht's" strebt sie, das Gepäckstück nach sich ziehend, auf eine der Ausgangstüren zu. Markus Hofer schaut sie verblüfft, ja sogar etwas verwirrt an, denn an alles hatte er erwartet, aber von einer so resoluten und attraktiven

Frau ohne langes Hin und Her in Beschlag genommen zu werden, hätte er nicht Mal in seinen kühnsten Träumen erwartet.

„Wladimir, unser Chauffeur, ist leider zurzeit dienstlich unterwegs und so wurde mir kurzerhand die Ehre zuteil, sie vom Flughafen abzuholen. Ich hoffe, sie empfinden das nicht als eine Zumutung, aber glauben sie mir, wenn es zum Autofahren in dieser Stadt kommt, können sie mir schon voll vertrauen."

Ihn mit einem schelmischen Blick aus ihren opalgrünen Augen anschauend, möchte sie gerade weiterreden, aber diesmal ist er schneller:

„Ja, ich vertraue ihnen schon, aber eigentlich hatte ich einen Mann erwartet. Besonders als in der an mein Büro gesandten E-Mail der Name ‚Alex Sacharow' zu lesen war. Auch wenn ich schon nicht mehr der Jüngste bin, muss ich doch ehrlich zugeben, dass es mir definitiv besser gefällt, von einer hübschen attraktiven Frau als von einem älteren Mann abgeholt zu werden."

„Herr Hofer, der Grund warum es eine besondere Ehre ist sie persönlich abzuholen, hat aber auch etwas anderes, ganz Besonderes auf sich. Das Großprojekt, also der Aus- und Aufbau unserer medizinischen Gerätefabrik ist das Kind meiner geistigen Eingebung. Es wurde von mir ins Leben gerufen und dank ihrer uns zugesagten Mitarbeit, steht es mir zu, so glaube ich wenigstens, als Erste ihr Verhandlungspartner zu sein. Dennoch freuen sie sich nicht zu früh, auch wenn ich ihnen ein strahlendes Gesicht vorgaukele: Hinter meiner Stirn arbeitet ein Computer, der mir sagt, wieviel Spielraum ich habe und mir andererseits auch meine von unserer als auch von ihrer Gesellschaft aufgetragenen Grenzen vorschreibt. Aber nach dem langen Flug müssen sie ja todmüde sein. Starten wir also Morgen mit unseren Verhandlungen, denn ich möchte sie unter keinen Umständen überrumpeln."

Nach rund fünfunddreißig Minuten Fahrzeit erreichen sie das direkt an den Ufern des Flusses ‚Moika' gelegenen fünf Sterne Hotels, ‚Domina Prestige' mitten im Zentrum der fünf Millionen Einwohner zählenden Stadt St. Petersburg. Wie man immer wieder nachlesen kann, ist diese Stadt die größte nördliche Stadt auf unserem Planeten. Nur von der Schönheit einer einzigen Stadt in der Welt übertroffen, nennt man sie daher auch das ‚Venedig' des Nordens.

Kapitel 5: Keine leichten Verhandlungen

Während Markus Hofer in sein vorläufiges Domizil, nämlich das im Herzen von St. Petersburg in Russland, gelegene fünf-Sterne Luxus-Hotel ‚Domina Prestige' eingezogen ist, arbeitet Krista Rosner bereits den zweiten Tag in ihrem Büro im 12. Stockwerk des Glaspalastes an der Gerrard Street im Zentrum Torontos. Hier und da werfen Patrick als auch seine Schwester einen kurzen Blick in ihr Büro als auch in das Büro ihres Vaters. Noch nicht aussortierte und auch etliche unbearbeitete Akten nehmen fast den gesamten Fußboden in Beschlag. Doch vollgespeichert mit Energie, scheint es ihr Freude zu bereiten, Ordnung in das von ihrem Chef seit der Pensionierung seiner ehemaligen Sekretärin geschaffene Durcheinander zu bringen. Aber für heute möchte sie den Tag beschließen. Immerhin ist sie schon seit sieben Uhr in der Frühe mit der Neuorganisation des ‚Nervenzentrums', wie Helen das Büro ihres Vaters ein wenig respektlos bezeichnet, beschäftigt. Und inzwischen ist es doch bereits nahe der sechs Uhr Grenze. Um etwa vier Uhr hat sie eine E-Mail, abgesandt von Markus Hofer aus dem ‚Domina Prestige Hotel' erhalten. Ihrer vorgenommenen Zeitumrechnung, müsste Mister Hofer also die E-Mail um ein Uhr Frühmorgens abgesandt haben.

Mit lakonischen Worten, sie spürt förmlich die Müdigkeit nach seinem langen Flug darin, teilt er ihr mit, dass er gut angekommen sei. Auch der erste Verhandlungstag sei zu seiner vollsten Zufriedenheit verlaufen. Weiterhin wünsche er ihr einen guten Arbeitstag und vor allen Dingen möge sie ihre Nerven schonen, schließlich sei das gesamte Papier- und Aktendurcheinander ja nur was es sei, ein ‚Durcheinander'. Dann folgt ein etwas hämisches ‚Hahaha und ‚viele LG Markus'.

Als sie die letzten Worte liest, weiß sie nicht ob sie lachen oder weinen soll. Irgendwie fühlt sie sich angenehm berührt. ‚LG' kann doch nur ‚Liebe Grüße' bedeuten und wird, wie sie selbst sinniert, von ihr vielleicht doch ein wenig überbewertet.

Trotz eines harten Arbeitstages und der nun vor ihr liegenden Heimfahrt per Bus nach Kitchener, befindet sie sich in bester Laune. Irgendwie fühlt sie sich vom Glück begünstigt.

Gerade in dem Moment, als sie nochmals einen kurzen Blick in den an der Wand hinter der Bürotür hängenden Spiegel wirft, blinkt das kleine blaue Licht an ihrem Computer erneut auf und zeigt ihr an, dass eine weitere E-Mail auf sie wartet.

Etwas ungeduldig behält sie den Computer in ihrem Blickfeld bis die angekündigte E-Mail auf dem Bildschirm auftaucht. Aber wider Erwarten ist nicht ihr Boss der E-Mail Sender. Vielmehr weist sich der Absender als P.H.@hotmail.ca aus. Wer auch immer dies sein mag interessiert sie nicht, doch der Inhalt des Schriftstückes stellt sie erst einmal vor ein Rätsel, ein Rätsel welches ihr das Blut ins Gesicht steigen lässt…

„Sehr verehrte K.R., ich nehme fest an, dass dieses die Anfangsbuchstaben ihres Namens sind. Als sie vorgestern

Abend im Restaurant ‚La Boheme' nur etwa drei Tische von mir entfernt saßen, konnte ich es nicht vermeiden, einen Teil ihrer Unterhaltung mit dem ihnen gegenübersitzenden und das muss ich ihnen ohne weiteres zugestehen, gutaussehenden Mannes, mitzuhören. Leider war es mir nicht möglich, auch nur einen einzigen Blick in ihr sicherlich hübsches Gesicht zu werfen. Doch ihre aparte Figur und das Seitenprofil ihres Gesichtes, soweit ich es sehen konnte, lassen mich darauf schließen, dass sie etwas Besonderes darstellen, etwas, was man so schnell nicht vergessen kann. Ich hege unter keinen Umständen die Absicht, in ihr Privatleben einzudringen. Deshalb bitte ich sie auch um Verzeihung, wenn sie diese E-Mail lesen. Einige Minuten nach ihrem Verlassen des Restaurants, als ich zufällig an dem von ihnen benutzten Tisch vorbei ging, sah ich den Zettel mit ihrer E-Mail Adresse dort liegen. Zu meiner Schuld muss ich eingestehen, dass ich mir die Freiheit erlaubt habe, diesen Zettel einzustecken.

Gerne würde ich mit ihnen eine E-Mail Verbindung anknüpfen, aber nur unter ihrer bedingungslosen Zustimmung. Andernfalls vergessen sie bitte dieses alles. Werfen sie diese E-Mail einfach weg. Ich bin zwar ungebunden, kann ihnen aber aus gewissen Gründen momentan weder meinen Vor- noch Nachnamen preisgeben. Falls es ihnen auch ein wenig Freude bereiten würde, sich ab und zu mal über dieses oder jenes zu unterhalten, wäre ich, jedenfalls glaube ich so, der richtige Ansprechpartner für sie. Vorausgesetzt, dass ich sie jetzt weder überrumpelt noch in irgendwelcher Form beleidigt haben sollte und ihnen mein Vorschlag gefällt, schreiben sie mir doch einfach zurück. Und zwar bitte nur ein Wort würde notfalls genügen:

‚Ja' oder' Nein'. In jedem Fall möchte ich mich nochmals herzlich bei ihnen bedanken, egal wie ihre Antwort ausfällt. Mit freundlichen Grüßen….. ihr P.H.@hotmail.ca, ja einen Namen müsste man schon haben, aber sollten sie mit ‚Ja' zurückschreiben, fällt mir sicherlich einer ein.'

Nach dem Lesen dieser zwar interessanten aber trotzdem recht unkonventionellen E-Mail, ist sich Krista im Unklaren. Ist das wirklich ernst gemeint? Oder versucht hier jemand, sich mit ihr einen Scherz zu erlauben? Verzweifelt versucht sie sich an den Vorabend an das mit Markus besuchte Speiselokal zu erinnern. Aber da waren doch so viele Gäste. Wie kann sie sich da an irgendjemand völlig Unbekannten erinnern? Einfach unmöglich! Dieser Jemand muss sie aber trotzdem genau im Seitenvisier gehabt haben.

Der ihr naheliegende Gedanke ist vielleicht der einzig richtige. Sicherlich muss der Unbekannte sie gekannt haben. Warum will er sonst seinen Namen nicht preisgeben. Morgen früh wird sie mit der E-Mail Patrick Hofer konfrontieren. Sicherlich kennt er sich in solchen Dingen aus. Vielleicht gelingt es ihm sogar aus den Anfangsbuchstaben P.H. den Namen des Schreibers zu ermitteln. Aber P.H, könnte das nicht auch Patrick Hofer heißen und er versuchen, ihr einen Streich zu spielen? Doch warum sollte er? Ihre Gedankengänge geraten immer mehr in Verwirrung, je länger sie darüber nachdenkt.

Obwohl es ihr vorgesehenes Ziel war, sich schleunigst auf den Heimweg zu begeben, setzt sie sich wieder auf den Sessel hinter ihren Schreibtisch. Ihr gesamter Denkapparat läuft auf Hochtouren. Soll ich oder soll ich nicht zurückschreiben? Wenn ich zurückschreibe, kann ich damit irgendwelchen Schaden anrichten? Nein, eigentlich nicht! Also werde ich es tun und zwar jetzt. Mein lieber E-Mail Schreiber, ob es dir gefällt oder nicht.... Ich nehme deine Herausforderung an und werde dir sogar deine Anfrage mit ‚Ja' beantworten:'

„Hallo, lieber E-Mail Schreiber,

vielen Dank für den geglückten Überrumpelungsversuch. Trotz meines innerlichen Sträubens gegen ihr vielleicht doch etwas dreist ausgefallenen Vorgehens, nehme ich ihre Einladung an. Genau wie sie, werde ich ihnen meinen Namen nicht preisgeben, ebenfalls sollten mein Arbeitsplatz sowie alle anderen Sachen aus meiner privaten Sphäre vollkommen tabu bleiben. Beim geringsten Überschreiten dieser Bedingungen werde ich unsere Verbindung als unzumutbar sofort abbrechen. Obwohl total unbekannt, freue ich mich über ihren Versuch, mir Toronto, also die Stadt und ihre Menschen, etwas näher zu bringen.

Bis Morgen und einen schönen Abend wünscht ihnen

Ihre E-Mail Partnerin K.R."

Nun ist es für sie aber wirklich an der Zeit, ihre Habseligkeiten zusammenzupacken, um sich endgültig auf die Heimfahrt nach Kitchener zu begeben. Von Müdigkeit übermannt, schläft sie während der Busfahrt ein. An der Endstation angekommen, weckt der Busfahrer sie durch ein leichtes Schütteln ihrer Schultern auf. Ein wenig ungläubig dreinschauend, stellt sie fest, dass sie der letzte den Bus verlassende Fahrgast ist. Zu Hause angekommen, ist ihr erstes Ziel ein heißes Bad. Danach bereitet sie sich auf die Schnelle etwas Essbares, probiert dann wenigstens einen Teil der Fernseh-Nachrichten zu ergattern, aber die überwältigende Müdigkeit gewinnt auch gegen dieses Vorhaben.

Alles was heute auf sie eingeströmt ist, war einfach zu viel, zu überwältigend, um es in wenigen Stunden verkraften zu können. Demgemäß fällt auch ihr Schlaf aus. Die wildesten Träume nehmen von ihr Besitz, greifen dabei auch in ihr privates Leben ein. Einmal ist es ihr neuer Chef, den sie in einer riesigen auf ihn zukommenden Gefahr in St. Petersburg gerade noch vor einem Überfall beschützen kann, zum anderen Mal ist es der E-Mail Schreiber, der ihr auf offener Straße nachstellt und dabei versucht, sie in ein Straßencafé zu drängen.

Schweißgebadet erwacht sie schließlich. Glücklicherweise ist von der Erinnerung ihrer Träume so gut wie nichts in ihrem Gedächtnis haften geblieben. Da es bereits nach fünf Uhr morgens ist, kehrt sie nicht mehr in ihr Bett zurück. Stattdessen braut sich einen besonders starken Kaffee, bevor sie sich für ihren bevorstehenden Arbeitstag vorbereitet.

Obwohl ihre Armbanduhr gerade einmal halb acht anzeigt, betritt Krista bereits die lichtdurchflutete Empfangshalle des ‚Guggenhofer International' Hochhauses in der Gerrard Street. Die riesige Glasfassade, obwohl durch die heruntergelassenen Jalousien etwas abgemildert, lässt die Morgensonne in ihrer vollen Pracht fast ungehindert bis in die hinterste Ecke erstrahlen. Der äußerst helle Marmorfußboden verstärkt den Helligkeitseffekt so sehr, dass Krista sich zum Anlassen ihrer Sonnenbrille entschließt. Außerdem möchte sie sich gerne ein wenig umschauen, ob sie nicht von jemand beobachtet wird, der eventuell als ihr anonymer E-Mail Schreiber in Betracht kommen könnte.

Trotz intensiver aber unauffälliger Beobachtung kann sie nichts entdecken. ‚Hatte sie es denn erwartet? Nein, eigentlich nicht, denn wenn, dann würde doch der E-Mail Schreiber wissen, wer sie ist und das Versteckspielen wäre nichts anderes als eine nutzlose Zeitverschwendung. Also weg mit dem Gedanken. Krista, du hast gerade einen neuen, guten und auch dementsprechend bezahlten Job bekommen. Das ist es, worauf du dich konzentrieren solltest und nicht auf irgendwelche kindischen Spielchen. Ist dir das klar?'

Im zwölften Stockwerk angelangt, empfängt sie dort noch eine Totenstille. Vor der Tür zum Seiteneingang, der jetzt nicht nur Mr. Hofers sondern auch ihr Eingang ist, bleibt sie stehen.' Wo hat sie ihren Schlüsselbund? Ah ja, in ihrer Handtasche.'

Als sie plötzlich einen leichten Druck auf ihrer rechten Schulter verspürt, lässt sie vor Schreck nicht nur den Schlüsselbund, sondern auch ihre Handtasche einschließlich der gesamten herausfallenden Utensilien auf den Boden fallen. Aufatmend stellt sie fest, dass der Urheber dieses Schrecks Moritz ist, der sie jetzt darüber aufklärt, dass er jeden Morgen der erste ist, der die Geschäftsleitungsbüros kontrolliert, bevor irgendein anderer die Räumlichkeiten betritt. Obwohl er bereits die ‚Siebzig' überschritten hat, muss sie zu ihrem Erstaunen feststellen, dass er mit ihm nicht zugetrauter Geschwindigkeit die auf dem Boden liegenden Gegenstände aufhebt bzw. in die von ihr aufgehaltene Handtasche zurücksteckt.

Kaum hat sie ihren ersten Schreck verdaut als sie ihr Büro betritt, wird sie mit einer anderen Neuigkeit konfrontiert. Gleich zwei E-Mails warten auf sie. Die erste kommt aus St. Petersburg und wurde über Nacht von ihrem Chef an sie adressiert. Er möchte seinen Kindern und ihr nur mitteilen, dass die Verhandlungen im Gegensatz zum gestrigen Start jetzt nur noch sehr zähflüssig verlaufen. Schuld daran sei eine Art von EU- und UN Sanktionen, welche momentan verschiedene Verschärfungen der Lieferbedingungen nach Russland vorsieht bzw. auch schon in Kraft gesetzt wurden. Von der anfangs so freundlichen Atmosphäre sei leider nicht mehr viel übriggeblieben. Trotzdem bittet er Krista, ihm einige dringend benötigte Dokumente schnellstmöglich per Kurier zuzusenden. Dann zählt er die Dokumente auf und wo sie in seinem Büro zu finden sind. Obwohl er, wie es aussieht, bis zum Hals im Stress steckt, scheint sein Humor nicht gelitten zu haben. Er teilt ihr nämlich mit, dass er für sie bereits ein außergewöhnliches Geschenk gefunden hat. Dieses wird er ihr nur dann geben, wenn sein Büro, wie von ihr versprochen, so ordentlich aussehen wird, dass er es nicht wiedererkennen wird, wenn er zurückkommt.

Die zweite E–Mail lässt sie erst einmal leicht zusammenzucken. Es ist ihr großer Unbekannter, P.H @hotmail.ca:

„Guten Morgen K.R., hoffentlich haben sie eine gute Nacht verbracht. Vielen Dank, dass sie mein Angebot angenommen haben. Ich schwöre ihnen mit allem was mir recht und heilig ist, dass ich es niemals missbrauchen werde und dass es in meinen Händen so sicher ist wie in Abrahams Schoss.

Sicherlich wäre es für mich ein leichtes Spiel, ihre I.P. Adresse ausfindig zu machen, aber ich werde und möchte es nicht tun. Vielmehr habe ich die halbe Nacht damit verbracht, für sie und mich die passenden Decknamen zu finden. Bitte lachen sie nicht über das, was ich ihnen jetzt in einfachen Worten mitteilen möchte: Als ich aus meiner Übermüdung heraus nicht einschlafen konnte, meine Gedanken sich aber mit jeder Minute mehr und mehr verwirrten, blieb mir keine andere Wahl, als den lieben Gott um seine Hilfe zu bitten. Bitte verübeln sie es mir jetzt nicht, denn ich weiß nicht einmal ob sie ein Christ sind und wenn, welcher Religion sie angehören. Das Einzige, was ich nun glaube ist die Tatsache, dass er da oben mir tatsächlich eine Hilfestellung gegeben hat. Bevor ich nämlich einschlief, fiel es mir wie Schuppen von den Augen…..sie sind für mich wie eine Prinzessin und deshalb erlaube ich mir, sie ab sofort nur noch mit ‚Prinzessin' anzureden. Ja und was mich belangt…..wenn es ihnen so recht ist…..bin ich halt der ‚Froschkönig'. Nur noch eine kleine Bitte…… dieses soll unser, also nur ihres und mein Geheimnis sein und bleiben. Nur so kann gewährleistet werden, dass nie eine andere Person je etwas weder über sie noch über mich in Erfahrung bringen kann.

Falls ihnen mein Angebot zusagt, bitte ich sie diese E-Mail sofort zu löschen, denn schließlich können wir, sie und ich, ja diese beiden Wörter in unseren Herzen für den Rest der Menschheit nicht nur unsichtbar, sondern auch unantastbar machen.

Eine sofortige Antwort ihrerseits würde mich sehr glücklich stimmen. Falls ihnen mein Vorschlag nicht zusagt, wird sich wohl noch etwas anderes finden lassen. Anderenfalls lassen wir von jetzt an dem Schicksal seinen freien Lauf und sehen Mal in aller Ehrlich- und Aufrichtigkeit, was es mit zwei Menschen wie uns, die sich nicht einmal persönlich kennen, in der Zukunft beabsichtigt.

Bitte verzeihen sie mir meinen so direkten Schreibstil, aber ich finde einfach, dass er zu meiner Person gehört, denn Ehrlichkeit, gepaart mit einer großen Portion Aufrichtigkeit haben mein bisheriges Leben und mich so geformt und geprägt, wie ich heute bin.

So, das wäre es von meiner Seite. Freue mich, liebe ‚Prinzessin', von ihnen zu hören und nun zum ersten Mal

viele liebe Grüße von ihrem ‚Froschkönig'"

Nach dem Lesen dieser E-Mail kann sie sich des Gefühls nicht erwehren, als wenn ihr ein kaltes Rieseln den Rücken herunter laufen würde. Obwohl es etliche Minuten in Anspruch nehmen wird, beginnt sie die sie so faszinierende E-Mail ein zweites Mal durchzulesen. Jedes Wort, ja jeden Satz lässt sie auf sich einwirken und versucht verzweifelt, ihn auf seine Bedeutung zu analysieren. Doch je mehr Zeit sie hierfür beansprucht und dabei ihre Gedanken überstrapaziert, desto schwieriger gestaltet sich ihre Interpretation.

Schon nach verhältnismäßig kurzer Zeit beschließt sie die Aufgabe ihres Vorhabens. Das einzige, was ihr jetzt sinnvoll erscheint, ist das Treffen einer Entscheidung, entweder das Angebot des E-Mail Schreibers anzunehmen oder ihm eine klare, aber dennoch freundliche Absage seines Planes zu erteilen.

Zuerst wird sie jetzt Prioritäten setzen und sich bemühen, die von ihrem Chef in St. Petersburg so dringend benötigten Unterlagen zusammenzustellen und ihm per Kurier zukommen zu lassen.

Sollte ihr nach dieser Zeitspanne hoffentlich für beide Seiten, also dem großen Unbekannten und ihr, eine zufriedenstellende Lösung eingefallen sein, wird sie seine letzte E-Mail beantworten, aber nur dann.

Während sich Krista um die Lösung ihres vor zwei Tagen nicht einmal bekannten Problems bemüht, sitzt Markus Hofer mit einigen russischen Geschäftskollegen und Wissenschaftlern, unter ihnen natürlich auch Dr. Alexandra Sacharow, in einem mittelgroßen Konferenzraum und palavern miteinander, um eine für beide Seiten tragbare Lösung des Embargo-Problems zu finden. Letzte Nacht haben sie bis nach zwei Uhr morgens hier in diesem stickigen Raum verbracht, ohne auch nur ihrem beidseitig angestrebten Ziel einen einzigen Schritt näherzukommen. Heute scheint sich eine ähnliche Situation anzubahnen.

Oftmals kann man beobachten, dass den Verhandlungspartnern eine gewisse Ratlosigkeit geradezu aus ihren Gesichtern ablesbar ist.

Nach fast drei Stunden der verzweifelten aber ergebnislosen Suche nach einer brauchbaren Lösung bittet Markus Hofer, die Verhandlungen für etwa zwei Stunden zu unterbrechen. Eine angestrebte Pause, die auch von der russischen Seite gerne akzeptiert wird.

Doch für Markus Hofer wird es keine Erholungsphase werden. Vielmehr möchte er die Zeit nutzen, um sich mit Dr. Alexandra Sacharow in einem Gespräch unter vier Augen zu unterhalten und ihr einen zwar etwas riskanten aber dafür brauchbaren Vorschlag zu unterbreiten.

Gerne möchte man den Beiden einen kleinen aber komfortablen Raum zur Verfügung stellen. Doch Markus lehnt das Angebot dankend ab. Stattdessen schlägt er Dr. Alex, wie sie hier allgemein genannt wird vor, mit ihr in dem großen Parkgelände um das stattliche Gebäude, einem ehemaligen Schloss aus der Zarenzeit, einen weitläufigen Spaziergang zu unternehmen, um die Gefahr des belauscht Werdens zu verhindern.

Als hätte sie Lunte gerochen, stimmt Dr. Alex seinem Vorschlag ihrerseits ohne die geringsten Einwände sofort zu.

Die beiden Wissenschaftler und Geschäftsleute wissen nur zu gut, wie Politik schnell und dabei gleichzeitig immense Schäden verursachen kann. Oftmals wird dabei jahrelange Forschungsarbeit zu Gunsten eines politischen Sieges auf wahnsinnigste Weise nicht wiederherstellbar zerstört. So könnte es auch hier jetzt und heute passieren und die Beiden wissen das. Aber was Markus Hofer während eines harmlos ausschauenden Spazierganges seiner Kollegin jetzt vorschlägt, lässt Dr. Alexes Mund im wahrsten Sinne des Wortes offenstehen.

Bei allen Lieferungen der ‚Guggenhofer International' oder deren Partnerfirmen von Kanada nach Russland handelt es sich ausschließlich um medizinische Geräte, beziehungsweise nur in der Medizin brauchbare Instrumente und ihre Ersatzteile. So sollte es doch mit ein wenig Geschicklichkeit und einer etwas trickreichen Ausfüllung der dazugehörigen Papiere möglich sein, alle diese Ausfuhrgüter als ‚humanitäre Hilfsgüter' zu deklarieren. Rechnungen hierzu dürften natürlich nicht ausgestellt werden und es müsste ohne weiteres möglich sein, eine ordnungsgemäße Begleichung der gelieferten Waren zu einem späteren Zeitpunkt durchzuführen.

Nach einer über eine Stunde dauernden Diskussion, sind sich Dr. Alexandra Sacharow als auch ihr Begleiter Markus Hofer über die Machbarkeit ihres Vorhabens einig. Man hätte eine solche Lösung auch niemals in Betracht gezogen, würden die von Russland zu erwerbenden bzw. herzustellenden medizinischen Geräte nicht so dringend und zwar zur täglichen Lebensrettung in diesem Land benötigt.

„Dr. Alex, ob der von mir vorgeschlagene Weg auch die Zustimmung ihrer Kollegen findet ist mir natürlich unbekannt und ich würde vorschlagen, nur die unbedingt vertrauenswürdigen und absolut notwendigen Leute von diesem Vorhaben zu informieren. Strengste Geheimhaltung ist das absolute Gebot der Stunde. Ob es uns gelingen wird, die zuständigen Behörden von der Lösung der humanitären Hilfe-Aktion zu überzeugen, werden wir erst in einigen Tagen erfahren. Jedenfalls finde ich es einen Versuch wert, zumal zu viele Menschenleben täglich auf dem Spiel stehen.

Ob sie an Gott glauben, weiß ich nicht, ist mir auch egal. Jedenfalls ist mir eines klar. Ohne seine Hilfe und seinen Beistand sind unsere Chancen gleich ‚Null'."

Ohne jegliche weiteren Worte wandern die Beiden ziellos über die gepflegten Wanderwege durch den traumhaft schön angelegten Schlosspark. Ihren angespannten Gesichtsausdrücken lässt sich zweifelsohne entnehmen, dass bei Beiden alle Gehirnfunktionen auf Hochtouren arbeiten. Es ist ihnen ohne auch nur die geringsten Zweifel zu hegen klar, dass der von Markus Hofer vorgeschlagene Weg ihr einziger Ausweg zum Umgehen der der russischen Regierung derzeit von der EU und auch der UNO auferlegten Sanktionen ist.

Fast auf die Minute genau schreiten Markus Hofer und Dr. Alex gemeinsam durch die für sie offengehaltene Tür in den Konferenzsaal, wo die meisten der Teilnehmer bereits ihre Sitze wieder eingenommen haben.

Markus und Dr. Alex haben es sich vorbehalten, erst nach dem Aushandeln der geschäftlichen Details ihren vorgefassten Plan nur zwei weiteren äußerst vertrauenswürdigen Teilnehmern am Ende der heutigen Verhandlungen anzuvertrauen. Dabei möchten sie diesen auch eine absolute Schweigepflicht auferlegen, um die sich in den nächsten Tagen anschließenden Verhandlungen mit den EU- und UNO Partnern nicht zu gefährden. Immerhin steht ihnen ein waghalsiges Unternehmen bevor, bei dem ihnen nicht der geringste Fehler oder gar Verdachtsmoment auf eine Falschdeklaration der Lieferungen unterlaufen darf.

Endlich, die Zeiger der Wanduhr haben schon wieder die 6 Uhr Abend Grenze überschritten, sind alle technischen Abwicklungen soweit fortgeschritten, dass Dimitri Solkoff, der Verhandlungsleiter der russischen Gruppe, beschließt, den Tag als gelaufen zu betrachten. Immerhin hat man alle geschäftlichen als auch technischen Besonderheiten mit dem kanadischen Partner zu einem für beide Seiten erfolgreichen Abschluss gebracht, wäre da nicht die immer noch offenstehende Klärung der Sanktionsfrage.

Innerhalb der letzten halben Stunde sind zwischen den fünf russischen Partnern regelrechte Wortschlachten entstanden, die von Markus Hofer als auch von Dr. Alexandra Sacharow zwar mit Interesse beobachtet wurden, aber denen sie dennoch nicht allzu große Wichtigkeit beigemessen haben.

Eigentlich fühlte sich bei Beginn Markus Hofer in dieser Verhandlungsrunde gewissermaßen überrumpelt, mehr als ihm eigentlich recht sein konnte. Immerhin besteht die andere Seite aus sechs Personen, Dr. Alex Sacharow miteingeschlossen, während er für seine Firma als Alleinvertreter auf einem wie es den russischen Partnern manchmal erscheint, verlorenen Posten sitzt.

Doch gerade das ist es, was die Stärke des Konzernchefs der ‚Guggenhofer International' auszeichnet. Nichts liebt er mehr, als dass man ihn unterschätzt und er am Ende seine Überrumpelungstaktik voll ausspielen kann. In dieser Verhandlung kommen noch einige andere Aspekte hinzu, wie zum Beispiel die nicht wegzudenkende Tatsache, dass Dr. Alex Sacharow voll auf seiner Seite steht und mitmischt, um dabei auch ihre persönliche Stellung weiter auszubauen. Außerdem steht es außer jeglicher Frage, dass die Sanktionslösung von der geschickten Verhandlungstaktik Mr. Hofers und seinen ausgezeichneten Beziehungen in den hierzu erforderlichen diplomatischen Kreisen absolut überlebenswichtig ist.

Nachdem die letzten Akten vom Verhandlungstisch verschwunden sind und man sich anschickt, den Konferenzraum zu verlassen, bittet Dr. Alex zwei ihrer Mitstreiter, unter ihnen auch Dimitri Solkoff, noch um einen Moment Geduld, da sie und Mr. Hofer den Beiden einen wichtigen Vorschlag zu unterbreiten hätten.

Die nun folgende Verhandlungsphase erstreckt sich dann doch über eine weitere Stunde. Zumal kostet es Markus Hofer einige Verhandlungskunst. Schließlich muss er den sich als ängstlich und dabei stur anstellenden Dimitri Solkoff von der einzigen brauchbaren Lösung der medizinischen Gerätelieferung als humanitäre Hilfsgüter von Kanada nach Russland überzeugen.

Endlich scheint der Arbeitstag beendet zu sein. Im Körper von Markus scheint sich kein Knochen mehr zu befinden, der ihm nicht irgendwelchen Schmerz verursacht. Obwohl er während des Tages bereits einige schmerzlindernde Mittel zu sich genommen hat, ist das Gefühl, dass sein Kopf kurz vor dem Zerplatzen steht, nicht verschwunden.

Als sich Dr. Alex anbietet, ihn zu seinem Hotel ‚Domina Prestige' an den Ufern des ‚Moika Rivers' zu fahren, nimmt er das Angebot dankend an. Kaum vor dem Hoteleingang geparkt, kommt ihnen schon ein Angestellter entgegen, um ihnen ein Valet-Parken anzubieten. Warum eigentlich nicht? Der harte Verhandlungstag ist zu Ende, die Kopfschmerzen sind sowieso da. Vielleicht würde da ein Glas Champagner mit einer so interessanten Frau wie Dr. Alex sie nun einmal verkörpert, bestimmt keinen weiteren Schaden anrichten können.

Markus hat bereits einen Fuß aus der offengehaltenen Tür auf dem Bürgersteig. Sein Gesicht seinem hübschen Gegenüber zuwendend, bittet er sie, ob sie nicht Lust hätte, den Tag mit einem gemeinsamen Drink zu beschließen. Mit einem gutturalen Lachen stimmt sie zu, während sie die Wagenschlüssel der schweren ‚Wolga Limousine' dem Valet-Parker in die offengehaltene Hand legt.

„Mr. Hofer, sie haben das Glück auf ihrer Seite. Eigentlich erwartet mich zuhause außer meiner Siam Katze kein lebendes Wesen. Nach dem heutigen Roller Coaster Tag haben wir uns diesen ‚Drink' redlich verdient. Aber darf ich ihnen eine Bedingung stellen? Über den heutigen Verhandlungstag und die damit verbundenen Arbeiten möchte ich kein Wort mehr hören. Abgemacht?"

„Dr. Alex, abgemacht und wer von uns beiden der Erste sein sollte, der das Wort ‚Arbeit' oder alles was damit zusammenhängt, erwähnt, muss die Begleichung der Rechnung übernehmen."

„Super Idee, na ja, als Wissenschaftler gegen einen solch mächtigen und mit allen Wassern gewaschenen Geschäftsmann wie sie es nun Mal sind, da steht der richtigen Antwort wohl nichts mehr im Wege. Also gehen wir hinein und lassen den Tag so ausklingen, als hätten wir den Erfolg schon in der Tasche."

Doch noch bevor sie in die von ihnen ausgewählte Cocktail-Bar ‚Novo' eintreten, marschiert Markus mit hastigen Schritten zur Rezeption, um sich dort den Schlüssel zu seiner ‚Junior Suite' aushändigen zu lassen.

Obwohl Markus Hofer seiner Begleiterin fast zwanzig Lebensjahre voraus ist, macht sich der Altersunterschied kaum bemerkbar. Vielmehr erwecken die Beiden den Eindruck eines jungvermählten Paares, das es sich leisten kann, in einem Hotel wie diesem, einige Tage seiner Hochzeitsreise verbringen zu können.

In einer Bar-Ecke, die nur mit einer etwas diffusen Lichtquelle erhellt wird, nehmen die Beiden die ihnen angebotenen Plätze ein.

„Das ist ja richtig kuschelig" sind die ersten Worte, die dem Mund der Wissenschaftlerin entweichen.

„Ja, da kann ich ihnen nur zustimmen. Übrigens, habe ich mich eigentlich schon bei ihnen bedankt, dass sie mich in dieser wunderschönen ‚Herberge' untergebracht haben? Das waren doch sie oder?"

„Ja und nein. Ich habe mir das Hotel inklusive der Details vorher angeschaut und mich danach entschlossen, für sie eine ‚Junior Suite' zu bestellen. Doch um bei der Wahrheit zu bleiben, war es Dr. Lutschikov, der mich damit beauftragt hatte und er war auch derjenige, der dieses Hotel wärmstens empfohlen hatte. Wie er sich ausdrückte, ist es ein Hotel bei dem von der Ambiente angefangen, absolut alles stimmt.

Mit einem bezaubernden Lächeln in ihrem hübschen Gesicht, welches die beiden Grübchen in ihren Wangen noch deutlicher hervorhebt, stößt sie ihren Sektkelch vorsichtig an seinen:

„Mr. Hofer, hoffen wir, dass es uns beiden gelingt, unser gemeinsam begonnenes und nicht gerade ungefährliches Abenteuer gemeinsam und auch erfolgreich wieder zu Ende bringen. Was mir zusätzlich noch aufrichtige Freude bereitet, ist die unleugbare Tatsache, in ihnen einen Menschen kennengelernt zu haben, dessen Wesen und Aufrichtigkeit mich vom ersten Augenblick an positiv beeindruckt haben. Nostrovje."

In seinem Gesichtsausdruck kann Markus die freundliche Ausstrahlung für seine Tischgenossin nicht verbergen:

„Nostrovje."

Immer noch das gleiche lachende Gesicht zeigend, lehnt er sich nach vorne über seine Tischhälfte:

„Dr. Alexandra, sie haben einen so wunderschönen Vornamen. Dagegen kann ich natürlich mit meinem nicht ankommen. Dennoch würde es mich freuen, wenn sie mich schlicht und einfach mit ‚Markus' anreden würden."

„Klingt ganz gut, mache ich auch, aber nur unter einer Bedingung. Sie eliminieren ab sofort das Wort ‚Doktor', verkürzen meinen Vornamen und nennen mich einfach ‚Alex'."

Ein kurzes Anstoßen und damit sind die Beiden nicht nur per ‚Du', sondern von dieser Minute an beginnt für sie ein Bund der Freundschaft, den sie in den nächsten Tagen ohne ihr eigenes Wissen, mehr als einmal dringend gebrauchen werden.

In kürzester Zeit haben sich die Beiden in eine lustige, manchmal auch ernste, dann wieder theatralische Unterhaltung verstrickt. Dabei ist es ihnen naturgemäß vollkommen entgangen, dass sie von einer ihnen vollkommen unbekannten Person seit ihrer Ankunft ununterbrochen beobachtet werden.

Bei dem Unbekannten, der drei Tische von ihnen entfernt sitzt, scheint sich eine Art von Frustration aufzubauen, denn die Abstände in denen er seinen Wodka bestellt, werden immer kürzer. Seine linke Hand hat er ständig am gleichen Platz neben einer Blumenvase etwa in der Tischmitte postiert, als hätte er etwas zu verbergen. Nur ein einziges Mal, als er mit seinem Wodkaglas die Blumenvase fast umstößt, benötigt er seine linke Hand zum Auffangen. Dabei wird ein unter dieser Hand verborgenes Richtmikrofon für einen kurzen Augenblick sichtbar, mit dem er wie es aussieht, seine Nachbarn drei Tische entfernt belauscht.

Eigentlich hat das Schicksal Markus und Alex eine kleine Hilfestellung geleistet, bevor sie die Bar betraten. Schließlich hatte Alex Markus eindringlich gebeten, dass sie nur mitkommen würde, wenn absolut kein Wort über die heute geführten Verhandlungen oder jegliche andere mit Arbeit zusammenhängende Gesprächsthemen geführt würden. Und bis zu diesem Augenblick hat sich jeder der Beiden strikt daran gehalten. Während Markus als ein absolut anregender Gesprächspartner in seinen Kreisen bekannt ist, scheint Alex mehr der ruhigere aber dennoch forsch auftretende Teil zu sein, der alle Dinge so anpackt, wie sie ihr über den Weg laufen.

Der Möchtegern Lauscher scheint durch seinen Misserfolg total frustriert zu sein. Außerdem hat der Alkohol das seine dazu getan, denn zu allem Unglück stößt er mit seiner freien rechten Hand das vor ihm stehende noch volle Wodka Glas um. Eine nun etwas unglücklich verlaufende Reaktion lässt das Wodka Glas gegen die Blumenvase fallen, die sich langsam aber sicher zur Seite neigt. Dabei wird das auslaufende Wasser fast gleichmäßig über das Richtmikrofon verteilt, um es zunächst erst einmal unbrauchbar werden zu lassen.

Alex als auch Markus, die das gesamte Schauspiel ohne die Spielregeln zu kennen, beobachtet haben, können sich ein Schmunzeln nicht verkneifen.

Erst nachdem der Gast, wie man es ihm nun deutlich anmerken kann, sein unrühmlich ausgefallenes Gastspiel beendet hat, wirft Alex ihrem Partner einen ernsten Blick zu:

„Markus, was wir beide vorhin als uns so köstlich erscheinend, beobachtet haben, war eigentlich bitterer Ernst. Der Mann an dem betreffenden Tisch war ein auf uns abgesetzter Beobachter, dessen Hauptziel es war, uns zu belauschen. Dabei sollte er herausfinden, in welcher Art und Weise wir beabsichtigen, unsere Pläne durchzuführen. Da ich dich aber beim Betreten der Bar unbeabsichtigt gebeten hatte, nichts Geschäftliches zu besprechen, ist ihm nun keine andere Wahl geblieben, als unverrichteter Dinge wieder abzuziehen. Die geringste Bestrafung, die er für seine Dummheit zu erwarten hat, ist die Bezahlung des angerichteten Schadens. Doch um etwas möchte ich dich noch bitten und deute es bitte nicht falsch. Nimm mich bitte mit in dein Zimmer, damit wir gemeinsam nachprüfen können, ob man dort nicht doch einige Wanzen zwecks Überwachung und Abhören deines Telefons, versteckt hat."

„Alex, du glaubst also wirklich, dass man solche Dinge auch heute in einem demokratischen Land, wie Russland es vorgibt zu sein, noch erleben kann. Mein Gott, das hört sich ja fast wie ein Kriminalroman an. Sicherlich sollte man doch die absolute Kenntnis besitzen, dass wir nur medizinische Geräte herstellen und vertreiben, die hier momentan dringend gebraucht werden."

Nachdem Markus die Rechnung beglichen hat, verlassen Beide die Bar, um sich per Fahrstuhl in das dritte Stockwerk zu begeben. Seine Suite, Nummer 307, ist nur einen

Katzensprung vom Fahrstuhl entfernt und bietet dem Betrachter eine herrliche Aussicht über den vorbeifließenden ‚River Moika'.

Doch zum Bewundern der ihnen gebotenen Aussicht bleibt leider keine Zeit. Außerdem herrscht draußen auch schon tiefe Dunkelheit, nur vom Licht unzähliger Straßenlampen erhellt.

Beide begeben sich gleichzeitig auf die Suche nach versteckten Mikrofonen oder sogenannten Wanzen. Alex hat hier den definitiven Vorteil gegenüber Markus. Anscheinend ist es nicht das erste Mal, denn in wenigen Minuten hat sie die erste Wanze, nämlich eine kleine versteckte Kamera, meisterhaft in die Fenstergardine eingenäht, gefunden. Nur kurze Zeit später entdeckt sie in dem Rahmen eines Gemäldes das dort versteckte Mikrofon.

Wie vorhin beim Auffinden der Kamera bewegt sie sich vollkommen ungezwungen, bis sie den Aufnahmebereich der Spionagekamera verlassen hat. Den Zeigefinger ihrer rechten Hand über ihren Mund haltend, deute sie auf das im Gemälderahmen eingelassene Mikrofon, welches sie herausnimmt, um damit in dem überdimensionalen Badezimmer zu verschwinden. Mit einem Stück aus einer der Gardinen herausgezogenen Fäden befestigt sie das Mikrofon an die Innenseite der Toilettenbrille, um damit bei der Toilettenbenutzung einen schallenden Lärm zu erzeugen, über den sich jeder Abhörer nicht gerade erfreuen wird.

„So Markus, ich denke, das war's fürs Erste. Kamera und Mikrofon sind erst einmal unbrauchbar. Das ist zwar notwendig, hat aber die andere Seite, wer immer das auch sein mag, gewarnt. Doch bevor ich dich jetzt allein lasse, möchte ich dich darauf aufmerksam machen, dass du mir noch etwas schuldest."

„Ja, Alex, du hast natürlich Recht und deshalb gehören die nächsten Minuten auch uns und zwar nur dir und mir allein, einverstanden?"

Blitzschnell hat er sich umgedreht, sodass beide Gesichter nur eine Handbreite voneinander getrennt sind. Ohne weiteres Zögern ergreift er ihre Hände, zieht mit leichter Gewalt ihren Körper an seinen und nur eine Sekunde später spürt sie den Kuss auf ihren Lippen, einen Kuss auf den sie von dem Augenblick, als sie ihn das erste Mal sah, im wahrsten Sinne des Wortes geträumt hatte.

Die Hoteluhren zeigen nicht Mal 8 Uhr morgens an, als der Chauffeur der wuchtigen ‚Wolga Limousine' direkt vor dem Hoteleingang des ‚Domino Prestige' parkt, um seinen prominenten Gast, Markus Hofer, abzuholen. Etwas erstaunt schaut Wladimir, der Chauffeur schon, als gleich zwei Personen auf seine Limousine zusteuern. Der große, gutaussehende Mann in dem perfekt passenden dunkelblauen Streifenanzug, ist ihm vollkommen unbekannt. Aber die elegant gekleidete junge Dame ist doch, nein das kann nicht wahr sein, niemand anderes als seine Chefin Dr. Alexandra Sacharow. Und die Beiden benehmen sich, als wenn sie sich schon ewig kennen würden. Wladimir ist sicherlich nicht der schlaueste Mann in St. Petersburg, aber er ist schon in der Lage, logischerweise zwei und zwei zusammen zu zählen. Doch gerade in dem Moment, als es so aussieht, als ob die Beiden auf den Dienstwagen zuschreiten, bahnt sich ein anderes Fahrzeug einen Weg zum Hoteleingang. Der Fahrer, ein rot befrackter junger Mann, der für das Valet-Parken zuständig ist, springt heraus, um die Wagenschlüssel an Dr. Alex auszuhändigen, die ihn dafür mit einem ordentlichen Trinkgeld entschädigt.

Während Wladimir mit erstauntem Gesicht immer noch die Fond Türe der ‚Wolga' Limousine für seinen abzuholenden Fahrgast offenhält, winkt ihm sein vermeintlicher Fahrgast mit beiden Armen heftig zu. Er möchte dem Fahrer damit nur klarmachen, dass er gemeinsam mit Dr. Alex in deren Fahrzeug seiner Limousine folgen wird.

Wladimir scheint es endlich begriffen zu haben. Ein kurzer Wink zurück und er verlässt den überdachten Hoteleingang, um in die Hauptstraße einzubiegen, die ihn zu dem schlossartigen Verhandlungsgebäude außerhalb von St. Petersburg führen wird. Dr. Alex hat sich auf der Hauptstraße direkt an ihn angehängt, um ihn bei der erstbesten Gelegenheit zu überholen, da ihr einige Schleichwege bekannt sind, von der Wladimir, obwohl Chauffeur, sicher noch nie etwas gehört hat.

Kurz vor 9 Uhr stoppt sie ihren Wagen vor dem Gebäudeeingang, um Markus eine Gelegenheit zum schnellen Aussteigen zu bieten, bevor sie ihr Fahrzeug auf einem dafür vorgesehenen Platz zum Parken abstellt.

Im Konferenzsaal sind schon alle versammelt. Man hat nur auf Markus und seine Begleiterin, Dr. Alex, gewartet.

Wie in der Tagesordnung festgelegt, ist Dr. Alex die erste Sprecherin, direkt gefolgt von Markus Hofer. Eigentlich gilt es jetzt nur noch das Fazit der vergangenen zwei Tage zu ziehen, um dann das Endresultat bekanntzugeben.

Inzwischen sind auch alle Kaufverträge mit den dazugehörigen Lieferbedingungen von den Vertragspartnern unterzeichnet und man könnte die Verkaufskonferenz als erfolgreich abgeschlossen zu den Akten legen, wäre da nicht die Sanktionen-bzw. Embargo Angelegenheit. Schließlich hat man hierfür, wie die meisten Teilnehmer annehmen, noch keine brauchbare Lösung finden können.

Als Markus Hofer sich hinter dem Rednerpult positioniert, herrscht im Saale eine solche Stille, dass man ohne weiteres eine Stecknadel hätte fallen hören. Immerhin ist er es, der für die fristgerechte Abwicklung der Lieferverträge zuständig ist.

Mit seiner sonoren Stimme beginnt er den Anwesenden zu erläutern, welche unerwarteten Schwierigkeiten während dieses Riesengeschäftes mit seinem Konzern und dessen russischen Partnern aufgetreten seien.

„Dank der ausgezeichneten Zusammenarbeit und hierbei möchte ich besonders Dr. Alexandra Sacharow hervorheben, ist es uns in wenigen Tagen gelungen, alle bisher aufgetretenen Schwierigkeiten aus der Welt zu schaffen. Wie ihnen allen bekannt ist, bestehen seitens der EU als auch der UN für Lieferungen nach Russland gewisse Sanktionen als auch ein Embargo. Dr. Sacharow und ich werden daher morgen Früh zuerst nach Genf und von da nach Brüssels fliegen, um zu ergründen welche Möglichkeiten bestehen, diese Lieferstopps zu vermeiden, beziehungsweise zu umgehen. Wir, Dr. Alexandra Sacharow, als auch ich bitten sie aufrichtig, uns für diese für ihr Land so wichtige Transaktion gutes Gelingen und viel Glück zu wünschen. Herzlichen Dank für ihre geleistete Arbeit und ihrem Komitee danke ich persönlich für die großartige Aufnahme und Bewirtung in ihrem Vaterland."

Unter dem lauten Beifall und mehrfachen stehenden Ovationen verlässt Markus das Rednerpult. Im letzten Moment erspäht er am Ende des Saales Alex, die sich gerade auf dem Weg zu Dr. Lutschikov begeben will. Genau dieses Treffen passt in das Gesamtbild Markus Hofers, dem es am Herzen liegt, noch einmal mit Dr. Lutschikov eine zwar nur kurze, aber wichtige Zustimmungserklärung mit seiner handschriftlichen Bestätigung zu bekommen.

Nur mit dieser Bestätigung wird es ihm nämlich möglich sein, das Gesamtbild der humanitären Hilfe zusammenzubauen, um damit nicht nur in Genf, sondern auch in Brüssels erfolgreich zu taktieren. Nachdem er wieder nur mit dem Zögern und einem längeren Hin- und Her Palavern die Bestätigung in der Tasche hat, ist es ihm als ob er einen großen Schritt nach vorne hinter sich gebracht hätte. Die ihm als auch Dr. Alex noch verbleibende Zeit nutzen die Beiden, um alles brauchbare Überzeugungsmaterial zusammenzustellen. Die erforderlichen zwei 1. Klasse Flugtickets sind bestellt und soeben bestätigt worden. Während sich Markus zum Hotel zurückkutschieren lässt, hat Dr. Alex noch im Schlossgebäude eine Vielzahl anderer Arbeiten zu erledigen, die sie bis weit in den Abend beanspruchen werden.

Am späten Nachmittag, die Dunkelheit versucht bereits das Tageslicht langsam aber sicher abzulösen, gelingt es Markus, seinen Sohn Patrick in dessen Büro in Kanada zu erreichen. Einige Male hat er es bereits per E-Mail versucht, sogar auch bei Krista Rosner, aber von beiden Adressen bisher keine Rückantwort erhalten.

Mit Patrick vereinbart er, sofort und zwar ohne ‚Wenn und Aber' in der nächsten Stunde, den Betrag von fünfzig Millionen Euro schnellstmöglich auf ein ihm bekanntes Konto in der Schweiz telegrafisch zu überweisen. Wieviel er von diesem Geld gebrauchen wird, kann er momentan nicht Mal abschätzen, aber eins ist klar für ihn. Ohne eine ordentliche Summe ‚Schmiergeld' werden weder er noch Dr. Alex in der Lage sein, ihre Gegenüber weder in Genf noch in Brüssels von der Wichtigkeit der ‚Humanitären Hilfe' zu überzeugen. Damit ist auch für ihn der heutige Tag gelaufen. Nun kann es ihm egal sein, wieviel ‚Minikameras' oder ‚Wanzen' in seinem Zimmer versteckt sind. Er möchte nur noch schlafen, um für den morgigen Tag bestens gerüstet zu sein.

Nur wenige Kilometer von seinem Hotel entfernt, denkt eine hübsche Frau mit opalgrünen Augen, die sie kaum noch offenhalten kann, genau das Gleiche. Nur noch schlafen, tief und fest. Morgen wartet ein neuer Tag auf sie und der ihr und ihrem momentanen Partner Markus Hofer alles, aber auch wirklich alles abverlangen wird.

Es ist bereits 9.30 Uhr vorbei, als sich Markus Hofer und seine attraktive Begleiterin Dr. Alexander Sacharow am nächsten Morgen zum Einchecken am 1. Klasse Counter der Lufthansa buchstäblich in die Arme laufen. Sie werden nun gemeinsam zuerst nach Genf mit Zwischenstopp in Frankfurt und nach Abschluss der auf etwa zwei Stunden festgesetzten Verhandlungen noch am gleichen Tage am frühen Abend nach Brüssels fliegen. Immerhin kommen ihnen jetzt die drei Stunden Zeitunterschied zwischen St. Petersburg und Genf als auch Brüssels zugute, da sie ja gegen die Zeit fliegen.

Etwa um die Mittagszeit hat die Boeing 737 von Frankfurt kommend ihr Ziel, den ‚Geneva Airport' erreicht. Für Markus und Dr. Alex läuft alles wie am Schnürchen. Es dauert nicht mal eine Stunde, bis sie nach der Landung das ‚NH Geneva Airport Hotel' betreten. In dem am Vortag bereits gebuchten ‚Meetingroom' wartet schon die aus sechs Personen bestehende Delegation der UN -Vertreter auf die Gäste aus Kanada bzw. Russland. Entgegen aller TV-Nachrichten und Zeitungsartikel ist von der angespannten Lage zwischen Russland und seinen Kontrahenten, wie man nun mit eigenen Augen sehen kann, nichts zu spüren. Nach einer kurzen Vorstellungsrunde erklären Markus Hofer und seine charmante Begleiterin den Delegationsteilnehmern den Zweck ihres Hierseins, dem man naturgemäß mit einer großen Portion Skepsis entgegen sieht. Doch eine äußerst sachliche Diskussion schließt sich den Ausführungen der Beiden an. Erst als den Delegationsmitgliedern von Dr. Sacharow der Vorschlag unterbreitet wird, die medizinischen Geräte, egal ob Atemmaschinen, Lungentest- oder Wiederbelebungsgeräte unter den Schutz der Notfallhilfe als ‚humanitäre Versorgung' bezeichnet werden können, scheint sich die Lage dramatisch zuzuspitzen. Aus der bei Beginn der Verhandlungen sachlich gestarteten Gesprächsrunde ist inzwischen ein so lautes Durcheinander entstanden, bei dem es eigentlich keinem der Teilnehmer gelingt, seine geplante Rede an den Mann zu bringen.

Die Enttäuschung über diese unvorhergesehene Unruhe ist deutlich im Gesicht von Markus Hofer ablesbar. Mit einer solchen Entwicklung und der damit verbundenen Eskalierung des Problems hatte er unter gar keinen Umständen gerechnet. Obwohl er schon ähnliche Situationen wie diese in afrikanischen als auch in südamerikanischen Staaten miterlebt hat, ist das Benehmen der Delegationsteilnehmer im Herzen Europas und zwar hier im Zentrum der Schweiz, für ihn undenkbar und einfach nicht nachvollziehbar. Immer wieder wandert sein Blick in die Richtung seiner Partnerin, Dr. Alex. Aber alles was er von ihr zurückerhält, ist nur ein Schulterzucken. Auch sie ist sich bewusst und voll im Klaren darüber, dass ein Scheitern dieser Mission nicht nur für die ‚Guggenhofer International', sondern gleichzeitig auch den russischen Staatsapparat an den Rand einer nicht so leicht verkraftbaren Krise führen kann.

Eine bisher bei ihm kaum gekannte Art von aufgestauter Wut macht sich bemerkbar. Mit einem ungewöhnlich schnellen Satz erhebt er sich aus seinem Sessel, um mit übergroßen Schritten zum Rednerpult zu eilen. Dort angekommen, schiebt er seinen Vorgänger mit beiden Händen zur Seite und nimmt das Mikrofon aus seinem Stand. Mit nur einem einzigen Wort, nämlich „Ruhe", tritt schlagartig eine unwirklich anmutende Stille im Raum ein:

„Meine sehr verehrten Damen und sehr geehrte Herren, wir haben uns heute hier versammelt, um eine tragbare Lösung für ein Problem zu finden, welches jeden von uns ohne jegliche Vorwarnung aus dem Gleichgewicht werfen kann. Wie sie alle wissen, handelt es sich um ein humanitäres Hilfspaket für Russland. Es ist uns allen bestens bekannt, dass sie als auch die ‚Europäische Union' aus politischen Gründen Russland mit Sanktionen als auch mit einem Embargo für eine ganze Anzahl von Beschränkungen zu Aktionen zwingen wollen, die wiederum für das Land bzw. seine Regierung als unerfüllbar angesehen werden. Welche der beiden streitenden Seiten das Recht auf seiner Seite hat, kann von uns nicht beurteilt, weder als falsch oder noch verdammt werden. Fest steht nur, dass in der Kürze der Zeit eine Entscheidung von ihnen, meine Damen und Herren getroffen werden muss. Eine Entscheidung, die für viele Menschen ‚Leben' oder ‚Tod' bedeutet. Meine Firma, der ‚Guggenhofer International' Konzern, hat diesen Auftrag angenommen und ist bemüht, ihn mit allen verfügbaren Mitteln auszuführen, um damit den daran hängenden Bedingungen gerecht zu werden. Wieviel Menschenleben dementsprechend langzeitig gerettet werden können, entzieht sich meiner Kenntnis, aber um es mit einem Wort auszudrücken, es sind ‚Viele'. Um die Lieferung dieses humanitären Hilfspaketes nicht weiter durch legale oder politische Tricks zu verzögern, bin ich mit der Vollmacht ausgestattet, ihnen ein Angebot zu unterbreiten. Dieses Angebot ist auf 24 Stunden befristet und soll es ihnen ermöglichen, etlichen anderen sozialschwachen Ländern, besonders in Afrika, tatkräftig zur Seite beim Ausmerzen oder zumindest teilweisen Eliminieren derer Probleme, welche am Ende auch ihre sind, zu helfen. Der ‚Guggenhofer Konzern' stellt ihnen damit ohne jegliche Gegenleistung und mit der sofortigen Nutzung den Betrag von zwanzig Millionen € zur Verfügung. Persönlich möchte ich sie daher bitten, dieses Angebot kurz zu überdenken, bevor sie mir innerhalb der nächsten sechzig Minuten das inzwischen vorgefertigte und vor ihnen liegende Vertragsdokument unterschreiben."

Allen hier in diesem Raum Anwesenden ist schlagartig klar geworden, dass diese Worte des Vorstandsvorsitzenden des ‚Guggenhofer International' Konzerns keine leeren Phrasen sind. Doch gleichzeitig mit der Annahme dieses äußerst großzügigen Angebotes ist in ihnen auch die Erkenntnis wach geworden, dass es sich trotz aller Großzügigkeit des Angebotes schlicht und einfach um eine klug ausgedachte Erpressung handelt, aus der ein Ausweg kaum möglich ist. Immerhin sind alle Sanktionen und Embargos und was sonst noch immer Dahinterstehende, nichts anderes als politische Entscheidungen. Doch der ihnen unterbreitete Vorschlag stellt ein wichtiges Stück humanitäre Hilfeleistung dar. Eine kurze aber dafür harte Diskussion beginnt, während Markus Hofer zusammen mit Dr. Alexandra Sacharow unbemerkt den Konferenzsaal durch eine der Seitentüren verlässt. Als sie nach fünfzig Minuten später durch den Haupteingang das Zentrum wieder betreten, erheben sich alle Teilnehmer wie einem Kommando folgend, von ihren Plätzen.

Bedächtig und um keine Zeitknappheit zu erregen, begeben sich Dr. Alex und Markus zum Rednerpult. Während Markus rechts neben dem Pult seinen Platz einnimmt, postiert sich Dr. Alex vor dem Mikrofon. Mit einer geübten Geschicklichkeit justiert sie die Höhe, bevor sie die Teilnehmer um eine Antwort bezüglich ihrer Entscheidung bittet, die aber ausbleibt. Die Delegation, zusammengesetzt aus der Mehrzahl seiner Teilnehmer aus verschiedenen Ländern zieht es vor, sich in tiefes Schweigen zu hüllen.

Stattdessen schreitet Jean-Claude Bernadette, ein Franzose und von seinen Kollegen als Sprecher gewählt, nach vorne. In seiner rechten Hand hält er alle unterschriebenen und bereits mit Siegeln versehenen Bestätigungen, die zur Lieferung der humanitären Hilfsgüter nach Russland so dringend notwendig gebraucht werden.

Doch anstatt diese Papiere an einen der Beiden, entweder Markus Hofer oder Dr. Alexandra auszuhändigen, bittet er Dr. Alex um eine kurze Überlassung des Mikrofons:

„Sehr verehrte Frau Dr. Sacharow, sehr geehrter Herr Hofer,

entgegen aller üblichen Regeln und gesetzlichen Bestimmungen, hat dieses Gremium nach der Rückversicherung mit den zuständigen Regierungen in der letzten Stunde beschlossen, ihre medizinischen Gerätschaften aus humanitären Gründen von dem entsprechenden Embargo zu befreien und nach genauen Inspektionen zur Einfuhr in das von ihnen angegebene Land, in diesem Falle Russland, freizugeben.

Allerdings und diese Bedingung ist an sie, Herr Hofer, gerichtet, reicht die uns von ihnen bereitgestellte finanzielle Hilfeleistung nicht vollkommen aus. Nach einer von mir und meinen Mitstreitern pro forma erstellten Hochrechnung benötigen wir etwa dreieinhalb Millionen € mehr, um die bereits von unser Organisation begonnenen Projekte zu einer erfolgreichen Fertigstellung zu bringen.

Es ist mir nicht bekannt, wie weit ihre Kompetenzen reichen. Daher bin ich von meinen hiesigen Mitstreitern beauftragt worden mit ihnen weiter zu verhandeln, um das begonnene Projekt zu einem für alle Beteiligten erfolgreichen Ende zu bringen. Sollte es ihrerseits nicht möglich sein, den Restbetrag aufzutreiben, darf ich ihnen auch im Namen meiner Kollegen versichern, dass wir keine weiteren Möglichkeiten sehen als das Vorhaben als gescheitert zu betrachten."

Unter dem Beifall seiner Mitstreiter, wie er sie in seiner Rede bezeichnet hat, verlässt er schnellen Schrittes das Rednerpult.

Dr. Alex, die bisher nicht einmal den kleinsten Schritt von Markus Hofers Seite gewagt hat, schaut ihm nun mit einer Ausdrucksweise von Ratlosigkeit und Enttäuschung ins Gesicht. Sollte das wirklich alles umsonst gewesen sein? Sie kann und will es nicht glauben. Woher kann oder will er den für ihre Begriffe außerordentlich hohen Geldbetrag hernehmen? Und bei allem Respekt, ein Zauberer ist auch er nicht. Was sie aber nicht weiß und auch nicht wissen kann ist die Tatsache, dass sich der deutsch-kanadische Geschäftsmogul Markus Hofer schon einige Male in der fast gleichen oder einer täuschend ähnlichen Situation befunden hat.

Aus diesem Grund hatte er nach Absprache mit seinem Sohn Patrick auch den Betrag von fünfzig Millionen € aus seinem Privatvermögen angefordert, die in je fünfundzwanzig Millionen € für die beiden Institutionen der Gegenseite, nämlich a. der UN Delegation und b. der EU-Delegation als Gegenleistung für die gewünschte Aufhebung des Lieferembargos bzw. der Sanktionen bereitgestellt werden sollten. Aufgrund seiner Erfahrung war es ihm aber auch von vorneherein klar, dass er ein gewisses Polster zum eventuellen Aufstocken brauchte. Denn immerhin ist es bei der Größe dieses Mammutgeschäftes ohne weiteres möglich, Nachforderungen der Gegenseite zu erhalten, zumal wenn es um ‚Alles oder Nichts' geht, wie es sich hier heute herausstellt.

Ohne auch nur mit einer Wimper zu zucken, tritt er vor das Rednerpult und nimmt das Mikrofon aus seiner Halterung, um sich mehr Bewegungsfreiheit zu verschaffen. Doch jetzt kommt das Schauspiel, was nur ein so erfahrener Mann wie Markus Hofer bis zur absoluten Perfektion spielen kann.

Eine innere Aufregung vortäuschend, erklärt er mit aufgeregter Stimme, dass dieses Manöver von Seiten der UN-Delegation alles andere als erwartet und vor allen Dingen in keiner Weise als fair oder zumutbar anzusehen sei. Dennoch bitte er, um eine schnelle Klärung herbeiführen zu können, um eine fünfzehnminütige Pause, damit ihm die Gelegenheit gegeben wird, seine kanadischen Geschäftspartner um deren sofortige Mithilfe zu bitten.

Ohne eine Antwort von Seiten der UN-Delegation abzuwarten, verlässt er ein weiteres Mal den Raum.

Als er nach etwa zehn Minuten wieder wie vorhin, durch eine Seitentür den Saal betritt, löst in Sekundenschnelle eine fast unheimlich wirkende Stille die vorherige recht laute Kulisse schlagartig ab.

„Meine sehr verehrten Damen, sehr geehrte Herren, wie ihnen allen bekannt ist, befanden wir uns noch vor wenigen Minuten in einer fast unlösbaren Notsituation. Doch es ist mir gelungen, meine kanadischen Partner von der Dringlichkeit einer direkten Lösung zu überzeugen, da es uns in erster Linie darum geht, Leben zu retten. Ich glaube, ja ich bin fest davon überzeugt, dass wir alle hier in diesem Konferenzraum unser Bestes dazu getan haben, dieses zu verwirklichen. Unser Ziel, vielen tausend Menschen über einen langen Zeitraum die Möglichkeit und Gewissheit zu bieten, durch die Benutzung der vom ‚Guggenhofer Konzern' entwickelten, hergestellten und in viele Länder auf unserem Globus bereits effizient arbeitenden medizinischen Geräte gesundheitliche Verbesserungen und eine Steigerung ihrer Lebensqualität zu erreichen, ist uns gelungen.

Dafür und nur dafür spreche ich ihnen auch im Namen meiner neben mir stehenden Partnerin Dr. Alexandra Sacharow meinen herzlichsten Dank aus." Unter dem Jubel gemischt mit wachsender Begeisterung, verlässt er das Rednerpult. Jeder der hier Anwesenden ist sich absolut sicher, die heutige Schlacht gewonnen zu haben. Als Dr. Alex mit zwei Schritten auf Markus zuschreitet, um ihm die Hände zu schütteln, ist ein unverkennbares

Schmunzeln in ihrem Gesicht ablesbar. Nur der Mann, in den sie sich in Sekunden verlieben könnte und sie selber wissen, wer der eigentliche Sieger ist.

Innerhalb der nächsten Stunde erhält der Repräsentant der UN- Delegation in Genf die offizielle Bestätigung der ‚Credit Swisse' Bank über den Betrag von 23.5 Millionen Euro auf dem angegebenen Konto.

Mit seinem ‚kleinen Bluff' ist es also Markus Hofer tatsächlich gelungen, die vorgesehene Sanierungssumme von 25 auf 23.5 Millionen zu reduzieren. Immerhin kann er jetzt viel ruhiger die Verhandlungsphase mit der EU in Brüssels antreten, denn anstatt der Gesamtsumme von 25 Millionen stehen ihm derzeit notfalls 26.5 Millionen Euro zur Verfügung.

Mit den dringend erforderlichen, dokumentarisch mit allen Siegeln und Unterschriften beglaubigten Bestätigungen in ihrem Reisegepäck, lassen sich Markus und Dr. Alex auf schnellstem Weg zum ‚Geneva Airport' außerhalb der Stadt bringen. Den von ihnen bereits vorgebuchten Flug erreichen sie praktisch in letzter Minute. Beide sind überglücklich, ihrem Endziel ein großes Stück nähergekommen zu sein. Immerhin darf nicht vergessen werden, dass die Gesamtauftragshöhe zwischen der ‚Guggenhofer International' und ihrem russischen Auftraggeber sich auf einen Stellenwert von rund fünf Milliarden Euro beläuft, sodass selbst bei vorsichtigster Kalkulation auch die Gewinnmarge für den Konzern nicht zu kurz kommt. Nach einer relativ kurzen Flugzeit landet die Boeing 737 der ‚Swiss Air' mit etwa 30 Minuten Verspätung in Brüssels. Eine Verspätung, über die die Beiden keinesfalls verärgert sind, sondern die es ihnen ermöglicht hat, den letzten Flug zu ihrem Ziel gerade noch so zu erreichen. Innerhalb von weniger als zwei Stunden checken sie in ihr bereits vorgebuchtes Quartier im Luxus-Hotel ‚Metropole' in unmittelbarer Flughafennähe ein.

Nachdem sie alle Formalitäten am Hotel-Counter erledigt haben, lädt Markus seine nicht nur absolut bezaubernd ausschauende, sondern auch äußerst charmante Begleiterin zu einem kleinen Abendessen in die Hotelbar „Le 31" ein.

„Okay Markus, danke für die Einladung, aber gib mir bitte eine halbe Stunde Zeit, denn ich werde selber das Gefühl nicht los, dass ich dringend eine Auffrischung nötig habe."

„Nein Alex, da muss ich dir unbedingt widersprechen. Ohne Zweifel kann ich dir nur bestätigen, dass du gegen Arbeit und Stress total immun zu sein scheinst. Ich mag zwar kein Wissenschaftler oder gar ‚Rocket Scientist' sein, aber wenn es um Geschmack, Charakter oder Aussehen bei Frauen geht, glaube ich schon, dass du mir ohne weiteres voll vertrauen kannst. Doch lass dir ruhig genug Zeit, wir haben sie uns ehrlich verdient und wir sehen uns dann um acht Uhr im „Le 31", falls das okay mit dir ist."

„Stimmt schon, also bis später!"

Da Markus die Bar eine Viertelstunde vor der vereinbarten Zeit bereits betreten hat und die meisten der kleinen runden Tische noch unbesetzt sind, findet er einen etwas versteckt liegenden Ecktisch. Gemütlich, aber dennoch diskret ausschauend, kann man von hier aus fast die gesamten Bar überblicken, ohne jedoch selbst ins Visier der meisten Barbesucher zu gelangen.

Vor sich hin sinnierend, vergisst er für die nächsten Minuten Zeit und Raum. Es ist fast auf die Minute genau 8 Uhr, als er erschreckt aus seinen tiefsinnigen Gedanken regelrecht aufgeweckt wird. Vor ihm steht die für ihn wohl attraktivste Frau, die er sich vorstellen kann und lächelt ihn an.

„Na, Mister Hofer, ich hoffe, ich habe dich nicht zu lange hier warten lassen? Doch jetzt fühle ich mich wie neugeboren. Was schaust du mich so an? Wenigstens könntest du mir einen Platz anbieten, denn eigentlich hab ich dich vom ersten Augenblick als ich dich sah, als einen perfekten Gentleman eingeschätzt. Aber man soll einfach nicht nach dem Äußeren eines Menschen urteilen. Was ist nun, darf ich mich zu dir setzen?"

„Entschuldige bitte, Alex. Ja, ich muss gestehen, ich habe geträumt und zwar von einer Traumfrau mit dem reizenden Namen ‚Alexandra'. Mittendrin ist dieser Traum dann wie eine Seifenblase zerplatzt. Und möchtest du auch wissen warum…? Der Traum hat sich mir nichts dir nichts in Wirklichkeit verwandelt, denn nicht ohne einen gewissen Stolz erlaube ich mir dir jetzt zu sagen…vor mir steht die schönste, attraktivste Frau, die ich mir bisher nur im Traum vorstellen konnte. Oh… außerdem ist sie auch noch gefährlich klug." Mit einem hastigen Sprung schnellt er in die Höhe, um sie gefühlvoll bei beiden Schultern zu packen und so vorsichtig, als wäre sie zerbrechlich, in den Sessel vor ihr zu postieren.

„Alex, ist dir bewusst, wo wir uns hier befinden? Keiner wird unser Gespräch hier mit einem Richtmikrofon belauschen, keiner wird versuchen, uns zu stören und die meisten Gäste hier in dieser Bar werden uns mit ihren Blicken abschätzen und ich bin mir sicher, dass jeder, besonders die Frauen die Feststellung treffen werden, welches attraktive und glücklich dreinschauende Paar wir darstellen."

„Markus, in allen Ehren, aber es bleibt mir nichts anderes übrig als dir zu sagen, was und wer du bist…du bist ein ziemlich eingebildeter und aufgeblasener ‚Showman' und deinem Aussehen und Benehmen nach würde ich dich nicht Mal unter die zehn attraktivsten Männer in meinem bisherigen Leben einstufen. Aber um ganz ehrlich zu sein, unter den ersten Hundert könntest du mit ein wenig Glück vielleicht den Platz ‚Neunundneunzig' erreichen."

Begleitet von einem Lachen aus ihrem wohlgeformten Mund, sprudelt sie den Satz heraus, der ihn laut auflachen lässt, bevor er ihr antwortet:

„Hm, ich habe mich zwar selbst ein klein wenig besser eingestuft, aber wenn du es so sagst, wird es wohl stimmen. Egal wie, morgen steht uns noch ein harter Tag bevor, aber heute ist heute und jetzt bestelle ich für uns eine Flasche ‚Moet' oder ‚Heidsieck', oder welcher Marke du auch immer den Vorzug gibst."

Mit einem leicht diskreten Winken seines linken Armes ordert er den Barkellner an ihren Tisch und ohne weitere Überlegung bestellt er auf Alexes Wunsch ein Flasche ‚Krim Sekt'.

Nach dem dritten Glas des süffigen Getränks, welches Alex fast wie ein Glas Wasser ihre Kehle hinunterspült, nimmt sie unverhofft beide Hände ihres Gegenübers in ihre. Ohne ein einziges Wort und vollkommen unverhofft für den Empfänger, beugt sie sich über den Glastisch und überrascht Markus mit einem Kuss ihrer weichen Lippen, der ihm unverhofft und total unerwartet, fast den Verstand raubt.

„Lieber Markus, ich denke, den hast du dir auch heute wieder hundertprozentig verdient. Wirst du mir gleich auch wieder dein Zimmer zeigen, damit ich eventuell versteckte ‚Wanzen' wieder ausfindig und unschädlich machen kann?"

„Alex, als ich vor acht Jahren durch den Tod das Liebste, was ich besaß, plötzlich und unerwartet verlor, brach für mich eine bis dahin heile Welt zusammen. Bis zum heutigen Tag habe ich mich davon nicht erholt. Ich weiß selber, wie kurz das Leben ist und jeder vergangene Tag unwiderruflich für immer vorbei ist. Glaube mir, ich habe oft versucht, das alles zu vergessen. Ich weiß selbst nicht mehr, wie oft ich einen Neuanfang gewagt habe, aber bisher war alles vergebens.

Ich bitte dich aufrichtig, vorgestern Abend aus deinem Gedächtnis zu streichen. Es war einfach nur ein Ausrutscher und ich möchte ihn nicht wiederholen. In der kurzen Zeit unseres Zusammenseins hast du mir unendlich viel bedeutet. Du bist so etwas wie ein treuer, verlässlicher Freund für mich geworden. Ich weiß, dass ich mich in jeder Notlage auf dich verlassen kann. Deshalb bitte ich dich, lass uns das nicht zerstören. Die Erinnerung daran wird bei dir genau wie auch bei mir ewig in unseren Herzen bleiben.

Sei mir bitte nicht böse, wenn ich dich jetzt bitte, zu gehen. Morgen Früh sieht für uns beide die Welt wieder ganz anders aus und wir beide können uns mit Stolz, vielleicht auch ein wenig vermischt mit Wehmut, in die Augen schauen. Ich weiß es und ich spüre es, dass wir unseren Kampf auch morgen wieder gewinnen werden, aber wir müssen mehr als gut darauf vorbereitet sein.

Mit einem zärtlichen Kuss verabschiedet sie sich. Als hätte sie eine Vorahnung von dem Geschehen der letzten Minuten gehabt, schaut sie Markus wehmütig ins Gesicht:

„Markus vielleicht hast du sogar Recht. Ob dich jemals eine Frau für den Rest des Lebens halten kann? Ich weiß es nicht. Während der Tage unseres Zusammenseins hatte ich des Öfteren Gelegenheit, dich zu beobachten. Und es waren nicht nur deine Augen und die Worte aus deinem Mund. Ich bin mir ziemlich sicher, dass hinter deiner Mimik des Öfteren etwas anderes stand, eine tiefe Traurigkeit, die du meisterhaft in deiner Seele verstecken kannst. Vielleicht kommt eines Tages jemand, der dich davon befreien kann. Eine Person, die dir genauso viel Liebe oder gar mehr schenkt, als du ihr geben kannst. Auf jeden Fall ist es das, was ich dir von ganzem Herzen wünsche. Und vielleicht kommen für dich auch manchmal Erinnerungen zurück an die kleine Russin Alex, die bereit war dir alles zu geben, was sie hatte; aber leider war es zu diesem Zeitpunkt nicht genug. Gute Nacht, schlaf gut und morgen Früh um acht möchte ich dich ausgeruht am Frühstücksbuffet begrüßen."

Mit nach oben gehaltener Handfläche in seine Richtung deutend, bläst sie ihm einen letzten Kuss zu, bevor sie schnellen Schrittes durch die ihr aufgehaltene Ausgangstür in der Hotel-Lobby verschwindet.

Markus Hofer verbringt eine unruhige Nacht. Es sind keine Träume, die ihn belästigen. Es ist einfach der Eindruck zu vieler Dinge, die gleichzeitig sein Denkvermögen beanspruchen. Als er endlich einschläft, aber auch gerade Mal nur für zwei Stunden, ist es bereits nach vier Uhr.

Kurz nach sechs Uhr wacht er auf. Ein Blick aus dem Fenster bestätigt ihm, dass draußen noch finstere Dunkelheit herrscht. Obwohl noch viel zu früh, um irgendetwas zu unternehmen, beschließt er, sich mit den Vorbereitungen für die bevorstehenden EU-Verhandlungen zu beschäftigen. Nachdem er eine heiße Dusche hinter sich hat und sich auch kleidungsmäßig auf den vor ihm liegenden Tag vorbereitet hat, ändert er seine Meinung. Kurzerhand verlässt er sein Zimmer und begibt sich in die Hotel-Lobby, um sich dort mit den gerade eingetroffenen Tageszeitungen und hauptsächlich dem Überfliegen ihrer Überschriften über die neuesten Nachrichten und Kommentare über das Tagesgeschehen zu informieren.

Danach begibt er sich in das Frühstücksrestaurant, findet in Fensternähe einen Tisch, gedeckt für zwei Personen und beschließt, diesen in Beschlag zu nehmen. Da der ausgewählte Platz nahe der Restaurantaußenwand steht, ermöglicht er ihm zusätzlich einen Blick über die gesamte Lokalität. Außerdem ist er sich sicher, dass er sich während des Frühstücks mit Dr. Alex ungestört unterhalten kann, denn es sind doch noch einige Fragen aufgetaucht, die eine gewisse Übereinstimmung der Wissenschaftlerin und ihm bei den heutigen EU-Kommissionsverhandlungen unbedingt voraussetzen.

Da ihm noch einige Zeit verbleibt, er aber wegen des sechsstündigen Zeitunterschiedes keine Möglichkeit sieht, mit seinem kanadischen Büro momentan in telefonische Verbindung zu treten, beschließt er eine E-Mail an Krista zu senden, deren Beantwortung ihm sobald als möglich sehr angenehm wäre.

Obwohl die Uhrzeit in Toronto zwischen eins und zwei Frühmorgens anzeigt, dauert es nicht Mal eine halbe Stunde, bis er die E-Mail mit allen von ihm benötigten Daten erhält. Zusätzlich lässt sie ihn wissen, dass sie bereits mit der Zusammenstellung einer weiteren E-Mail beschäftigt ist und ihn um etwas Geduld bittet, da ihr einige Daten und Fakten erst innerhalb der nächsten Stunde zur Verfügung ständen.

Markus befindet sich in einem Stadium des Staunens. Er weiß, es ist doch noch absolute Nachtzeit in Toronto. Er sendet eine E-Mail, deren Beantwortung er bedingt durch den Zeitunterschied frühestens heute Nachmittag erwartet hätte und nun hält er diese E-Mail mit allen detaillierten Antworten bereits in seinen Händen.

Die Zeit ist inzwischen auf 8 Uhr morgens fortgeschritten, als Dr. Alex das Frühstücksrestaurant wie gestern Abend abgesprochen, betritt, sich kurz umschaut um mit graziösen Schritten und einer gehörigen Portion Selbstbewusstsein auf ihren Partner Markus Hofer zusteuert.

Im gleichen Moment als sich Markus von seinem Stuhl erhebt, um seine Partnerin Dr. Alex zu begrüßen, macht sich ein Piep-Ton in seiner rechten Jackettasche bemerkbar und ein kleines blaues Licht kündigt ihm den Erhalt einer weiteren E-Mail an.

Krista teilt ihm mit, dass sich während der letzten Nachtstunden der firmeneigene ‚Lear-Jet 35' auf dem Flug nach München befindet, wo seine Ankunft um die Mittagszeit vorausgesagt ist. Falls es Mr. Hofer gelingen sollte, die heutigen Verhandlungen erfolgreich zu Ende zu bringen, könnte der Lear-Jet ihn in praktisch zu jeder ihm vorgegebenen Zeit in Brüssels abholen, um ihn im Direktflug nach Kanada zurückzubringen.

In seiner im Telegrammstil gehaltenen E-Mail Antwort teilt er Krista mit, dass die Verhandlungen mit der EU-Kommission kurz vor dem Beginn stehen. Er stellt sich aber mit der vorsichtigen Hoffnung darauf ein, dass im Gegensatz zu der UN das Ergebnis mit der EU schneller zu erwarten ist.

Erst nachdem er diese E-Mail auf den Weg nach Kanada übersandt hat, wendet er sich wieder seiner ihm gegenübersitzenden Partnerin zu:

„So Alex, zuerst einmal einen ‚Guten Morgen' und hoffen wir, dass er unseren Wünschen entsprechend ausfällt. Doch bevor wir einige Details gemeinsam besprechen, möchte ich dich mit einigen Neuigkeiten überraschen. Habe vor weniger als einer Stunde ein E-Mail von meiner Sekretärin bekommen, die mir eigentlich sehr gelegen kommt."

Dann erklärt er ihr in kurzen Worten den Inhalt und dass er sich eventuell nach erfolgreichem Abschluss der gleich beginnenden Verhandlungen bereits in wenigen Stunden auf dem Rückflug nach Toronto befinden könne.

Ein kurzer Blick auf ihre Armbanduhr lässt sie fast erschrocken aufblicken:

„Herrje, Markus, weißt du, wieviel Uhr es ist? Wir müssen sofort aufbrechen. In weniger als 15 Minuten beginnt der ‚Countdown'."

„Alex, nur keine Hektik aufkommen lassen. Zum ersten sind wir nicht Mal fünf Minuten vom Verhandlungszentrum entfernt und zweitens könnte ich mir vorstellen, dass sie es sofort bemerken, wenn wir zu hektisch auftreten. Das verschlechtert unsere Chancen kolossal, denn dann wird ihnen sofort klar, wie wichtig wir hinter der Einfuhrgenehmigung deklariert als ‚Humanitäre Hilfsgüter' her sind und werden dementsprechend versuchen, ihre Gebühren, sprich ‚Bestechungsgelder' in die Höhe zu schrauben."

„Markus, du magst zwar mit deiner Vermutung richtig liegen, aber vergiss bitte nicht, welches Risiko wir dabei eingehen? Denn falls bei den heutigen Verhandlungen noch etwas schief gehen sollte, kann ich mir gleich einen neuen Job suchen. Meine Vorgesetzten werden mich, natürlich mit dem Segen unserer Regierung, sofort auf die Straße setzen. Und das wird nur das kleinste Strafmaß sein. Wenn alle Stricke reißen, wirst du mich mit nach Kanada nehmen müssen." Dabei lacht sie so laut, dass einige der neben ihnen sitzenden Frühstücksgäste erstaunt ihre

Köpfe in die Richtung ihres Tisches drehen.Markus unterschreibt dem herbei gerufenen Kellner die Frühstücksrechnung und ohne weitere Verzögerung begeben sich die Beiden zu dem auf der gegenüberliegenden Straßenseite gelegenen EU-Gebäude.

Da es für Markus Hofer nicht der erste Besuch bei der EU-Behörde in diesem Gebäude ist, eilt er mit Dr. Alex im Schlepptau zielstrebig auf den ihm per Telefon mitgeteilten Sitzungssaal zu. Als er mit Schwung die Eichentüre zum Raum öffnet, zeigt die auf der gegenüberliegenden Seite hängende Wanduhr auf 8.55 Uhr.

Nach einer fünfminütigen Begrüßungsrede durch den EU-Kommissionsleiter starten die beiden Parteien mit dem Austausch und der Auswertung der mitgeführten Unterlagen. Hierbei wird allen Teilnehmern der anderen Seite von Markus Hofer als auch von Dr. Alexander Sacharow jegliche Unterstützung der ausführlichen Erklärungen und auch manchmal recht komplizierten Ausfuhrbestimmungen eingehend dargelegt und ausführlich erklärt.

Dr. Alex ist total überrascht, als sie feststellt mit welcher Präzision und Effizienz die heutige EU Kommission im krassen Gegensatz zu der gestrigen UNO Delegation die ‚heiße' Angelegenheit anpackt, um auf schnellstmöglichem Weg eine Lösung zu finden. Auf die Forderung einer ‚außergewöhnlichen Sonderzahlung' für die Deklarierung als ‚Hilfsgüter aus humanitären Gründen', warten Markus als auch seine Partnerin vergeblich. Diese Forderung wurde nicht Mals erwähnt. Innerhalb von rund zwei Stunden scheinen sich beide Parteien über ein gemeinsames

‚Statement' geeinigt zu haben, wobei Russland die Einfuhr der medizinischen Geräte durch die ‚Guggenhofer International' aus humanitären Gründen für einen zeitlich begrenzten Rahmen unter der Kontrolle der EU-Behörde erlaubt wird. Die tragenden Säulen bei der Genehmigungserteilung waren zweifelsohne die Vertreter Deutschlands sowie dessen Nachbarstaates Frankreich.

Als Dr. Alex das letzte Dokument vom Leiter der Kommission in ihre Hände gelegt bekommt, kann selbst sie ein leichtes Zittern ihrer Hände nicht verbergen. Das Spiel mit dem höchsten Einsatz, welches von Markus Hofer gespielt und gewonnen wurde, wird sie nie wieder mitspielen, dessen ist sie sich sicher. Einsatz und Risiko waren einfach zu hoch und nicht kalkulierbar, dennoch die einzige Möglichkeit, ihrem Volk zu helfen.

Ohne auch nur einen Ton von sich zu geben, schaut sie Markus in die Augen. Sie fühlt sich nicht in der Lage, ihm zu danken. Vielleicht würde es ihm sogar unangenehm sein. Schließlich hat er etliche Gesetze missachtet, sich darüber hinweggesetzt, um koste es was es wolle, so zu seinem Ziel zu gelangen. Nur ein leichtes Kopfnicken von seiner Seite lässt sie wissen, dass jedes Wort überflüssig ist und die Bewerkstelligung des Gesamtprojektes als ‚erledigt' abgehakt werden kann.

In dem derzeit im Raum vorherrschenden Geräuschpegel gelingt es Markus nicht, ein auch nur annähernd verständliches Telefongespräch zu führen, weshalb er sich außerhalb des Raumes begibt. Innerhalb weniger Minuten wird ihm die Ankunftszeit des ‚Guggenhofer Lear Jets 35' in München mitgeteilt. Während er die Flugleitung

München darum bittet, dass der Lear-Jet Pilot Frank Kramer ihn nach der Landung in München bei der ersten sich ihm bietenden Gelegenheit anruft, steht auch Dr. Alex plötzlich neben ihm.

„Markus, ich weiß, die Zeit drängt, dennoch möchte ich dich zu einem kurzen Essen einladen, selbst wenn es auch nur ein kleiner ‚Snack' sein sollte. Denkst du, dass es für dich möglich sein wird, mich im ‚Metropole Restaurant' in etwa einer halben Stunde zu treffen?"

„Kein Problem, wird gemacht. Schließlich möchte auch ich mich von dir ordentlich verabschieden. Also abgemacht, wir treffen uns wieder in einer halben Stunde."

Während er sich in den nächsten zehn Minuten von den Konferenzteilnehmern, einige sind ihm noch von früheren Treffen bekannt, verabschiedet, verständigt Dr. Alexandra Sacharow ihre Vorgesetzten und Mitarbeiter in St. Petersburg vom erfolgreichen Abschluss der letzten alles gewinnenden oder auch zu verlierenden Konferenzschlacht.

Kurz nachdem von einem naheliegenden Turm ein melodischer Glockenklang die Mittagszeit bekannt gibt, betreten Markus und Alex fast gleichzeitig das Restaurant. Eigentlich, jedenfalls so hatte Alex es sich fest vorgenommen, wollte sie beim ‚Auf Wiedersehen' sagen, keine Emotionen zeigen. Doch es blieb nur beim ‚eigentlich', denn nun hieß es für sie Abschied zu nehmen von einer Person, die ihr wenn auch nur für drei Tage so unsagbar viel bedeutet hat und die sie vielleicht nie wiedersehen wird.

Kapitel 6: Wieder zurück in Kanada

Trotz der Abschiedstränen, die immer wieder über das hübsche Gesicht von Dr. Alex rollen, versucht sie ihre Haltung zu bewahren. Niemals hätte sie bei der ersten Begegnung mit Markus Hofer auch nur den geringsten Gedanken daran verschwendet, dass sie, die mit allen emotionellen Tricks in ihrer langjährigen Erfahrung jemals die geringste Gefahr verspürt hätte, gegen die sie nicht immun gewesen wäre. Sicherlich war sie sich ihrer Attraktivität als Frau voll bewusst, doch es war ihr Ziel, als Wissenschaftlerin erst einmal die Leiter des Erfolgs hochzuklettern. Mit verständlicheren Worten ausgedrückt, für das andere Geschlecht war kein Platz in ihrem bisherigen Leben reserviert. Und zu der Sorte von Frauen, die sich ihren gesellschaftlichen und beruflichen Erfolg durch ‚Hochschlafen' eroberten, zählte sie nicht. Sie war absolut unverkäuflich, unbestechlich und unantastbar. Nur Können und Leistung zählten für sie und jeder, der jemals mit ihr, egal in welcher Position oder Form zusammengearbeitet hatte, wurde sich dessen schnell bewusst oder hatte es auf dem harten Weg früh genug erfahren.

Doch was ihr in den letzten vier Tagen passiert ist, konnte und durfte einfach nicht wahr sein. Sie, die hochdozierte und respektierte Wissenschaftlerin, war ohne Vorwarnung von etwas überrollt worden, von dessen Existenz sie bisher nicht mal was geahnt, geschweige denn gekannt hatte, nämlich DAS was man als ‚Herzenswärme' oder deutlicher ausgedrückt, einfach als ‚Liebe' bezeichnet.

Und nun war alles schlagartig vorbei. Sie würde noch einen vollen Tag hier in Brüssels verbringen und erst Morgen über Berlin nach St. Petersburg zurückfliegen. Als sich die Beiden anschicken, gemeinsam das Restaurant zu verlassen und unter der Hotelüberdachung vor dem Hauptportal bereits das Airport-Taxi für Markus Hofer bereitsteht, streichelt sie noch ein letztes Mal mit beiden Händen über seine Wangen. Noch einmal zieht sie seinen Kopf zu sich herunter und zum letzten Mal küsst sie ihn auf seinen halbgeöffneten Mund.

„Leb wohl mein Freund."

Ohne ein weiteres Wort oder eine Antwort von ihm abzuwarten, rennt sie mit hastigen Schritten und ohne sich auch nur ein einziges Mal umzudrehen, zurück ins Hotel.

Pünktlich, wie Markus bereits am Vormittag mitgeteilt, landet um 16.15 Uhr Ortszeit der ‚Guggenhofer International' Lear Jet 35 auf der Runway 07R des Internationalen Airports ‚Brüssels Zaventem', der etwa elf Kilometer vom Stadtkern der Hauptstadt Belgiens entfernt liegt. Die Bodenkontrolle des Flughafens hat nach der Landung dem Privat-Jet eine Parkposition in der Nähe des Ankunfts-Terminals zugewiesen, die von dem Taxi und seinem einzigen Fahrgast Markus Hofer, leicht erreichbar ist.

Nach der etwa halbstündigen Zollkontrolle, erhält der erfahrene Flugkapitän Frank Kramer die Startposition Nr. Sieben zugewiesen. Somit wird sich der Lear-Jet mit seinem einzigen Fluggast in rund zwanzig Minuten in die Lüfte begeben, um nach etwa acht Stunden inklusive einer Zwischenlandung in Gander/Neufundland zum Nachtanken, auf dem ‚Lester Pearson International Airport' in Toronto zu landen.

Die geplante Flugstrecke führt den Jet und seine Besatzung von Brüssels über die Südspitze Englands und von dort über Nordirland vorbei an Island nach Gander in Neufundland zum Nachtanken. Da man von Osten nach Westen fliegt und in 10.500 Meter Höhe gegen den von Westen nach Osten strömenden starken Gegenwind (Jetstream) ankämpfen muss, hat Kapitän Frank Kramer beschlossen, den ‚Lear Jet 35' nur mit etwa 55 % seiner Leistungsfähigkeit über den Atlantik zu steuern. Trotzdem ist immer noch eine Zwischenlandung in Gander zum Wiederauftanken des Jets erforderlich, wenn man nicht mit den letzten Reserven in Toronto ankommen will.

Der gesamte Flug verläuft sehr harmonisch im Einklang mit den vorausgesagten Wetterbedingungen. Die Wetterdaten können für diesen Ozeanüberflug nicht besser sein. Nur ein paar Mal, als der Jet sich anschickt, die Südspitze Grönlands zu überfliegen, machen sich einige Turbulenzen bemerkbar, die aber von den beiden erfahrenen Piloten im Cockpit mit einigen Tricks geschickt umflogen werden.

Für Markus ergibt sich jetzt eine geeignete Zeitspanne, das Fazit seiner Reise zu überdenken und danach die Bilanz zu ziehen. Ja, er muss sich eingestehen, eine kaum spürbare Einbuße bei der Gewinnspanne hat er durch eine geschickte Verhandlungstaktik mit der UNO Kommission erzielt. Bei den Verhandlungen der Sanktionsumgehung mit der EU ist er sogar davongekommen, ohne sich ein blaues Auge zu holen.

Doch das alles ist es nicht, was ihn immer wieder in die gleiche gedankliche Richtung lenkt. Fast kommt es ihm so vor, als wenn seine beiden Gehirnhälften sich darauf eigestellt hätten, ihn immer wieder in ein ungeordnetes Chaos zu treiben.

‚Da macht sich auf der einen Seite die geschäftliche Auswertung breit, lässt ihn wissen, dass er trotz der minimalen finanziellen Einbuße von 23.5 Millionen € ein enorm großes und wichtiges Geschäft für seinen Konzern Mal wieder auf seine eigene Art und Weise zufriedenstellend für alle Beteiligten abgeschlossen hat. Doch auf der anderen Seite meldet sich seine ganz persönliche und äußerst privatgehaltenes Sphäre zu Wort. Und diese bestätigt ihm klipp und klar, dass er versucht hat, Seiltänzer zu spielen und dabei miserabel verloren hat.

Als er vor wenigen Tagen in St. Petersburg ankam und zum ersten Mal Dr. Alexandra Sacharow begegnete, hatte sich aus dem Nichts kommend, ein unerklärliches oder anders ausgedrückt, ein undefinierbares Gefühl in seiner Magengegend bemerkbar gemacht. Und es hat ihn bis zu diesem Moment nicht verlassen.

Dr. Alex, wie sie von ihren Kollegen und Mitarbeitern fast liebevoll genannt wurde, hatte auch etwas in ihm hinterlassen, ob er es zugeben wollte oder nicht. Niemals war es in seinem bisherigen Leben jemand auch nur annähernd gelungen, die unsichtbare Mauer, die er nach dem unpässlichen Tod seiner heißgeliebten Frau um sich herum aufgebaut hatte, einzureißen oder gar zu durchbrechen.

Ohne es zu wollen, hatte Dr. Sacharow diese Mauer zwar nicht zerstört, aber doch schwer beschädigt. Wie oft er der Versuchung unterworfen war, sie einfach in den Arm zu nehmen, sie einfach nur einmal an sich zu drücken, er weiß es nicht einmal mehr.

Schnell, ja viel zu schnell nach ihrer ersten Begegnung hatte er bemerkt, dass sein aufrichtiges Verlangen nach ihr nicht einseitig war, dass es von ihr in gleichem Maß erwidert wurde, aber immer wieder war da eine Hemmschwelle, die für ihn einfach nicht durchbrechbar war.'

Alle Akten, die er eigentlich noch auf diesem Flug durcharbeiten wollte, hat er auf dem Nebensitz aufgestapelt. In diesen Minuten, die ihm noch bis zur Landung in Toronto verbleiben, möchte er einfach seinen Gedanken freien Lauf lassen, um nicht nur die Arbeit und Aufregung der letzten Tage, sondern auch die schönen Stunden noch einmal vor seinem geistigen Auge passieren zu lassen.

Etwa eine Stunde vor der Landung bittet er Kapitän Frank Kramer, seinen Chauffeur und Freund Moritz Drommer über Funk von seiner genauen Ankunftszeit zu informieren. Gleichzeitig fragt er auch den Co-Piloten, den der Käpt'n mit diesen Aufgaben betraut hat, ob er schon herausfinden kann, in welcher Parkposition der Lear-Jet abgestellt wird, um seinem Freund Moritz eine Menge nutzloses Umhersuchen auf dem Flughafengelände zu ersparen. In wenigen Minuten sind dem Co-Piloten vom Bodenpersonal in Toronto alle gewünschten Daten übermittelt worden und danach von diesem ohne weitere Verzögerung an Markus Hofer weitergegeben worden.

Die Ankunftszeit ist auf 21.15 Uhr festgelegt und von dort wird der ‚Lear-Jet 35' über die verschiedenen Taxiways zu seiner endgültigen Parkposition in der Nähe des Terminals 3 rollen. Da Moritz Drommer den Flughafen fast wie seine Hosentaschen kennt, ist es für ihn problemlos, die ihm inzwischen mitgeteilte Parkposition zu finden, um dort auf seinen Chef und Freund zu warten.

Fast auf die Minute genau parkt der Lear-Jet auf der ihm zugewiesenen Parkfläche neben dem Terminal 3. Da Markus Hofer diese Reise nur mit leichtem Gepäck angetreten hatte, dauert es auch nur wenige Minuten, bevor er seinem Freund Moritz die Hand schütteln kann.

Mit einem kurzen aber herzlichem „Danke schön" verabschiedet sich Markus Hofer von der Flugzeugbesatzung, um sich mit seinem Freund auf den Weg stadteinwärts zu seiner Penthouse Wohnung im Stadtzentrum von Toronto zu begeben. Obwohl von einer starken Müdigkeit erfasst, beschließt er bevor er sich zu Bett begibt, noch einige wichtige Dinge zu erledigen, weil sie einfach keinen weiteren Aufschub dulden. Als er sich dann in einem Halbschlaf todmüde auf sein Bett wirft, stehen die Zeiger seiner digitalen Wanduhr im Halleneingang bereits auf zwei Uhr morgens.

In der Firma hat Krista Rosner trotz des Fehlens von Anweisungen ihres Chefs Markus Hofer vier harte Arbeitstage hinter sich gebracht. Zwei der vier Nächte ist sie nicht Mal nach Feierabend nach Hause gefahren.

Ohne lange Überlegungen anzustellen, hat sie auf der in ihrem Büro stehenden Couch die beiden fraglichen Nächte verbracht. Und wie sie nun zugeben muss, hat es ihr an nichts gefehlt. Eigentlich war das Gegenteil der Fall. Von dem mit allen begehrenswerten Hautpflegemitteln ausgestatteten ‚Wellnessraum' neben Mr. Hofers Büro, wo man alles fand, was man zur Haut- und Körperpflege benötigte, war sie total begeistert. Daher verzichtete sie gerne auf die langen Anfahrtswege von und nach Kitchener zu ihrer dortigen Wohnung. Einige Gebrauchsgegenstände die ihr fehlten, hatte sie sich in wenigen Minuten während ihrer Mittagspause aus dem ihrem Bürohaus naheliegenden ‚Department Store' beschafft. Doch morgen Abend bleibt ihr keine andere Wahl, als nach Büroschluss den Heimweg anzutreten. Schließlich hatte Mr. Hofer ihr in seiner letzten E-Mail vor wenigen Stunden seine morgige Rückkehr angekündigt.

Die kurze Zeit, die ihr bis zu seiner Ankunft noch verbleibt, wird ihr allerhand Arbeit und zusätzliche Geschicklichkeit abverlangen.

Dadurch, dass sie in jeden der vier verflossenen Tage mindestens zwölf Stunden tatsächliche Arbeitszeit gesteckt hat, war der ihr von Markus Hofer auferlegte Organisierungsauftrag voll erledigt. Leider hatte aber das normale tägliche Arbeitsvolumen darunter gelitten, da sie ja vom alltäglichen Ablauf oder der Erledigung der regelmäßig anfallenden Büroarbeiten wegen Zeitmangels von ihrem Chef bisher keine Anweisungen erhalten hatte.

Zusätzlich hat sie in der verbliebenen Freizeit oder nach Beendigung ihres Bürotages etwas bewerkstelligt, was ihr jetzt kurz vor der Rückkehr ihres Chefs einen gehörigen Schreck einjagt. Bereits nach dem ersten Tag seiner Abreise hatte sie die eigentlich erste E-Mail und danach einige weitere vom ‚Froschkönig' bekommen. In kurzen Sätzen und recht wenigen Worten erbat er, ihre Zustimmung vorausgesetzt, sich gegenseitig in zukünftig übermittelten E-Mails etwas persönlicher ausdrücken zu dürfen. Anstatt die ‚Sie' Form zu verwenden, bat er darum, das mit der Anrede des Vornamens meistens verbundene ‚Du' benutzen zu dürfen.

Für Krista war es nicht nur ein kleiner Schock, sondern stellte auch einen großen Schritts des Fragestellers in die Vorwärtsrichtung ihrer persönlichen und privaten Sphäre dar. Bevor sie ihm antwortete, überlegte sie für Stunden, eigentlich sogar bis zum Einschlafen, was und wie ihre Antwort ausfallen sollte.

‚Was war, wenn der ‚Froschkönig' unter diesem Tarnnamen und anderen persönlich gehaltenen Aspekten nur versuchte, ihr Vertrauen zu gewinnen, um ihr damit zukünftig Firmengeheimnisse zu entlocken? Wer gab ihr überhaupt das Recht aus ihrem Büro mit einem Unbekannten in dieser Form zu kommunizieren? Wenn überhaupt, war es nicht ihre Pflicht, erst mit ihrem Chef darüber zu sprechen und ihn zu informieren? Oder sollte sie nicht wenigstens, da Mr. Hofer ja außer Hauses war, ihre Sachlage mindestens mit Patrick Hofer oder dessen

Schwester Helen in einem vertraulichen Gespräch abklären?

Diese und noch viele andere Fragen schossen ihr durch den Kopf, um am Ende ihre Gedanken noch mehr zu verwirren. Trotz all dieser für sie ungelösten Fragen fiel sie schließlich in einen tiefen und glücklicherweise traumlosen Schlaf.

Es war noch früh am Morgen, die ersten Sonnenstrahlen drängelten sich gerade durch die halbgeschlossenen Jalousien in ihr Büro. Sie warfen ein fast surrealistisch wirkendes Gebilde aus Licht und Schatten auf ihr behelfsmäßig hergerichtetes Bett, als sie erwachte. Sichtlich noch nicht hellwach, dauerte es eine gewisse Zeit, die ungewohnte Lage zu erfassen. Doch dann kam die Erinnerung an das Gedankenspiel der letzten Nacht und half ihr blitzartig die letzten Verunsicherungen schnellstens zu verscheuchen.

Eine gestern Abend solange auf sich wartende Lösung stand auf einmal wie dahingezaubert vor ihren Augen. Heute Morgen, bei der erstbesten Gelegenheit, wird sie mit Helen Hofer sprechen. Sie ist sich sogar auf einmal sicher, dass die Intuitionen von zwei Frauen ihr helfen werden, die richtige Lösung zu finden.

Doch anders als erwartet, bescherte der Morgen sie mit ganz anderen, völlig unerwarteten Sorgen. In einer E-Mail bat Markus Hofer sie um Übersendung etlicher Dokumente, von deren Existenz sie nicht Mal eine Ahnung hatte. Sie wusste erst recht nicht, wo sie diese finden konnte oder überhaupt mit der Suche beginnen sollte.

Aber das Schicksal meinte es gut mit ihr. Das von ihr in den letzten Tagen erstellte System der Nummerierung anstatt der Aufstellung einer Buchstabenliste wie bisher, half ihr enorm. Die von ihr durchdachte Systemveränderung, bestehend aus der Anfangszahl kombiniert mit dem dazugehörenden Anfangsbuchstaben erwies sich als goldrichtig.

Innerhalb von drei Stunden hatte sie alle von ihrem Chef gewünschten Dokumente und Pläne kopiert und per E-Mail an seine derzeitige Adresse übersandt.

Nach einer verkürzten Mittagspause bat sie Helen Hofer um eine kurze aber für sie wichtige Unterredung.

„Krista, überhaupt kein Problem. Bitte gib mir fünf Minuten für die Erledigung eines wichtigen Telefonanrufes. Danach werden wir uns die erforderliche Zeit nehmen, die wir brauchen um das von dir angesprochene Problem zu lösen. Klopfe nicht lange an, komme nach ein paar Minuten einfach in mein Büro o.k.?"

„Danke, Helen."

Nach der angegebenen fünfminütigen Zeitspanne hatte sie, wie vereinbart, Helens Büro betreten und sich auf dem ihr angebotenen Platz an einem kleinen Konferenztisch niedergelassen.

Im Telegrammstil erzählte sie nun der Junior-Chefin die gesamte E-Mail Geschichte, peinlich darauf bedacht, dass von ihr kein Detail, auch nicht versehentlich, ausgelassen wurde. Nur die beiden Decknamen ‚Prinzessin' und ‚Froschkönig' erwähnte sie mit keinem Wort.

Der Ausdruck von Faszination war deutlich in Helens Gesicht ablesbar. Nur ab und zu nickte sie oder schüttelte ihre blonde Lockenmähne, als wolle sie damit diesen oder jenen Weg andeuten.

Ihre ‚Story' beendete Krista fast melancholisch mit nur zwei Worten: „Was nun?"

Trotz Kristas verblüffender Ehrlichkeit oder gerade deshalb, konnte Helen ein Schmunzeln in ihrem hübschen Gesicht nicht verbergen.

„Krista, da ist sicherlich nur einer in dich verliebt. Wenn es dir Spaß macht, spiele das Spiel doch mit. Werfe ihm hier und da einen Brocken zum Knabbern zu. Ich bin mir ganz sicher, dass dir die Spielregeln bei deiner Intelligenz leicht fallen werden. Lasse sie nur nie die persönlichen Grenzen überschreiten. Und sollte er jemals versuchen, etwas über unsere Firma, unsere Geschäftspraktiken oder sonstige dir nicht geheuer erscheinende Fragen stellen, breche sofort alles ab. Denn dann weißt du automatisch, was sonst auf dich zukommen kann. Meinen Segen hast du und wenn ich du wäre, würde ich das alles für mich behalten. Besonders meinem Vater und auch Patrick würde ich diesbezüglich nicht über den Weg trauen. Was immer du für dich behalten möchtest, ist sowieso deine ureigene Sache. Doch wenn du meine Hilfe brauchst oder etwas passiert, was du mir anvertrauen möchtest, bin ich für dich da. Und meine Lippen bleiben wie mit einem Reißverschluss verschlossen."

„Oh Helen, ich danke dir von ganzem Herzen. Alles kam so überraschend schnell auf mich zu und manchmal glaube ich wirklich noch, dass ich halt für eine Großstadt wie Toronto einfach noch ein wenig naiv bin. Jetzt, nach unserem Gespräch, fühle ich mich auch tausend Mal sicherer und herzlichen Dank für dein Hilfsangebot im Notfall. Sicher wirst du immer die Erste sein, an die ich mich vertrauensvoll wenden werde, wenn immer es notwendig sein würde."

Helen schüttelt ein wenig mit dem Kopf, als Krista ihr Büro verlässt.

„Armes Kind, verlieb dich nicht zu schnell."

Wieder in ihrem Büro, macht sich in Krista eine ungeheure Erleichterung bemerkbar. Ihre größte Sorge, in ihrer neuen Arbeitsstelle etwas Unerlaubtes zu tun, ist durch die Hilfe Helens verschwunden. Und sie selbst wird höllisch aufpassen, dass kein Wort in irgendeiner ihrer E-Mails erscheint, welches auch nur das geringste Geheimnis des ‚Guggenhofer Konzerns' preisgeben würde. Aber sie ist eine Frau und mit ihrer fraulichen Intuition ist in ihr eine bisher unbekannte Neugierde erwacht. Ein Rätsel? Vielleicht, aber wird sie es lösen können? Vielleicht, jedenfalls gibt es ihrem tristen Leben wieder etwas Sinn.

„Lieber Froschkönig, entschuldige bitte, dass ich dir erst heute zurückschreibe, aber die Arbeit der letzten Tage hat mich total überwältigt. Außerdem war ich ein wenig über das Ansinnen deiner persönlichen Anrede überrascht. Aber vielleicht hast du ja recht damit. So probieren wir es halt mal. Nur über einen Punkt möchte ich gerne noch mit dir diskutieren. Sollte ich jemals feststellen, dass du mich benutzt, um irgendetwas aus oder über meine Firma oder aus meinem persönlichen Leben zu erfahren, sind die Freundschaftsbande, die du so sorgfältig zu knüpfen versuchst, sofort zerrissen und alles was du momentan aufbaust, ist schlagartig vernichtet. Eigentlich ist das alles, was ich dir heute zu sagen habe. Bitte denke über alles sehr sorgfältig nach, bevor du die nächste E-Mail abfeuerst. Vergiss bitte niemals, dass es für uns beide immer nur ein Gesellschaftsspiel sein und bleiben wird, wer und wo immer du auch bist. Für heute wünsche ich dir eine ‚Gute Nacht', deine ‚Prinzessin'."

Obwohl Krista die E-Mail vor nicht mehr als fünfzehn Minuten an ihren Empfänger abgesandt hat, starrt sie mindestens einmal in der Minute auf ihren Laptop. ‚Krista, was ist los mit dir? Du benimmst dich ja wie ein kleines Kind. Gib ihm doch wenigstens die Chance zum Überdenken, bevor er dir zurückschreibt. Und übrigens, gewöhne dir ab, dich selber zu belügen, denn ihn zu sehen, wäre schon einer deiner Wünsche. Doch die Zeit wird dir schon nicht davonlaufen.'

Zum letzten Mal klappt sie die Büro-Couch um, da diese heute Nacht nochmal ihr Bett sein wird. Irgendwie ist sie stolz auf sich selbst. Morgen Abend wird er zurückkommen, ihr großer und allmächtiger Boss und sie fühlt, nein sie weiß es, dass sie alles in seinem Sinne organisiert hat. Irgendwie freut sie sich sehr auf seine Rückkehr, ihn zu sehen, mit ihm zu sprechen und sein angenehmes Lachen zu hören, obgleich ihr von der ersten Minute an klar war, dass zwischen ihm und ihr unüberbrückbare Welten liegen und es wohl auch immer so bleiben wird. Wie sie weiß, ist er fast achtzehn Jahre älter als sie, dennoch lässt sich der Altersunterschied nur schwer feststellen, denn es ist nicht nur seine körperliche Erscheinung. Auch sein Geist strahlt eine gewisse Jugendfrische aus, wie sie es zuvor noch nie bei einem Mann beobachtet hat.

Gerade hat sie die Couch mit einem frischen Bettlaken überzogen, als endlich das kleine blaue Licht an ihrem Computer ihr die Ankunft einer neuen E-Mail anzeigt. Wie von einer Tarantel gestochen eilt sie zu ihrem Schreibtisch. Ja, es ist ihr ‚Froschkönig':

„Liebe Prinzessin, danke für deine Rückantwort. Ja, ich muss dir Recht geben. Vielleicht bin ich ein wenig mit ‚der Türe ins Haus' gefallen. Daher freue ich mich umso mehr, dass du meinem Vorschlag zugestimmt hast. Als ich heute Nachmittag zum ersten Mal von dir, meiner kleinen Prinzessin, mit ‚Du' angeschrieben wurde, hat mir das Herz bis zum Hals geklopft.

Und was die Angelegenheit mit der Verschwiegenheit angeht, sind deine Sorgen vollkommen umsonst. Niemals werde ich dir Fragen diesbezüglicher Art stellen und sollte ich Mal was Unbedachtes oder Falsches sagen, brauchst du es ja einfach nicht zu beantworten. So, nun wünsche ich auch dir, wo immer du auch bist, eine ‚Gute Nacht'. Dein Froschkönig."

Als sie sich auf ihr behelfsmäßiges Nachtlager begibt, lässt sie absichtlich eine der auf dem runden Glastisch stehenden Lampen eingeschaltet. Nicht nur des wärmeausstrahlenden Effekts wegen, sondern um sich im Notfall in dem recht großen Raum leichter zurechtzufinden.

Eine lange Zeit liegt sie wach, kann einfach keine Ruhe finden. Ungeduldig rollt sie sich von einer Seite zur anderen. Als befände sie sich in einem Trancezustand, beginnt sie sich Fragen zu stellen. Fragen, die schon seit der ersten E-Mail in ihrem Unterbewusstsein auf eine Lösung warten.

‚Wer ist der Froschkönig? Warum spielt er mit ihr, wenn er sie nicht einmal gesehen hat, abgesehen einige wenige Momente von ihrer Profilseite. Benimmt er sich innerhalb der Normalität oder hat er eine wahnwitzige Veranlagung, von der er getrieben wird? Ist es gefährlich, in ihrer Naivität das Spiel mitzuspielen? Was ist oder was würde sein, wenn er…….?' Die Courage verlässt sie an diesem Punkt, ohne sie auch nur einen einzigen Satz weiterdenken zu lassen.

Der sie endlich übermannende Schlaf hilft ihr für einen kurzen Zeitraum, zu vergessen, was sie vorhin alles wissen wollte. Doch jetzt ist sie wieder hellwach. Die kleine Tischlampe strahlt eine anheimelnde Wärme aus, indem sie die Räumlichkeit um sie herum mit ihrem gedämpften Licht in eine faszinierende Kombination von Licht und Schatten taucht.

Von ihren eigenen Gedanken und deren Vorstellungen voll eingenommen, überrascht sie sich selber mit Fragen, die zwar auch das vorhin angeschnittene Thema aber hauptsächlich nur sie berühren.

‚Als sie die erste E-Mail von dem großen Unbekannten erhielt, warum hatte sie diese nicht sofort vernichtet? Anstatt sein Ansinnen abzulehnen, warum hatte sie ihm geantwortet? Warum hatte sie ihm nicht bei seinen nächsten E-Mails Einhalt geboten? Warum hatte sie ihm tropfenweise mehr und mehr persönliche Fragen beantwortet, welche bis zum Anbieten der persönlichen Anredeform ‚Du' gingen? Wie und warum findet sie ihn sympathisch? Warum, warum? Aber irgendwo muss doch des Rätsels Lösung liegen. Aber wo?' Sie weiß es beim besten Willen nicht und überm Grübeln erfasst sie der ersehnte Schlaf, der sie erst am Morgen, als draußen längst der neue Tag angebrochen ist, entspannt und erfrischt aufwachen lässt.

‚Mein Gott, ich habe total verschlafen' und mit einen erstaunten Blick im Gesicht stellt sie fest, dass es bereits 7.30 Uhr ist und jederzeit Moritz Drommer oder irgendwer anders die Büroräume betreten könnte.

Schnellstens beginnt sie mit den Aufräumarbeiten. Anstatt die benutzte Bettwäsche wie am Tag zuvor nett zusammen zu falten, wirft sie alles so wie sie es zusammenraffen kann, in den Stauraum unter der Couch.

‚Bah, das scheint ja ein heiterer Tag zu werden.' Ohne weiteres Nachdenken, aber dennoch von einem einzigen Gedanken besessen, nämlich dass heute ihr Chef wieder in Kanada zurück ist, begibt sie sich schnellen Schrittes in den neben Markus Hofers Büro liegenden ‚Well- und Fitnessraum', um dort ihr morgendliches ‚Make up' zu vervollständigen.

Inzwischen ist auch die Zeit auf neun Uhr morgens vorgerückt. Vor ihr scheint noch ein Berg von ungetaner Arbeit zu liegen. Selbst der Boden ist mit Akten bis auf den letzten Zentimeter ausgenutzt.

Aber Krista ist sich sicher, dass sie das von ihr begonnene Arbeitsvolumen bis zum Eintreffen ihres Bosses erledigt haben wird. Und tatsächlich ist bei Beginn des frühen Nachmittags nicht nur Mr. Hofers Büro sondern auch das angrenzende Konferenzzimmer, sowie ihr eigenes Büro nicht mehr mit der Vormittagssituation zu vergleichen. Alle Aktenordner sind in den dafür vorgesehenen Aktenschränken in allen drei Räumen ordentlich einsortiert, untergebracht und unter Verschluss.

Ohne sich auch nur im Geringsten hervorzutun, hat Krista in den vier ihr zur Verfügung stehenden Tagen eine enorme Arbeitsleistung vollbracht, die jetzt nach getaner Arbeit selbst ihr ein Schmunzeln entlockt. Helen und Patrick waren glücklicherweise in der Lage, in verschiedenen Dingen mit Rat und wenn es sein musste, auch mit Tat zur Seite zu stehen. Doch einer war immer da, wenn sie jemand brauchte oder ‚Not am Mann' war, egal welche Arbeit gerade anfiel: Moritz Drommer, ihr getreuer und mit Geld nicht bezahlbarer Helfer.

Auch jetzt vor der letzten Inspektion, steht er neben ihr im Konferenzzimmer, um mit ihr gemeinsam und mit kritischen Blicken das Gesamtergebnis zu beurteilen.

„Krista, wenn morgen Früh Markus sein Büro betritt, wird er es nicht wiedererkennen. Ich kann dir nur bestätigen, dass du einen wunderbaren Job geleistet hast und darauf kannst du stolz sein. Lieber Gott, wäre ich im Leben stolz gewesen, hätte ich so ein Pfundsmädel wie dich als meine Tochter besessen."

„Moritz, du kannst auch ohne mich auf dich stolz sein, denn ohne deine Hilfe hätte ich das alles niemals geschafft. Und was die Tochter angeht, kann ich dir nur sagen, dass ich genau so stolz auf dich als meinen Vater gewesen wäre. Jetzt habe ich nur noch einen Wunsch an dich, du alter Brummbär. Sei so nett und komme bitte hinter dem Schreibtisch hervor, denn alles was ich dir im Moment geben kann, ist eine ganz, ganz feste Umarmung und die kommt von meinem Herzen."

Vergeblich versucht sie ihre Arme um seine mächtige Oberweite zu legen, ohne Erfolg, denn um ihn zu umarmen müsste man schon mit riesenlangen Armen ausgestattet sein. Als sie zu ihm aufschaut, bemerkt sie die Rührung in seinem Gesicht, denn langsam rollen einige Tränen seine faltigen Wangen herunter.

„Moritz, der heutige Tag ist gelaufen. Wir haben unser Bestes gegeben. Ich danke dir nochmals für deine große Hilfe von ganzem Herzen und bitte bringe Mr. Hofer heute Abend heil vom Flughafen nach Hause."

„Liebe Krista, nicht ganz so schnell und versuche nicht wegzulaufen. Dein Bus fährt erst in einer Stunde und Markus wird nicht vor 9.30 Uhr heute Abend landen. Das gibt mir mehr als genügend Zeit, dich nach Hause zu bringen. Und ich bin mir so sicher wie das ‚Amen' in der Kirche, dass Markus nichts dagegen einzuwenden hätte. Also komm, los geht's und heute Nacht darfst du wieder in deinem eigenen Bett schlafen."

Innerhalb von zweieinhalb Stunden hat Moritz die Hin- und Rückfahrt Kristas nach Kitchener bewältigt. Die nächste Stunde verbringt er etwas gelangweilt auf einem ihm zugeordneten Parkplatz in der Nähe des Terminals, wo die Landung des Lear-Jets für 21.20 Uhr angekündigt ist. Als er endlich seinem Freund die Hand schütteln und ihn mit einer herzlichen Umarmung begrüßen kann, ist es bereits 22 Uhr geworden.

‚Morgenstund hat Gold im Mund', dieser kleine Spruch ziert mit einem Eichenrahmen eingefasst, die Eingangstüre zum Badezimmer in Markus Hofers ‚Penthouse' Wohnung im Herzen der Metropolitan Toronto. ‚Bah, tut das gut wieder zu Hause zu sein'. Fast unhörbar murmelt er die Worte vor sich hin. Zum ersten Mal seit er dieses Penthouse-Appartement hier bewohnt, bemerkt er den an der Badezimmertür hängenden Spruch, obwohl er sich ziemlich sicher ist, dass er ihn dort vor irgendwelcher Zeit Mal auf gehangen hat.

Obgleich er sich erst nach zwei Uhr heute Morgen schlafen gelegt hat, ist er seinem an der Tür aufgehängten Spruch auch heute treu geblieben. Mit einem schnellen Blick auf seine Armbanduhr stellt er nämlich fest, dass es erst kurz vor sechs Uhr ist. Sein Kopf brummt, etliche seiner Glieder schmerzen vom langen gestrigen Sitzen im Flieger und um es kurz zu machen, der sechsstündige Zeitunterschied (Jet-lag), zwischen Brüssels und Toronto macht ihm mit jedem Langstreckenflug mehr zu schaffen.

Trotz aller dieser kleinen Weh-Wehchen, beschließt er, seinen Masseur nicht anzurufen, da wie er sich sicher ist, zu viel Arbeit in seinem Büro auf ihn wartet. Auch den Besuch seiner ‚Freunde', der Obdachlosen im Haus der Freundschaft, verschiebt er auf Morgen. Stattdessen nimmt er ein heißes Bad, wählt sorgfältig seine Garderobe aus und brüht sich danach einen starken Kaffee. Entschlossen begibt er sich schnellen Schrittes auf den Weg zu seinem Bürohaus. Draußen wird er zwar von einer frischen Brise kalter Luft empfangen. Doch auch das stört ihn nicht. Seinen leichten Übergangsmantel hat er absichtlich in seiner Garderobe hängen lassen, denn er ist sich sicher, dass die kühle Herbstluft ihm guttun wird.

Rund fünfzehn Minuten später betritt er den Glaspalast an der Gerrard-Street und erreicht per Aufzug in wenigen Minuten das zwölfte Stockwerk. In seiner Hosentasche nach den Büroschlüsseln suchend, bemerkt er, wie ihm jemand auf die Schulter tippt. Natürlich ist es sein Freund Moritz, ein Frühaufsteher wie er, egal wie kurz oder lang die Nacht war.

„Guten Morgen Boss und willkommen zu Hause. Eigentlich wollte ich heute Morgen zuerst noch etwas anderes erledigen, aber dein Gesicht zu sehen, wenn du dein Büro betrittst, möchte ich mir unter keinen Umständen entgehen lassen. Also Boss, nichts wie hinein."

Ohne auch nur einen Augenblick des Zögerns betritt Markus sein Büro, wandert von dort in den Konferenzraum, dann in Kristas Büro und letztendlich durch den ‚Well- und Fitnessraum'. Kein Wort kommt über seine Lippen. Nicht einmal als er im Konferenzzimmer alle Schränke inspiziert.

Nur seine Augen strahlen, ja sie glühen förmlich vor Begeisterung. Langsam dreht er sich um, schaut Moritz tief in die Augen, bevor er seinen Mund öffnet:

„Moritz, das was ich hier sehe, kann doch einfach nicht wahr sein. Ich war doch nur ein paar Tage weg. Mit wieviel Leuten habt ihr denn hier gearbeitet, dich natürlich eingeschlossen, denn dessen bin ich mir sicher, dass du hundertprozentig deine Hände mit im Spiel hattest."

„Boss, halt dich Mal gut fest. Alle Veränderungen, die du hier siehst, hat deine neue Chefsekretärin Krista mehr oder weniger allein bewerkstelligt. Nur manchmal, wenn sie nicht mehr weiter wusste, bin ich ihr zur Hand gegangen. Nur damit du es weißt und nicht vergisst, deine Kinder haben dir etwas geschenkt, was man nicht einmal mit Perlen oder Edelsteinen ersetzen kann. Halte es gut fest, denn mit allem was du hier im Moment siehst, kommt noch ein Gratisgeschenk, nämlich ein Charaktermensch, wie ich ihn in den letzten Tagen erleben und kennenlernen durfte. So, das ist alles was ich dir als dein Freund sagen wollte. Wenn du ihr eine große Freude bereiten willst, helfe ihr, hier irgendwo ein kleines Appartement zu finden. Zwei Nächte hat das arme Ding während der Umorganisation hier auf der Couch geschlafen und wie ungemütlich es sein kann zwischen Toronto und Kitchener hin und her zu pendeln, davon kann ich dir ein Lied singen. Ich habe mir nämlich die Freiheit erlaubt, sie während deiner Geschäftsreise zweimal hin- und zurückzubringen. Jetzt muss ich mich aber schleunigst verziehen, denn ich habe den Damen im zehnten Stock versprochen, für sie eine kleine Erledigung vorzunehmen, da dein Abteilungsleiter Frank Gardener heute seinen fünfundfünfzigsten Geburtstag feiert."

„Eh, eh, Moritz, nicht so einfach weglaufen. Mir fällt nämlich gerade auch was Wichtiges ein. Du musst mir aber mit deiner rechten Hand auf deinem Herzen versprechen, dass du das, was ich dir sage, strikt für dich und nur für dich behältst. Und bitte frage mich nicht was es bedeutet, vielleicht werde ich es dir irgendwann Mal in der Zukunft erklären. Abgemacht?"

„Ja Boss abgemacht und in meinem Herzen eingeschlossen und versiegelt."

„Du gehst doch für die Damen vom zehnten Stock auch sicher was einkaufen und bestimmt in einer Confiserie, stimmt's? Dort kaufst du für mich die schönste und beste Geschenkbox Pralinen, deren du habhaft werden kannst. Lass dir bitte auch ein kleines Danksagungskärtchen dazu geben. Danach gehst du in das Blumengeschäft dort an der Ecke Gerrard- und Yong Street und hier kaufst du 42 der schönsten roten Rosen, die sie im Laden haben. Sag ihnen bitte, dass diese für mich sind und lass dir ebenfalls ein kleines unbeschriebenes Kärtchen dazugeben. Aber bitte beeil dich jetzt, denn wie du besser weißt als ich, steht Krista pünktlich um 9 Uhr auf unserer Fußmatte."

Eiligst verlässt Moritz die Büroräume, um auf schnellstem Weg die ihm anvertrauten Aufträge zu erfüllen. Während die Zeiger der Wanduhr im Flur des zwölften Stockwerkes langsam aber dafür mit präziser Sicherheit die 8.30 Uhr Marke überschreiten, stampft Markus Hofer ungeduldig mit beiden Füßen auf den weichen Teppichboden unter ihm. Endlich, es kommt ihm fast wie eine Ewigkeit vor, steht Moritz mit Pralinen und Blumen im Büro.

Die Pralinenbox ist bereits in schmuckes Geschenkpapier eingewickelt und das kleine Danksagungskärtchen hat Markus mit einigen Dankesworten versehen, schnell in die Geschenkschlaufe, die die Schachtel umgibt, gesteckt.

Während Moritz mit einer überdimensionalen Vase, die er sich aus der Lobby gerade Mal so ‚ausgeliehen' hat, in Kristas Büro zurückkommt und die Blumenpracht fachmännisch in der Vase platziert, schreibt Markus einige Worte auf das dazugehörende Kärtchen und steckt es in den Rosenstrauß.

„Moritz, noch einmal und diesmal mit großem Ehrenwort. Du hast keine Ahnung, woher die Rosen kommen. Das einzige, was du sagen kannst ist die Tatsache, dass jemand an die Bürotür klopfte und als du sie geöffnet hast, hat er dir wortlos den Strauß in die Arme gelegt und ist verschwunden."

„Boss, wie abgemacht, Ehrensache. So, jetzt muss ich aber schnell zu den Damen im zehnten Stock, bevor sie mir den Kopf abreißen. Mach's gut Boss und viel Spaß."

Mit einem breiten Grinsen über sein grobflächiges Gesicht verteilt, verlässt er das Büro, mit einem unüberhörbaren Knall die Tür hinter sich zuziehend.

Die Glockenuhr in der Lobby des ‚Guggenhofer' Bürotraktes im zwölften Stockwerk verkündet mit neun melodischen Glockenschlägen den Beginn der zehnten Stunde.

Doch von Krista ist nicht Mal ein Hauch zu spüren. Sie ist einfach nicht da. Die Zeit läuft gnadenlos weiter und als 15 Minuten nach 9 Uhr noch immer kein Lebenszeichen von ihr zu entdecken ist, macht sich nicht nur in den vorderen Büros , sondern auch in Markus Hofers Büro eine verständliche Unruhe breit.

Markus Hofers Unruhe hat auch den Rest des Büroteams, ganz besonders aber Helen Hofer und Moritz Drommer in eine kaum auszuhaltende Spannung versetzt. Vielleicht gibt es einen plausiblen Grund für ihr Nichterscheinen, vielleicht hat sie verschlafen oder den Bus verpasst. Oh Gott, hoffentlich ist sie nicht ernstlich erkrankt oder ihr sonst irgendwas Schlimmes zu gestoßen.

Patrick Hofer ist der Einzige, der seine sprichwörtliche Ruhe und Ausgeglichenheit behält:

„Zuerst einmal zu dir Dad. Wir alle freuen uns, dass du wieder heil und gesund zurückgekommen bist. Und wir sind genau wie du von der großartigen Arbeitsweise unserer, nein, nun muss ich mich vorsichtig ausdrücken, deiner neuen Chefsekretärin und ihrer in so kurzer Zeit geleisteten Arbeit begeistert. Sicherlich hätte sie uns über ihr Handy sofort benachrichtigt, wenn etwas Außergewöhnliches passiert wäre. Da das bis jetzt nicht der Fall ist, möchte ich dich bitten, nicht sofort durchzudrehen und auch nicht den Rest von uns total durcheinander zu bringen. Wir alle wissen, wie sehr du Pünktlichkeit schätzt und Krista weiß es ganz gewiss auch. So, nun bitte ich euch alle an eure Arbeitsplätze zurückzukehren, die Ruhe zu bewahren und ihr werdet sehen, in der nächsten halben

Stunde wird Krista auftauchen und uns des Rätsels Lösung erzählen.

Und du, alter Herr," dabei schaut er mit einem Grinsen seinem Vater voll in die Augen, „anstatt uns alle durcheinander zu bringen, setz dich erst einmal zurück in dein Büro und überlege dir, was du deiner Chefsekretärin als ein kleines ‚Dankeschön' für ihre geleistete Arbeit ins Ohr flüstern möchtest."

Kaum hat er die letzten Worte beendet und bevor sein Vater in der Lage ist, auch nur einen Satz zu erwidern, öffnet sich sie Eingangstür und mit einem hochroten Kopf steht sie in der Tür, die Frau auf die sie alle und besonders ihr Chef so sehnsüchtig gewartet haben.

Ein wenig beschämt, denn sie bemerkt gleich wie alle sie anstarren, senkt sie ihren Kopf:

„Es, es tut mir leid, dass ich gerade heute Morgen so spät erscheine und ich verspreche ihnen, Herr Hofer, es wird nicht wieder passieren."

Dabei schaut sie mit deutlich sichtbarer Verlegenheit ihrem Chef ins Gesicht. Noch bevor sie den nächsten Satz beginnen kann, schreitet dieser auf sie zu: „Krista, bevor du uns erzählst was passiert ist, freuen wir uns darüber, dass du gesund und munter hier auftauchst. Alles andere ist Nebensache."

Krista schaut ihn fassungslos an. Keine ernste Abmahnung, keinen Vorwurf, dafür aber sichtbare Freude in den Gesichtern aller Anwesenden. Irgendwie versteht sie zu mindestens momentan die Welt um sie herum nicht mehr.

Aber sie möchte sich doch wenigstens entschuldigen. Noch bevor ihr Chef oder irgendein anderer der im Raum Anwesenden etwas sagen kann, nutzt sie die Gelegenheit ohne irgendwelche Einleitung eine stichhaltige Entschuldigung hervorzubringen:

„Auf halbem Weg in der Nähe von Milton gab es auf einmal im Bus einen lauten Schlag. Ehe wir eine Ahnung hatten, was passiert war, füllte sich der Innenraum mit Rauch. Es gab ein Gedränge und Geschreie. Nur der Busfahrer behielt die Nerven. So schnell er konnte, half er uns allen den Bus zu verlassen und bat uns, in sicherer Entfernung vom Bus, stehen zu bleiben und dort zu warten. Es dauerte nur wenigen Minuten bis die Feuerwehr, die Ambulanz und die Polizei zur Stelle waren, um uns Hilfe zu leisten. Außer einem gehörigen Schrecken war glücklicherweise keinem von uns etwas passiert. Danach dauerte es eine gehörige Zeit bis ein anderer Bus kam um uns abzuholen und zu unserem Ziel zu bringen. In der Hast hatte ich zwar unmittelbar nach dem Aussteigen und noch bevor der Bus lichterloh brannte, mein Handy eingeschaltet. Doch als ich mich daran erinnerte und euch hier verständigen wollte, war die Batterie leer. Und jetzt habe ich ihnen, Herr Hofer alles vermasselt, worauf ich mich doch selbst so sehr gefreut hatte. Es tut mir alles so furchtbar leid und ihr seid alle so nett zu mir."

Immer noch von der vorhergegangenen Schockphase erfasst, beginnt sie hoffnungslos zu weinen und wieder ist es Markus Hofer, der versucht, ihr mit seinem Taschentuch die Tränen in ihrem Gesicht zu trocknen.

Behutsam als wäre sie zerbrechlich, legt er seinen Arm um ihre Schulter.

„Liebe Krista, vielleicht ist es besser, dich jetzt erst einmal zu einem Arzt zu senden, der dich untersucht um festzustellen, ob du arbeitsfähig bist. Danach ruhst du dich erst einmal aus und wenn du vollkommen okay bist, sehen wir wie alles weitergeht."

„Mr. Hofer, ich glaube, dass das alles nicht nötig ist. Denn kleinen Schock werde ich ganz schnell überwinden. Viel wichtiger ist, dass sie wieder gesund und gut zurückgekommen sind. Wie ich aus ihren E-Mails erlesen konnte, war ihre Reise ja sehr erfolgreich und darüber freue ich mich genau so sehr wie sie. Aber damit sie nicht denken, ich hätte die Zeit während ihrer Abwesenheit verschlafen, habe ich mir erlaubt, alles was ich für wichtig hielt auf ihrem Schreibtisch dementsprechend auszusortieren. Ob sie es glauben oder nicht, ich kann gar nicht mehr erwarten, mit meiner Arbeit zu beginnen."

Als hätte er gerade einen guten Scherz gehört, lacht Markus laut auf:

„Liebe Krista, jetzt gehen wir beide erst mal in mein Büro, damit ich dir eine Gardinenpredigt halten kann und danach sehen wir weiter."

Mit Absicht wählt er die rechte Seite, als sie ihr Büro durchschreiten und blockiert damit die Sicht auf ihren Schreibtisch, nämlich dahin wo der Rosenstrauß steht. In seinem Büro bugsiert er sie sanft auf einer der vor dem

Schreibtisch stehenden Ledersessel, bevor er sich gemütlich in seinem eigenen Bürostuhl niederlässt.

„Liebe Krista, als ich heute Morgen mein Büro betrat und mich danach von Moritz durch die anderen Räume führen ließ, stieg mein Blutdruck mit jedem Blick, der mir etwas Neues, etwas anderes bescherte. Weil ich weiß, dass er seine Finger ziemlich überall drin hat, wo etwas passiert, habe ich ihn scheinheilig gefragt, mit wieviel Leuten er in meinem Bürotrakt in den letzten Tagen gearbeitet hat.

Mit einer unüberhörbaren Bewunderung in der Stimme hat er mir dann erzählt, dass du allein diejenige warst, die alles was ich heute Morgen zu sehen bekommen habe, arrangiert hat. Nur wenn du hier und da nicht weitergewusst hättest, wären Helen, Patrick und manchmal auch er dir mit ihrer Hilfe zur Seite gestanden.

Liebe Krista, verzeih mir wenn ich dich so anspreche, aber was du in den wenigen Tagen meiner Abwesenheit hier vollbracht hast, ist einfach für mich unglaublich und nicht nachvollziehbar. Wenn ich dir dafür jetzt ein kleines ‚Dankeschön' anbiete, bitte ich dich es mir nicht abzuschlagen. Also…."

Bevor er seinen begonnenen Satz zu Ende sprechen kann, hebt die sich bisher regungslos verhaltene ‚Chefsekretärin' schüchtern ihre rechte Hand:

„Mr. Hofer, bevor sie mir jetzt etwas anbieten, was ich vielleicht gar nicht verdient habe, möchte ich ihnen berichten, wie und was vorgefallen ist. Bitte nehmen sie es mir nicht übel, wenn ich ihnen sagen muss, dass ihre persönliche Büroorganisation schon dringend überholungsbedürftig war. Über zwanzig Jahre war die Organisation und damit verbundene Rationalisierung ein Großteil meines Arbeitsgebietes. Mit anderen Worten ausgedrückt, habe ich mich in ihrem Bürotrakt nicht in ‚Neuland' bewegt, sondern der Einfachbarkeit halber halt alles umorganisiert und neu geordnet. Und ich muss zugeben, dass ich das alles nie allein geschafft hätte, wären da nicht drei Personen gewesen, die mir zur Seite gestanden sind und geholfen haben, wenn immer die Notwendigkeit bestand. Ihr Freund Moritz war immer als erster zur Stelle, wenn jemand gebraucht wurde. Er hat nicht gearbeitet, sondern er hat regelrecht geschuftet. Doch ich denke es ist auch nicht mehr als recht und billig, mich bei ihrer Tochter Helen und ihrem Sohn Patrick zu bedanken. Sie haben mir nicht nur mit Rat und Tat zur Seite gestanden, sondern mitangepackt, wenn immer es ihnen notwendig erschien. Also ist für mich gar nicht so viel Arbeit übriggeblieben. Jetzt müssen sie schon für Arbeit sorgen, denn stundenweise untätig möchte ich nicht herumsitzen. Sollten ihre Kinder herausbekommen, dass sie und ich mehr oder weniger arbeitslos sind, werden sie uns vielleicht sogar entlassen."

Dabei macht sich ein so spitzbübisches Lachen in ihrem hübschen Gesicht breit, dass auch Markus in ein schallendes und in allen angrenzenden Büros vernehmbares Lachen ausbricht, bevor er sich erhebt:

„So Krista, darf ich dich nun bitten, mir in dein Büro zu folgen. Leider stand meine Sekretärin mir heute Morgen nicht zur Verfügung. Hier ist erstmal eine süße Kleinigkeit für dich," wobei er ihr die ‚Bonboniere' überreicht, bevor er mit vorgetäuschtem Erschrecken den riesigen Rosenstrauß anschaut:

„Krista, Krista, der Strauß ist nicht von mir und ich habe auch wirklich keine Ahnung wo und wie er hierhergekommen ist. Sicherlich hast du irgendwo eine liebe Person, die dir die Rosen geschickt hat, als sie an dich gedacht hat. Aber vielleicht weiß Moritz ja mehr."

Bevor er ein weiteres Wort herausbringt hat Krista das kleine zwischen zwei Rosen steckende und beschriebene Kärtchen entdeckt. Vorsichtig entnimmt sie es ihrem Umschlag, um nach dem Lesen laut aufzuschreien. Tränen rollen zum zweiten Mal für heute über ihre Wangen bevor sie mit bleichem Gesicht in das kleine Wellness-Center rennt und sich dort einschließt.

Es dauert eine ganze Weile bevor sie mit immer noch bleichem Gesicht in ihr Büro zurückkehrt. Geduldig hat Markus dort auf sie gewartet:

„Krista, ich möchte und habe auch nicht das Recht zu fragen, aber wenn du denkst, dass es dich erleichtert, kannst du mir ruhig anvertrauen, was dich belastet. Mit ruhigem Gewissen kann ich dir schwören, dass es unter uns bleibt."

„Herr Hofer, entschuldigen sie mein ungebührliches Benehmen. Ich verspreche ihnen, dass es nie wieder vorkommen wird. Doch es ist das erste Mal, dass ich in meinem Leben rote Rosen geschenkt bekomme und ich weiß nicht Mal von wem." „Aber da steckte doch ein kleines Zettelchen zwischen den Rosen oder habe ich mich versehen?"

„Nein Herr Hofer, sie haben schon richtig gesehen, aber hier ist es. Da gratuliert mir jemand zu meinem neuen Job, aber da ist nicht Mal ein Name dabei und ich habe nicht die geringste Ahnung von wem es sein könnte. Vielleicht gelingt es mir ja doch noch, es herauszufinden. Jedenfalls sind die Rosen wunderschön und ich hoffe, dass sie uns einige Tage erfreuen werden."

„Krista, das alles was in den letzten Tagen und besonders in der letzten Stunde über dich hereingebrochen ist, klingt ja fast zu unglaublich um wahr zu sein, aber es ist noch nicht das Ende. Komm doch bitte Mal mit in mein Büro und setz dich hin. Du bist ja immer noch ein bisschen blass um die Nase.

Noch bevor du heute Morgen unsere Büroräume betreten hast, hatte ich eine kurze Unterredung mit einem unserer Abteilungsleiter und habe ihm dabei den Auftrag erteilt, für dich eine nicht zu große aber hübsche Appartement-Wohnung hier in Toronto mit Überblick über den Ontario-See ausfindig zu machen. Mein Angebot an dich ist, dass wir, also der ‚Guggenhofer Konzern' und ich für ein Jahr alle anfallenden Mietkosten übernehmen und danach sehen wir dann weiter. Schließlich ist es uns allen lieber, dich rechtzeitig morgens hier im Büro zu sehen als noch einmal mit einer Hiobsbotschaft wie der von heute Morgen von dir überrascht zu werden. Hier habe ich dir einige Sachen in deine Unterschriftenmappe gesteckt, die du bitte nach Möglichkeit noch heute erledigen kannst.

Nur für alle Fälle; wenn immer du irgendwelche Fragen hast, drück den Intercom- Knopf und komm in mein Büro. Ich denke, das alles ist genug für den Anfang. Viel Spaß bei deiner neuen Arbeit."

Die Unterschriftenmappe unter ihren Arm klemmend verlässt sie mit freudestrahlendem Gesicht sein Büro, nachdem sie sich mindestens ein Dutzend Mal bei Markus Hofer bedankt hat.

Der Vormittag verfliegt wie ein Hauch im Wind. Kristas Aufregung lässt ihr das Blut immer wieder in ihr Gesicht steigen. ‚Wenn sie doch wenigstens wüsste, wer ihr die Rosen geschickt hat und noch dazu rote. Solange Markus Hofer in seinem Büro nebenan sitzt, ist es für sie unmöglich, dem Froschkönig eine E-Mail zu senden. Ihr Boss könnte gerade dann unverhofft in ihr Büro eintreten und sie bei der Erledigung einer privaten Angelegenheit ertappen. Das wäre gerade das, was sie nach dem heute Morgen vorgefallenen Tumult gebraucht kann. Außerdem, so hat sie sich geschworen, wird sie auch nicht eine Minute, für die sie von ihrer Firma bezahlt wird, an der Erledigung von Privatangelegenheiten verschwenden. Jetzt wird sie bis zur Mittagspause durchhalten und erst wenn Mr. Hofer sein Büro verlassen hat, wird sie dem Froschkönig eine kurze E-Mail senden und nach einer Antwort fragen. Obwohl er eigentlich der einzige ist, der in Frage kommt, hat sie ein mulmiges Gefühl in der Magengegend.

Es wird fast ein Uhr, bis Markus Hofer sich endlich aufrafft sein Büro zu verlassen. Kristas Aufregung wächst von Sekunde zu Sekunde, bis er ihr endlich kurz mitteilt, dass er die nächste Stunde abwesend sein wird und sie bitte alle wichtigen Anrufer auf seine Handynummer verweist.

„Lieber Froschkönig, gerne hätte ich dir schon heute Morgen eine kurze E-Mail mit der Bitte um Klarstellung einiger Dinge gesandt, die sich hier in meinem Büro abgespielt haben. Wider Erwarten und für mich nicht nachvollziehbar, stand heute Morgen ein riesiger Strauß roter Rosen auf meinem Schreibtisch. Da mein Chef einige Tage außer Haus war, hatte ich mir erlaubt, in seinem Büro einige Organisationsänderungen vorzunehmen und war überrascht über die Blumenpracht als ein besonderes ‚Dankeschön'. Ohne jeglichen Zweifel war ich der Meinung, dass sie von ihm stammten. Doch kam mir das Geschenk, zumal es rote Rosen waren, recht aufdringlich vor. Aber sicherlich brauche ich dir deren Bedeutung nicht zu erklären. Begeistert und auch sehr dankbar mir gegenüber, hat mein Chef mir bei der Erledigung einer anderen privaten Angelegenheit sehr geholfen und mir als Ausdruck seines Dankes auch eine Riesen-Bonboniere geschenkt. Doch von dem Rosenstrauß auf meinem Schreibtisch war er genau so erstaunt und überrascht wie ich und das war weder gespielt noch gekünstelt.

Lieber Froschkönig, dieses ist der erste Strauß roter Rosen, den ich in meinem Leben erhalten habe. Jetzt nachdem ich meine Aufregung gemeistert habe, möchte ich mich bei dem Rosenschenker, nämlich dir, ganz herzlich bedanken. Es hat zwar etwas länger als normal gedauert bis es bei mir geklickt hat. Aber auch dir möchte ich das Recht absprechen, mir rote Rosen zu senden, egal aus welchem Grund. Aufgrund deiner bisherigen E-Mails finde ich dich eigentlich recht sympathisch, aber bitte, lieber Froschkönig, lassen wir es dabei bleiben. Vielleicht darf ich dich nochmals an unsere Abmachung erinnern, bevor du einen zu großen Schritt nach vorne machst, den wir beide danach bereuen müssten.

Bitte nimm mir meine harschen Worte nicht übel, aber leider ist es leider die Wahrheit. Deine Prinzessin."

Diesmal dauert es nicht einmal eine halbe Stunde, bevor sie eine Antwort erhält. Sie hat gerade ihre Mittagspause beendet und auch Markus Hofer ist früher als beim Weggehen angedeutet, in sein Büro zurück gekehrt.

„Liebe Prinzessin, wie immer, zuerst einmal herzlichen Dank für deine E-Mail und bitte schaue es nicht als zu sarkastisch an, nämlich meine Antwort zu deiner Ansicht über Blumengeschenke. Ja, ich kenne die Regeln bezüglich des Schenkens roter Rosen sehr gut. Und ich habe dir hoch und heilig in meinen verschiedenen E-Mails versprochen, keine der zwischen dir und mir vereinbarten Regeln zu brechen. Zumindest würde ich es niemals ohne deine Zustimmung tun. Es tut mir schrecklich leid, aber die dir geschenkten Rosen stammen nicht von mir. Wenn du wirklich die Lösung nicht finden kannst, vergiss es einfach und freue dich über jede Rose, die dich anlacht. Irgendwann wird sich bestimmt jemand melden oder die Erklärung liegt vielleicht viel näher bei dir als du es dir vorstellst. Sei mir bitte nicht böse. Ich weiß, unser Spiel ist nur ein Spiel und wir beide wissen nicht wie lange wir es spielen können. Obwohl ich dich nicht kenne und dich nie gesehen habe, bist du für mich das schönste Wesen was ich mir vorstellen kann und wenn dir jemand rote Rosen schickt, bin ich schon ein bisschen eifersüchtig, aber dafür bin ich ja nun mal ein Mann. Sei mir bitte nicht böse, aber ich muss nun schließen, denn ich habe dringend noch etwas zu erledigen. Ich wünsche dir noch einen schönen Tag und denke nur an die schönen Dinge, die dir das Leben zu bieten hat. Liebe Grüße, dein Froschkönig"

Gedankenverloren sitzt sie da und zuckt erst zusammen als sich die Verbindungstüre zu Mr. Hofers Büro öffnet und er sie bittet, für ein kurzes Diktat in sein Büro zu kommen.

„Krista, nachdem du den Brief geschrieben hast, unterschreibe ihn bitte mit Markus Hofer per Krista Rosner, du weißt was ich meine. Ich muss mich nämlich schnellstens auf die Socken machen, denn ich habe noch eine eben erst erfahrene, wichtige Unterredung vor mir, die ich tatsächlich fast vergessen hätte."

Innerhalb der nächsten zwei Minuten hat er das Büro verlassen, ohne auch nur ein weiteres Wort von sich zu geben.

Mit dem Aufzug begibt er sich auf direkten Weg in die Tiefgarage. Dort neben der Mercedes-Benz Limousine steht ein kleinerer Geländewagen, den er gerne benutzt, wenn nur kurze Strecken zu fahren hat oder einfach seinen Freund Moritz nicht von anderen Aufgaben aufhalten möchte, so wie auch heute. Da der Straßenverkehr in der Innenstadt momentan verhältnismäßig problemlos scheint, hat er sein Ziel, ein gerade fertiggestelltes dreißigstöckiges Wohnungsgebäude nur einen Steinwurf von der Hafenfront entfernt, in weniger als dreißig Minuten erreicht. Nachdem er seinen GLK-Mercedes-Geländewagen auf dem zum Gebäude gehörenden Parkplatz abgestellt hat, begibt er sich schnellen Schrittes auf den nahegelegenen Haupteingang des von ihm ausgewählten Hochhauses zu.

Obwohl er zeitlich eher etwas verfrüht durch die moderne Drehtür in die Lobby eintritt, wird er bereits von einem Agenten der namhaften Immobilienfirma Royal-Bertrix, Dale Bertram, erwartet. Nach der kurzen Vorstellung von beiden Seiten und einem Handschlag begeben sich die Männer ohne weiteren Aufenthalt per Express-Aufzug zum zwanzigsten Stockwerk.

Links oder rechts? Dale Bertram kramt eine Immobilien-Broschüre aus seiner Ledermappe und nach einem kurzen Blick in das kleine bunte Heft, entscheidet er sich für die rechte Seite. Vor der dritten Türe bleibt er stehen und öffnet mit dem ihm anvertrauten Universalschlüssel die Eingangstüre. Markus Hofer wandert geradewegs zu der Balkontüre auf der gegenüberliegenden Seite, von wo ein einzigartiger Ausblick über den Ontario-See gewährleistet ist. Ein kurzer Blick in Küche, Badezimmer, Wohn-Ess-und Schlafzimmer genügt, ihn voll zufrieden zu stellen.

„Mr. Bertram, was war ihr mir vorhin genannter Preis?"

„ $329 900-, und alles was sie gesehen haben wie Wandregale, Stehlampen, Deckenleuchter und dergleichen sind inkludiert."

„Ich habe keine Lust und auch nicht die Zeit, mit ihnen hier lange herumzuhandeln. Bereiten sie bitte das Angebotsformular vor. Mein Preis ist $320 000.- bar und ohne Inanspruchnahme einer Hypothek, wie üblich am Abschlusstag zahlbar. Wann und wie schnell kann dieser Deal über die Bühne gehen?"

„Da die Eigentumswohnung neu und daher noch unbewohnt ist, würde ich den Abschluss für nächsten Freitag, also morgen in einer Woche vorschlagen."

„Abgemacht, hier ist der Scheck für die von ihnen gewünschte Anzahlung. Bringen sie bitte alle zum Unterschreiben notwendige Papiere morgen Früh um, sagen wir 10 Uhr in mein Büro. Hier haben sie ein Kärtchen mit meiner Adresse und Telefonnummer. Sollte der Verkäufer dieses Angebot nicht akzeptieren, verständigen sie mich bitte sofort. Herzlichen Dank für ihren freundlichen Service und ich bin mir ziemlich sicher, dass wir uns morgen Früh wiedersehen werden."

„Mr. Hofer, herzlichen Dank von meiner Seite und auch ich bin mir sicher, dass wir uns morgen Früh wieder treffen werden. Und noch herzlichen Glückwunsch zum Erwerb dieser Eigentumswohnung. Es war übrigens die letzte noch verfügbare Wohnung mit direktem Blick über den Ontario-See." Mit ein paar freundlichen Worten verabschiedet sich Markus Hofer von dem Makler und anstatt sich zurück in sein Büro zu begeben, entschließt er sich dazu, sich auf direktem Weg zu seiner Wohnung zu begeben, um einige Stunden Schlaf zu ergattern. Wie es scheint, macht ihm der Jet-Lag doch mehr zu schaffen, als er es sich selber eingestehen will.

Pünktlich um 10 Uhr am Freitagmorgen steht der Immobilienmakler Dale Bertram in der Lobby der ‚Guggenhofer International' und bittet Theresa Lindegaard um Anmeldung bei ihrem Chef Mr. Hofer. Da sie nicht über Markus Hofers Transaktion unterrichtet wurde, bittet sie Patrick Hofer in die Lobby. Da auch dieser nichts von der Angelegenheit weiß, bleibt der Empfangsdame keine andere Wahl, als mit der Vermittlung Krista Rosner Mr. Hofer zu verständigen. Nachdem beide Parteien endlich im Konferenzraum zusammengefunden haben, präsentiert der Immobilienhändler Markus mit ein wenig Stolz in seiner Stimme, das von der Wohnungsbaufirma ohne die geringste Beanstandung bereits gegengezeichnete Kaufangebot. Da Markus nach einigem Überlegen beschlossen hat, die Wohnung für sich und nur in seinem Namen vorerst privat zu erstehen, ist der Kauf in wenigen Minuten rechtskräftig abgeschlossen. Der extra aus dem zehnten Stockwerk herbeigerufene Firmenrechtsanwalt, der auch zugleich als Notar fungiert, bestätigt die Legalität der Transaktion mit seinem Namen und der Anbringung seines Dienstsiegels. Somit ist Markus Hofer der sofortige Eigentümer der etwa achtzig Quadratmeter großen Wohnung mit einer herrlichen Aussicht über den davor liegenden ‚Lake Ontario'.

Außer ihm, dem Immobilienmakler und dem ‚Guggenhofer' Firmenrechtsanwalt hat eigentlich kein anderer der im Büro Anwesenden mitbekommen, was sich hier in den vergangenen Minuten abgespielt hat. Doch das soll sich schnell, vor allen Dingen im besonderen Interesse einer einzigen Person, ändern.

Am gleichen Nachmittag, etwa um 15 Uhr, bittet Markus seine Sekretärin in sein Büro. Wie üblich, klemmt sie sich ihren Stenoblock unter ihren Arm und mit einem Bleistift in der Hand begibt sie sich unverzüglich in sein Büro.

„Krista, ich weiß nicht ob du heute Morgen mitbekommen hast, was sich im Konferenzzimmer abgespielt hat. Doch bevor wir dazu kommen, möchte ich dir einige Fragen stellen. Erstens, bist du bereit deinen Wohnsitz nach Toronto zu verlegen? Zweitens, wann würde das sein, vorausgesetzt Wohnraum steht dir zur Verfügung und drittens, was würde mit deinem Haus in Kitchener passieren?"

„Herr Hofer", dabei zeigt sie ein freundliches aber dennoch scheues Lächeln in ihrem Gesicht, „ja, ich habe mir die gleichen Fragen schon einige Male durch den Kopf gehen lassen. Nach reiflicher Überlegung bin ich zu der Überzeugung gekommen, dass dieses die beste Lösung ist. Aber da ich nach meiner Einstellung erst einmal eine Probezeit von sechs Monaten absolvieren muss, stände danach einem Umzug nichts mehr im Weg."

„Und welche Bedingungen würden sonst noch im Wege stehen?"

„Keine." „Sag nicht so voreilig, ‚keine', denn ich habe eine kleine Bitte an dich. Wärst du heute oder sagen wir jetzt bereit, vergiss nicht es ist Freitag, deinen verdienten Feierabend um zwei bis drei Stunden hinauszuziehen?"

Mit einem lächelnden Gesicht beantwortet sie seine Frage mit zwei Wörtern: „Kein Problem."

„Na ja, jetzt pack mal deine sieben Sachen zusammen und dann fahren wir Mal los." „Darf ich fragen, ‚Wohin'?"

„Äh, äh, das wirst du dann schon sehen. Also los geht's."

Als die Beiden durch die Lobby die Büroräume verlassen, hält Markus seiner Sekretärin galant die Ausgangstüre offen, währen er Theresa Lindegaard zuzwinkert.

„Theresa, falls sie Helen oder Patrick heute nochmals sehen sollten, bestellen sie den Beiden bitte, dass ich mit Krista die nächsten Stunden unterwegs sein werde. Und Ihnen wünsche ich ein schönes Wochenende."

Die nicht Mals zwei Kilometer lange Strecke von der Gerrard Street zur Hafenfront nimmt in dem sich aufstauenden Wochenendverkehr fast die dreifache Zeit in Anspruch, als die die er heute Morgen gebraucht hatte.

Doch dennoch wird er vom Glück begünstigt, denn der gleiche Parkplatz von heute Morgen steht ihm wieder zur Verfügung. Krista hat immer noch keinen Verdacht geschöpft, denn als sie in die Lobby eintreten, marschiert Markus zielstrebig auf den ‚Concierge' zu, um ihn, wie es scheint, um eine Auskunft zu bitten.

Danach begibt er sich mit seiner hübschen Begleiterin zum Aufzug um in das zwanzigste Stockwerk zu gelangen.

Fast bedächtig wandert er die letzten Meter bis zu der Türe mit der Nummer 2003 um mit langsamen Bewegungen den Schlüssel in das Schloss steckt und die Türe im Zeitlupentempo öffnet.

Mit einer lässigen Bewegung seines rechten Armes deutet er ihr an, durch den kurzen Flur die Wohnung zu betreten.

„Liebe Krista, das ist dein neues Reich geworden. Ich hoffe es gefällt dir und ich wünsche dir in diesen vier Wänden viel Glück und Gottes Segen für die Zukunft. Ja, das ist eigentlich alles was ich dir sagen wollte. Nun nimm dir alle Zeit in der Welt, um dich gründlich umzuschauen."

Nur etwa einen Meter von der Balkontüre entfernt steht sie, ihren wohlgeformten Mund halb geöffnet, ihren Blick über den ‚Lake Ontario' schweifend und nicht in der Lage, auch nur ein einziges Wort von sich zu geben. Nur die Tränen, die vor Rührung langsam ihre Wangen herunterlaufen, sind die stillen Zeugen für das, was innerlich in ihr vorgeht.

Auch Markus steht da als hätte er seine Sprache verloren. Mit bedächtigen Schritten kommt er aus der Küche, um schließlich neben Krista stehen zu bleiben. Wie gerne möchte er seine Arme um ihre Schultern legen, aber Anstand und Courage verbieten ihm das. Als könne sie das alles nicht glauben, hebt Krista ihren Kopf um ihm ihr Gesicht zuzudrehen: „Mr. Hofer, bitte sind sie mir nicht böse, aber mir fehlen einfach die Worte. Ich bin doch nur eine einfache Frau, die durch verschiedene Umstände aus ihrem gewohnten Lebensweg geworfen wurde. Nun ist auf einmal alles anders geworden und ich weiß nicht Mal mehr, ob ich das alles verkraften kann. Bitte, bitte, behandeln sie mich wie jeden anderen ihrer Angestellten, denn wie leicht kann ich versagen und alles was sie sich von mir erhofft haben, löst sich in Luft auf."

„Liebe Krista, nur damit wir uns richtig verstehen. Nichts wird sich in Luft auflösen. Du weißt selbst besser als ich, was für eine ausgezeichnete Arbeitskraft du bist. Bitte freue dich nicht zu früh. Vielleicht wirst du eines Tages bereuen, für mich und meinen Konzern zu arbeiten, denn die Arbeitslast die auf dich zukommt, wird nicht einfach zu bewältigen sein. Du wirst dich an Überstunden gewöhnen müssen und es kann auch ohne weiteres vorkommen, dass du mich auf einigen anstrengenden Reisen begleiten wirst. Wenn wir beide zusammenarbeiten, wirst du genau wie ich alles geben müssen, was in dir steckt. Doch eines kann ich dir hoch und heilig versprechen, egal was auf uns zukommt, Fairness war und wird auch immer mein oberstes Gebot sein und bleiben. So und jetzt denke einige Zeit darüber nach, wenn und ob du hier einziehen möchtest, damit Moritz die notwendigen Vorbereitungen erledigen kann. Eines möchte ich noch von dir wissen, nämlich ob es dir gefällt und du dich hier wohlfühlen wirst. Denn in meinem ganzen Leben war es immer mein oberstes Gebot, dass meine Mitarbeiter sich in meinen Betrieben wohl fühlen. Nur so entfalten sie ihre volle Arbeitsleistung zum Wohl unseres Konzerns. Das war's denn wohl für heute. Ich werde mir erlauben, Moritz anzurufen und ihn bitten, dich nach Hause zu fahren, damit ich dir nicht alle Freizeit raube. Überlege dir gut was du tun oder lassen möchtest und am Montag reden wir dann weiter. Egal wie deine Entscheidung ausfällt, meine Kinder und ich werden sie voll respektieren."

„Herr Hofer, jedes Wort welches sie gerade erwähnt haben, trifft bestimmt für eine große Anzahl anderer Menschen zu. Wie sie in Zukunft feststellen werden, habe auch ich meine kleinen Fehler, aber ein Wort fehlt in meinem Repertoire, nämlich das kleine Wort ‚aufgeben'. Jetzt und hier auf der Stelle verspreche ich ihnen, dass ich alles tun werde, um meinen Job so gewissenhaft wie nur eben möglich auszufüllen. Aber trotzdem finde ich das, was sie bis jetzt für mich getan haben, einfach selbstlos und mehr als großzügig. Mein nochmaliges ‚Dankeschön' kommt aus der Tiefe meines Herzens."

Nur zu gerne wäre sie auf ihn zugegangen, um ihren Arm um seinen Hals zu legen und ihm wenigstens einen Kuss auf seine Wange zu geben. Doch selbst in ihrem momentanen Glückstaumel verbietet ihr ihre Erziehung sowie auch ihr Anstand nur den kleinsten Schritt vorwärts zu machen.

Inzwischen hat sich auch Moritz Drommer in der Rezeption eingefunden, um Krista auf Wunsch ihres Chefs nach Hause zu bringen. Doch erst wird er noch ein paar Minuten hier verbringen müssen, denn nicht nur Markus Hofer sondern auch seine Chefsekretärin Krista Rosner möchten ihm ihren neuesten Erwerb nämlich das ‚Appartement mit Seeblick' vorführen.

Kapitel 7: Wie schnell die Zeit vergeht.

Nach diesem für Krista als auch ihren Chef Markus Hofer recht aufregenden Wochenende, haben sich die Wellen bis Montagmorgen wieder geglättet.

Nachdem Moritz sie am Freitagabend zu Hause gesund und munter abgeliefert hat, war der Samstag ein Tag voller Hektik. Als wäre sie aufgefordert worden, ihr Haus innerhalb einer Woche zu räumen, so hat sie bereits am Samstagmorgen in aller Frühe damit begonnen, in den von ihr hastig besorgten Kartons die leicht verpackbaren Gegenstände einzusortieren.

Erst der Sonntag beschert ihr die nun wirklich nötige Entspannung. Während sie sich am Spätnachmittag nur für einige Minuten auf der bequemen Couch im Wohnzimmer niedergelegt hat, flackert das kleine blaue Licht an ihrem Laptop und kündigt ihr eine E-Mail an. ‚Oh mein Gott, das kann nur mein großer Unbekannter sein.' Bedingt durch die Aufregung der letzten zwei Tage hat sie ihn zeitweilig aus ihrem Gedächtnis gestrichen. Ein weiterer Blick bestätigt ihre Annahme.

„Liebe Prinzessin, da ich seit zwei Tagen nichts von dir gehört habe, mache ich mir große Sorgen um dich. Bitte lass mich doch wenigstens mit ein paar Worten wissen, ob auf deiner Seite alles okay ist. Und wenn du wegen Zeitmangel in deiner neuen Stellung nur schreibst: ‚Alles okay', dann ist das schon für den Moment genug. Ich weiß nicht, ob ich es dir sagen soll oder nicht. Vorgestern Abend war ich in der Hafengegend, eigentlich nur um meine Füße zu vertreten, denn ich hatte einen sehr harten und langen Arbeitstag hinter mir. In der Nähe von einem der Gebäude mit den neuen Eigentumswohnungen hatte ich direkt an der Straße mein Auto geparkt und war im Begriff einzusteigen. Dann sah ich etwas, was fast mein Herz zum Stillstand gebracht hätte. Aus dem Gebäude kam ein fast viereckiger Mann, ich schätze ihn so ungefähr um die 70. An seiner Seite konnte ich eine Frau sehen, deren Figur und auch ihren schwebenden Gang ich nie wieder vergessen werde. Sie war einfach ein Traum aus ‚Tausend und einer Nacht'. Da es schon dunkelte und sie ihr Gesicht dem grobklotzigen Mann zudrehte, hatte ich die Gelegenheit, wiederum nur ihr Profil zu sehen. Die gesamte Nacht habe ich, wenn es hoch kommt, vielleicht eine Stunde geschlafen, denn ich bin mir hundertprozentig sicher, dass du es warst. Es war nämlich das gleiche Profil, was ich im ‚La Boheme' gesehen habe, deins. Aber was machtest du mit einem fremden Mann zu dieser Zeit in der Hafengegend? Obwohl ich kein Recht habe, dich danach zu fragen, würde ich mich über eine Aufklärung deinerseits sehr freuen. Bitte sag mir die Wahrheit, ich kann und werde sie ertragen. Ich wünsche dir von ganzem Herzen noch einen geruhsamen Sonntagabend, schlaf gut und bitte vergiss nicht, ich freue mich auf deine Antwort. Dein Froschkönig"

Krista liest die E-Mail gleich zweimal hintereinander. Er war da, er hatte sie gesehen, zusammen mit Moritz Drommer, bevor dieser sie nach Kitchener brachte. Aufgeregt, dass ihr das Herz bis zum Halse schlägt, stellt sie den Laptop auf den Küchentisch und beginnt zu schreiben:

„Lieber Froschkönig……..."

Dann schreibt sie ihm die gesamte Geschichte mit allem Drum und Dran wie sie dieselbe in den letzten 72 Stunden erlebt hat. Vorsichtigerweise erwähnt sie jedoch weder einen Namen oder gibt den Namen ihrer Firma preis. Ihre E-Mail endet fast wortgleich mit seiner: „ich wünsche dir noch einen schönen Sonntagabend und heute Nacht all den Schlaf den du wegen mir eigentlich unnötig verloren hast. Auch dir ganz liebe Grüße von deiner (auf Wolken schwebenden) Prinzessin"

Ein kurzer Druck auf ‚Send' und in wenigen Sekunden wird er ihre E-Mail lesbar vor sich liegen haben.

Die letzten Stunden des Tages lässt sie tatsächlich ohne weitere Arbeit jeglicher Art ausklingen. ‚Morgen beginnt eine neue Woche, ein neuer Tag und wir werden sehen was er uns bringen wird.' Irgendwie fühlt sie sich nach dem Absenden der E-Mail erleichtert. Ja, fast frei und ungezwungen singt sie mit irgendeinem Chor, der gerade irgendwelche Volkslieder aus dem CD-Spieler erschallen lässt.

Der Montagmorgen beschert Toronto und seiner Umgebung das nun einmal um diese Zeit typische Herbstwetter. Als sich Krista auf den Weg zur Busstation begibt, wird sie von dichtem Nebel eingehüllt, der sich erst im zweiten Drittel der Strecke auflöst, um strahlendem Sonnenschein den Weg freizumachen. Wetterbedingt kann auch der Bus nach Toronto seine fahrplanmäßige Zeit nicht einhalten. Doch schnellen Schrittes erreicht Krista einige Minuten vor 8 Uhr ihr Büro. Ein irgendwie stolzes Gefühl macht sich in ihr breit. Es kommt ihr so vor, als ob heute ihr erster offizieller Arbeitstag wäre.

Etwas erstaunt muss sie feststellen, dass sie den Wettlauf mit der Zeit verloren hat. Gerade in dem Moment, als sie ihren leichten Übergangsmantel an der Garderobe aufhängen will, tritt Markus Hofer mit lachendem Gesicht aus seinem Büro:

„Guten Morgen Krista, fast hättest du gewonnen, ich meine den Wettlauf mit der Zeit, denn sicher war es draußen wieder recht nebelig, hab ich Recht? Aber da ich heute Morgen schon seit fünf Uhr auf den Beinen bin, hab ich mir gedacht, mal wieder der Erste im Büro zu sein, wäre doch so ähnlich wie einen Präzedenzfall für die übrigen Mitstreiter zu setzen, stimmt doch auch oder?"

„Herr Hofer, Herr Hofer, selbstverständlich ist das Recht auf ihrer Seite, aber nicht mehr lange. Nächste Woche wird mein Umzug sein und wenn ich dann erst einmal hier in Toronto wohne, wird es ihnen schwerfallen, meine Anfangszeiten zu unterbieten."

Nach diesem kurzen aber recht herzlich klingenden Gespräch, begeben sich Beide in ihre Büros und beginnen den Tageslauf mit ihrer Arbeit anzukurbeln.

Während der kommenden Tage ist es nicht nur Markus Hofer, sondern auch seine Kinder Patrick und Helen sind von Kristas Geschick und Können total begeistert. Stapel von aufgehäufter Büroarbeit stören Krista nicht im Geringsten. Sie werden einfach schnell und effizient aufgearbeitet. Für die Umzugswoche hat es Moritz sich nicht nehmen lassen, alle Vorbereitungen gewissenhaft zu treffen und als der Umzugstag da ist, gehört er auch schon wieder der Vergangenheit an.

Krista wird sich zwar in etlichen Dingen umstellen müssen, doch von jetzt an hat sie das Recht, sich stolz eine ‚Torontonerin' zu nennen.

Woche um Woche vergeht. Längst hat sich Krista in die Materie eingearbeitet. Inzwischen ist sie weit mehr als nur die ‚Chefsekretärin'. Sie genießt das volle Vertrauen der gesamten Geschäftsleitung und wenn jemand von einer anderen Abteilung oder Etage zu Markus Hofer vordringen möchte, funktioniert das eigentlich nur mit Kristas Arrangement oder ihrer Befürwortung. Aus Krista Rosner, der kleinen, naiven ehemaligen Sekretärin aus Kitchener, ist Krista Rosner, die Chefsekretärin und persönliche Vertraute des mächtigen Konzernchefs Markus Hofer geworden und das alles ohne auch nur das geringste Bisschen von ihrer Liebenswürdigkeit oder Hilfsbereitschaft anderen gegenüber einbüßen zu müssen.

Markus Hofer gibt viel aber er verlangt auch viel. Doch in Kristas Augen ist er der gerechteste Chef für den sie jemals gearbeitet hat. Nur manchmal, wenn er unverhofft in ihr Büro tritt oder sogar versucht sich unbemerkt hinter sie zu schleichen, erwacht in ihr der Argwohn, dass er Verdacht geschöpft hat und zu gerne wissen möchte, mit wem sie gerade e-mailt.

Der kanadische Winter zeigt sich diesmal von seiner härtesten Seite. Eisige Kälte wechselt sich ab mit viel Schnee und verwehte und unpassierbare Straßen sind keine Seltenheit. Doch für Krista ist das alles kein Problem, da sie nur drei Stationen mit der U-Bahn zurücklegen muss, um zwischen ihrer Wohnung und dem ‚Guggenhofer International' Bürogebäude hin- und her zu pendeln.

Ihr großes Problem ist inzwischen ihr immer noch unbekannter E-Mail Schreiber geworden. Der Schreibstil der Beiden hat sich inzwischen total in eine mehr persönliche Richtung verändert.

Obwohl sie sich anfänglich geschworen hatten, die E-Mails mehr oder weniger als ein Gesellschaftsspiel zu betrachten, behandeln sie und diskutieren sie inzwischen auch über Themen, die tief in die Privatsphäre eines jeden von ihnen eindringen. Interessanterweise legen beide dennoch enormen Wert darauf, anonym zu bleiben.

Einige Male hat sie sich selbst dabei ertappt, als sie sich anschickte ihm fast ihren eigenen als auch den Namen ihres Konzernchefs preiszugeben. ‚Wäre es schlimm gewesen?' Sie ist sich inzwischen darüber klar geworden, dass der ‚Froschkönig' vielleicht doch viel mehr weiß als er zugibt, während sie absolut noch genau wie am ersten Tag vollkommen im Dunkeln tappt.

Inzwischen ist auch ein wesentlicher Störfaktor in ihre schreiberische Beziehung getreten, weshalb sie sich gerade vor einigen Tagen erst geschworen hat, alle Fakten die ihren Chef betreffen in zukünftigen E-Mails aus dem Spiel zu lassen. Nur dann ist sie auch selber in der Lage, des ‚Froschkönigs' manchmal sarkastische Bemerkungen über ihren Chef vollkommen zu ignorieren. Irgendwie wird sie nämlich das ungute Gefühl nicht los, dass die manchmal nicht gerade höflichen Worte ihres Unbekannten auf eine gewisse Rivalität beziehungsweise Eifersucht hindeuten.

Als der Frühling schließlich mit aller Macht versucht, den harschen kanadischen Winter zu vertreiben, geschieht auch in den Beziehungen zwischen dem ‚Froschkönig' und seiner ‚Prinzessin' etwas Unvorhergesehenes, welche ihre von beiden Seiten so vorsichtig aufgebaute Beziehung beinahe an den Rand des Zusammenbruchs geführt hätte.

An einem der letzten Apriltage bittet Markus Hofer Krista in sein Büro zu einer wie er sich ausdrückt, äußerst wichtigen Unterredung……….

„Krista, seit einigen Wochen arbeiten wir beide einschließlich Helen als auch Patrick an dem unleidlichen ‚Geering Reederei' Projekt. Alles was wir bisher mit unserem norwegischen Partner erreicht haben, ist doch die Tatsache, dass sich die Norweger als auch wir von unserem gemeinsamen Ziel, ein neues Fährschiff noch in diesem Jahr in Dienst zu stellen, keinen Schritt nähergekommen sind. Der alte Geering stellt sich stur wie ein Panzer und gibt den anderen Vorstandsmitgliedern nicht Mals die Chance, ihre Pläne und Vorstellung des Projektes ihm selbst oder uns als seinem tragenden Partner, vorzustellen. Lange genug habe ich diese Situation toleriert aber ich denke, dass jetzt die Zeit des Handelns gekommen ist. Patrick und Helen sind tüchtig genug, die Stellung hier für zwei Wochen ohne uns zu halten. Sicherlich wäre es für mich ein Kinderspiel, morgen oder zumindest in den nächsten Tagen nach Narvik in Norwegen zu fliegen, um mit Mr. Geering ein hartes Wort zu reden, schließlich hat ‚Guggenhofer International' die Aktienmehrheit des Geering Konzern. Doch mein Vater hat schon mit Lars Geering Sen. zusammengearbeitet und ich möchte jetzt nicht der Zerstörer sein, der das, was die Beiden zusammen aufgebaut haben, schädigt oder gar zerstört.

Heute Nacht habe ich lange nachgedacht. Du und ich, wir haben in der relativ kurzen Zeit unserer Zusammenarbeit nun doch schon einige Schlachten geschlagen und gewonnen. Das war nicht immer so. Vor deiner Zeit hat man mir zwar selten aber doch manchmal einen übergebraten. Meistens hatte ich die Verluste meinem Übereifer zuzuschreiben. Deine Besonnenheit sowie deine geschickte Verhaltensweise haben mich schon etliche Male vor Fehlentscheidungen gewarnt und zurückgehalten. Hättest du nicht Lust, mit mir nach Narvik zu kommen, um mich bei den dortigen Verhandlungen zu unterstützen. Ich habe mir dabei vorgestellt, das wir dieses, bitte denke nichts Schlechtes oder Falsches dabei, mit einer Art Kurzurlaub verbinden könnten. Wir würden mit einem Linienflug nach Helsinki in Finnland fliegen und uns dort ein Auto mieten und über die Landstraßen nach Narvik in Norwegen zu fahren. Nach Abschluss der Verhandlungen lassen wir uns dann mit einer von Lars Geerings Luxus Yachten immer an der norwegischen Küste entlang nach Oslo bringen. Von dort werden wir im Non-Stopp Flug nach hier zurückkehren. Du brauchst dich auch jetzt nicht zu entscheiden. Schlaf erst Mal darüber."

Vor lauter Aufregung über das, was sie hier in den letzten Minuten zu hören bekam, hat sie mit beiden Händen ihren halboffenen Mund bedeckt. Jetzt, als ihre Wangen von den Worten ihres Chefs so überrascht, in ein rotes ‚Blush' überwechseln, schlagen ihre Gedanken erst einmal Purzelbäume. Doch schneller, viel schneller als sie es selbst erwartet hatte, kehrt der Verstand in seinen Realismus Modus zurück.

„Chef, ich brauche da wirklich nicht einmal eine Stunde zum Überlegen. Wenn ich ihnen damit nicht nur einen Gefallen tue, sondern bei ihren sicherlich nicht leichten Verhandlungen auch noch eine hoffentlich wertvolle geistige Hilfe sein darf, ist meine Antwort…..'Ja und nochmals ja.' Von Skandinavien weiß ich so gut wie überhaupt nichts. Bei dieser Gelegenheit noch Land und Leute kennenzulernen, kann man doch nicht so mir nichts dir nichts, ausschlagen."

Markus Hofer dreht seinen Sessel in die Richtung der vor ihm sitzenden Sekretärin so, dass er ihr direkt in die Pupillen ihrer Augen schauen kann:

„Krista, nun haben wir über dieses unleidliche Thema lange genug diskutiert, eigentlich viel zu lange, wenn ich die Diskussionen mit Helen und Patrick einbeziehe. Sei bitte so nett und sende umgehend eine E-Mail an den Senior-Chef des Geering Konzerns in Narvik/Norwegen:

„Hallo Lars, da, wie es scheint eine Lösung unserer Fährschiff-Probleme weder schriftlich noch telefonisch keine Einigung herbeizuführen scheint, habe ich mich entschlossen, deine Zustimmung vorausgesetzt, nächste Woche mit meiner Chefsekretärin Krista Rosner nach Narvik zu reisen. Ich möchte in einem persönlichen Gespräch unter vier Augen mit dir erreichen, dass eine für beide Seiten verbindliche und damit endgültige Lösung des anstehenden Problems zur beiderseitigen Zufriedenheit abgeschlossen wird. Obwohl dir von früheren Verhandlungen zu diesem Thema bekannt ist, dass die Rechtslage vollkommen zugunsten der ‚Guggenhofer International' steht, sind wir jedoch zu beidseitigen Konzessionen bereit, solange diese nicht zu untragbaren Verzögerungen oder nicht vertretbaren Kosten führen.

Lasse mich bitte schnellstens wissen, ob einer Zeitplanung deinerseits für nächste Woche nichts im Wege steht, damit ich von meiner Seite die erforderliche Reiseplanung umgehend vornehmen kann. Ich hoffe, dass es dir gut geht und freue mich auf ein Wiedersehen. Herzliche Grüße, Markus"

Es dauert nur wenige Minuten bis sich die E-Mail auf ihrer imaginären nur Sekunden dauernden Reise von Toronto/Kanada nach Narvik/Norwegen befindet.

Inzwischen ist die Nachmittagszeit angebrochen und nach rund einer Stunde erreicht Krista auf ihrem Computer eine E-Mail mit der Nachricht von Lars Geering Sen., Geschäftsführer der ‚Geering Reederei' in Narvik/Norwegen, dass die kommende Woche für den Reeder vollkommen offen und Markus samt seiner Rechtsberaterin, wie Mr. Geering sie bezeichnet, jederzeit willkommen sei.

Krista jagt die E-Mail durch ihren Drucker und nur wenige Minuten später legt sie das Stück Papier säuberlich ausgerichtet auf den Schreibtisch ihres Chefs.

Nur Minuten nach der Rückkehr in sein Büro, bittet er Krista zu sich, um ihr die nötigen Anweisungen bezüglich der Reise in den nördlichsten Zipfel Norwegens zu erteilen.

Gemäß seiner Vorstellung werden sie am kommenden Sonntag von Toronto mit der ‚Island Air' und einem Non Stopp Flug direkt nach Helsinki, der Hauptstadt Finnlands, fliegen. Dort werden er und Krista, wenn alles planmäßig verläuft, nach einer Flugzeit von acht Stunden und zehn Minuten landen. Nach einer eintägigen Entspannungspause werden die Beiden dann mit einem komfortablen Mietwagen ihr Abenteuer beginnen, nämlich über die Europastraße Nummer 75 vorbei an Tundra und Steppenlandschaft zu ihrem Ziel, der Stadt Narvik im nördlichen Polarkreis zu reisen.

Kapitel 8:
Von Helsinki-Finnland nach Narvik-Norwegen

Wie von der Cockpitbesatzung angesagt, landet der ‚Airbus A340' der ‚Island Air' pünktlich am nächsten Morgen auf dem Flugplatz Vantaa in unmittelbarer Nähe von Finnlands Hauptstadt Helsinki.

Erschöpft von dem relativ langen Flug, begeben sich Markus Hofer und Krista Rosner zu einem der ‚Car Rental Counters' wo man ihnen drei verschiedene SUV (Sport Utility Vehikel) vorstellt. Ohne weiteres Überlegen entscheidet sich Markus für einen brandneuen Mercedes-Benz GLK 250 BLUETEC, ein außergewöhnlich strapazierfähiges Auto, bei dem trotz allem der Komfort nicht zu kurz kommt. Außerdem ist es das einzige der drei Fahrzeuge, mit welchem man getrost rund 1000 Kilometer per Tankfüllung zurücklegen kann ohne in die Gefahr zu gelangen, trocken zu laufen.

Da inzwischen der Monat Mai die erste Hälfte überschritten hat, sind auch die Tage bereits wesentlich länger geworden.

So beschließen die Beiden, nach einem kurzen Flughafenaufenthalt zuerst einmal in die Hauptstadt Helsinki zu fahren, um sich dort nach einem gemütlichen Hotel umzusehen. In einer Touristeninfo erfahren sie, dass das außerhalb der Stadt am ‚Bottnischen Meerbusen' gelegene ‚Hilton Helsinki Kalastajatorppa Hotel' genau das Richtige für sie ist. Da es für Krista eine ganz besondere Reise ist, bestellt Markus die beiden besten Räumlichkeiten, die das luxuriöse Hotel zu bieten hat. Ein wunderschöner Ausblick über den dem Hotel vorgelagerten See nimmt sie eigentlich nur noch im Unterbewusstsein wahr, denn der in der vergangenen Nacht vermisste Schlaf fordert seinen Tribut. Auch Markus befindet sich in einer nicht gerade als seine Hochform zu bezeichnenden Verfassung. Nachdem er sich versichert hat, dass es Krista an nichts fehlt, was ihren Aufenthalt angenehmer gestalten könnte, begibt auch er sich in sein Zimmer, um für die nächsten Stunden tief und traumlos zu schlafen.

Erst als sich der Tag dem Ende zuneigt, erwacht er aus seinem Tiefschlaf, wirft einen Blick auf seine Armbanduhr, bevor er aus dem Bett springt und hastig ins Badezimmer eilt. In weniger als einer halben Stunde ist er geduscht, rasiert und ausgehfertig gekleidet. Noch einmal wirft er einen prüfenden Blick in den übergroßen Wandspiegel, bevor er sich entschließt, Krista anzurufen.

Als sie sich nach dem zweiten Klingelton nicht meldet, will er gerade auflegen, um sie nicht unnötig aus ihrem Schlaf zu wecken. Doch dann bemerkt er ein zaghaftes Klopfen an seiner Zimmertür, obwohl er von der Außenseite das Schild „Please don't disturb" angebracht hat. Sicher der Zimmerkellner, der ihm etwas ausrichten möchte.

Etwas hastig öffnet er die Türe und zwar gerade in dem Moment, als Krista ihre Hand zum nochmaligen Klopfen angesetzt hat. Vorwärts stolpernd verliert sie ihre Balance, um gerade noch so von ihrem Chef mit offenen Armen und einem lachenden Gesicht aufgefangen zu werden. Mit einer Verlegenheit, die man ihrem Gesicht deutlich ablesen kann, steht sie vor Markus. Es scheint, als ob sie nicht Mal in der Lage wäre, das Wort ‚Entschuldigung' hervorzubringen. Erst als er sie mit einem immer noch lustig dreinschauenden Grinsen bittet einzutreten, löst sie sich von ihrer momentanen Befangenheit, um mit ihm gemeinsam das Zimmer zu betreten.

„Aha, das ist also dein Trick, fremde Männer zu umgarnen, indem du dich einfach in ihre Arme fallen lässt."

„Nein Chef, normalerweise falle ich ihnen einfach um den Hals, aber heute hat es leider nicht geklappt, da sie doch ein beträchtliches Stück größer sind als ich. Aber trotzdem möchte ich sie höflich um Entschuldigung bitten und verspreche ihnen hoch und heilig, dass es nicht wieder vorkommen wird."

„Ich bin mir da nicht so sicher, aber wenn ich mich richtig erinnere, ist heute das nämlich schon dein zweiter Versuch oder täusche ich mich?"

Fast blitzartig erinnert sich Krista nun an den Tag, an dem sie sich für irgendetwas bei ihm entschuldigen wollte und über ein im Wege stehendes Stuhlbein stolperte. Dabei fiel sie ihm tatsächlich im wahrsten Sinne des Wortes in den Schoss.

Trotz des kleinen Missgeschicks und der nachfolgenden Verlegenheitsphase scheint sie ihre Unsicherheit bewältigt zu haben. Verschmitzt lächelt sie ihn an:

„Ja Chef, natürlich haben sie Recht. Aber es macht mir halt so viel Freude und da aller guten Dinge drei sind, habe ich ja wohl noch einen Fall in ihre starken Arme frei."

„Krista, ich gebe auf. Es scheint zwecklos zu sein, einer Frau wie dir zu widersprechen und dabei noch auf einen Gewinn zu hoffen. Aber darf ich dich zum Essen einladen? Sagen wir in einer Stunde, ist das okay?"

„Gerne Chef, denn wenn ich total ehrlich bin, muss ich ihnen gestehen, dass sich ein regelrechtes Hungergefühl in meinem Magen breit macht. Rufen sie mich doch bitte an, wenn sie ihr Zimmer verlassen und dann treffen wir uns in der Lobby. Ist das so in Ordnung?"

Schnellen Schrittes verlässt sie seinen Raum, eilt bis zum Hallenende, um nun über das Treppenhaus einen Stock höher zu gelangen. In ihrem Zimmer angekommen, hat sie nun nichts Eiligeres zu bewerkstelligen als ‚ihrem Froschkönig' eine E-Mail zu senden. Obwohl Markus Hofer alles in seiner Macht stehende versucht, den näheren Umgang mit ihr leichter und angenehmer zu gestalten, hat der ‚Froschkönig' etwas in ihr wachgerüttelt. Wenn sie beschreiben müsste was es ist, sie könnte es nicht. Ist die Liebe in ihr wieder erwacht? Sie weiß es nicht. Die große Liebe ist es noch keinesfalls. Da ist sie sich ganz sicher. Aber die Wärme, die der ‚Froschkönig' in seinen E-Mails in ihr erweckt hat, ist so schön, so einschmeichelnd, dass man sie einfach nicht beiseiteschieben kann. Aber sie hat ihn doch noch nicht Mal gesehen, nicht Mal mit ihm gesprochen? Dennoch scheinen die geschriebenen Wörter eine magische Anziehungskraft auf sie auszuüben. Ob er wohl genau so denkt und fühlt. Oh ja, da ist sie sich ganz sicher. Als sie ihm in einer ihrer letzten E-Mails von ihrem Trip erzählte, scheint sie jedoch ungewollt etwas in ihm geweckt zu haben, was das Gleichgewicht der Beiden besonders in seinen Gefühlen empfindlich zu stören scheint. Vielleicht war es doch ein Fehler, ihn wissen zu lassen, dass sie sich mit ihrem charismatischen Chef auf die vierzehntägige Geschäftsreise über Finnland nach Narvik/ Norwegen begeben hat.

Jedenfalls informiert sie ihn jetzt in verkürzter Form über den Reiseverlauf. Noch bevor sie sich zum gemeinsamen Abendessen in die Lobby begibt, sendet sie die E-Mail an ‚ihren Froschkönig'.

Kaum zu glauben, es ist nicht mal eine halbe Stunde vergangen und sie ist gerade im Begriff ihr Zimmer zu verlassen, als das kleine blaue Licht an dem auf dem Tisch liegenden Handy aufleuchtet. Kaum glaubwürdig ist seine zwar aufrichtig klingende Fürsorge, ja aufzupassen, dass ihr nichts passiert. Zum ersten Mal gesteht er ihr, dass seine Gefühle für sie mehr als eine reine Formsache sind, sondern viel tiefer sitzen, als er es je mit Worten beschreiben könnte.

„Liebe Prinzessin, was ich dir jetzt schreibe ist etwas was ich nie in meinem bisherigen Leben erleben durfte, aber es ist nichts als die Wahrheit, so wahr mir Gott helfe. Obwohl ich noch niemals in deine Augen schauen durfte, aber es hoffentlich bald der Fall sein wird, habe ich mich grenzenlos in dich verliebt. Und alles was ich habe, ist die Angst, dass dich mir ein anderer stiehlt. Bitte lass mich wenigstens wissen, ob deine Gefühle auch nur mit einem einzigen Funken für mich da sind, denn ich weiß, dass man Liebe weder kaufen noch erzwingen kann. Bitte harre aus, denn es ist nur noch ein kurzer Zeitraum, bevor ich vor dir stehen kann, um dir die Wahrheit über mich auf den Tisch zu legen. Ja, ich gebe zu, ich habe Angst. Aber da du und ich in der Vergangenheit uns immer wieder gegenseitig bewiesen haben, wie sehr sich unsere Gedanken und Gefühle nahe kommen, kann ich mir einfach eine Enttäuschung deinerseits nicht vorstellen.

Nun, da du alles über mein Gefühlsleben weißt, ist mein Vertrauen in deine Entscheidung grenzenlos. Doch wie auch immer sie nach deiner Rückkehr nach hier ausfällt, ich werde sie ehrenhaft respektieren. Ich liebe dich. Dein Froschkönig"

Krista steht ausgehfertig vor dem großen Spiegel. Ihre großen Augen haben sich mit Tränen gefüllt, die sie nicht kontrollieren kann. Wie gerne hätte sie den großen Wandspiegel ähnlich wie in einem Märchen der Gebrüder Grimm gefragt „Spieglein, Spieglein an der Wand hast du für mich eine Antwort bei der Hand" aber auch er wird ihr keine Antwort geben können.

Nervös wirft sie einen Blick auf die vor ihr stehende Weckuhr. Ja, fünf Minuten Zeit hat sie noch und auf einmal ist es ihr auch egal, selbst ihren von ihr so respektierten Chef Markus Hofer einige Minuten warten zu lassen:

„Lieber Froschkönig, wer immer du auch bist oder sein magst, du hast recht. Obwohl alles wie ein Spiel begann und auch so bleiben sollte, hat Gott ‚Amor' dazwischengefunkt. Ja, ich muss zugeben, mein Chef Markus Hofer ist ein besonderer Mann in meinem Leben und ich habe noch nie einem anderen Menschen einen solch großen Respekt und so viel Achtung wie ihm entgegengebracht. Aber nur damit du es endlich weißt, ich bin eine ‚Ein

Mann-Frau' die sich in einen ‚Froschkönig' verliebt hat, den sie weder kennt noch jemals gesehen hat. Doch jetzt muss ich leider Schluss machen, bevor mein Essen kalt wird. Werde dich auf dem Laufenden halten. Was das Vertrauen zwischen uns Beiden angeht, es ist einfach grenzenlos und so wird es auch immer bleiben.

Gute Nacht ‚Froschkönig', deine dich liebende Prinzessin."

Hastig legt sie das Handy auf ihren Nachttisch. Absichtlich möchte sie es nicht bei sich tragen. Nur für den Fall, dass der ‚Froschkönig' sie heute nochmals mit einer E-Mail beglücken sollte. Wie der Zufall es so oft will, Markus Hofer könnte darauf aufmerksam werden und ihr dabei einige unangenehme Fragen stellen.

Als sie die Lobby betritt, wartet schon ihr Boss, mit einem elegant dunkelblauem Sakko und heller Hose gekleidet, auf sie. Mit einem weißen Hemd und offenem Kragen ähnelt er eher einem gutaussehenden Filmstar als einer Person, die sich auf einer Geschäftsreise befindet. Aber auch Krista in einem enganliegenden beigen Kostüm gekleidet, lässt sein Gesicht erstrahlen. Ihre natürliche Schönheit verbunden mit einer unnachahmlichen Eleganz lässt nicht nur Markus Hofer, sondern alle in der Lobby anwesenden Gäste einen versteckten Blick in ihre Richtung werfen.

An einem für sie reservierten Tisch, der ihnen einen weitflächigen Überblick über das gesamte Restaurant gewährt, beobachten sie zuerst einmal das rege herrschende Treiben, während sie auf den Kellner warten.

Nach einem Aperitif und einem vorzüglichen Abendessen, genießen die Beiden noch ein gutes Glas deutschen Weißweines, dessen Preis hier oben in den nordischen Gefilden selbst Markus fast den Atem verschlägt. Da Beide von der Müdigkeit und den Anstrengungen während des Tages sich nur noch nach ihren Betten sehnen, beschließen sie dem Tag ein Ende zu bieten und verabschieden sich wie zwei gute alte Freunde voneinander.

Morgen in der Früh werden sie sich auf den Weg durch Finnland begeben. Sie werden zwischen 650 und 700 Kilometer rechtsseitig des ‚Bottnischen Meerbusens' mitten durch Finnland nach Norden reisen, um in Oulu eine weitere Nacht zu verbringen. Erst der übernächste Tag wird sie dann ein kleines Stück durch Schweden über die Europastraße 10 nach Narvik, dem Ziel ihrer Reise, führen.

Der Morgen kommt und startet mit praller Sonne und taucht den Frühstücksraum in strahlendes Licht als Krista eintritt. Nach einem kurzen Orientierungsblick erspäht sie ihren Chef Markus in der hintersten Ecke des Restaurants. Mit einem freundlichen ‚Guten Morgen' begrüßt sie ihn, um danach zusammen mit ihm das reichhaltige Frühstücksbuffet zu besuchen. Nach einer halben Stunde und den Neuigkeiten aus Kanada, er hat bereits zweimal mit Patrick in Toronto telefoniert, begeben sie sich auf die Reise nordwärts.

Über verschiedene Landstraßen gelangen sie schließlich auf die Europastraße 75, die sie mitten durch Finnland nach Oulu am ‚Bottnischen Meerbusen' führen wird. Während der gesamten Reiseroute legt Krista ihre kleine

Leica-Kamera nur einige wenige Male auf die Ablage neben ihr. Immer wieder sind ihre Worte ‚Ah' und ‚Oh, Chef schauen sie mal wie zauberhaft schön die Landschaft ist', zu hören.

Landschaftlich nicht viel anders als im Norden Ontarios, ist dennoch die Ausstrahlung auf den Beschauer eine ganz andere als in Kanada. Finnland wird nicht umsonst als das ‚Land der 190.000 Seen' bezeichnet.

Nachdem sie die meiste Zeit durch flaches Land fahren, übt die vorbeihuschende Landschaft einen besonderen, man kann sagen eigentümlichen Reiz auf seine Betrachter aus. Riesige kaum enden wollende Birken-und Fichtenwälder werden von Zeit zu Zeit von lieblichen und stillen Seen abgelöst. Nur manchmal wird auf kurzen Strecken das Flachland durch eine hügelige Landschaft ersetzt. Hier und da an besonders schönen Plätzen legt Markus einen kurzen Stopp ein, um Krista ausreichend Gelegenheit zu geben, die oft unbeschreiblich schönen Szenen mit ihrer Digital-Kamera für die Nachwelt festzuhalten.

Bedingt durch die lange Helligkeit der Tage, ist es den Beiden total entgangen, dass die frühen Abendstunden bereits begonnen haben. Nur noch eine knappe Stunde Fahrzeit ist ihr heutiges Reiseziel, das ‚Radisson Blu Hotel', direkt am Ufer des ‚Bottnischen Meerbusens' gelegen, von ihrem jetzigen Stopp entfernt.

Irgendwie scheint Markus als auch Krista von einer inneren Erregung erfasst zu sein. Obwohl in der letzten Stunde keiner der Beiden auch nur einen einzigen Wortlaut von sich gegeben hat, lässt sich deutlich erkennbar an ihren fahrigen Bewegungen, eine innere Unruhe nur schlecht verbergen.

Kurz bevor sie an ihrem Zielort angelangen, ist es dann Markus, der sie von der Seite anschaut:

„Krista, darf ich dich etwas fragen, etwas was mich eigentlich schon den gesamten Tag zwar bewegt, aber andererseits überhaupt nichts angeht."

„Chef, sie wissen doch, dass ich vor ihnen keine Geheimnisse habe, jedenfalls keine, die in irgendeiner Form die Firma und alles was damit zusammenhängt, betrifft. Und mein Privatleben ist so langweilig, dass ich wirklich nicht wüsste, was ich ihnen davon erzählen beziehungsweise verschweigen sollte."

„Tut mir leid, Krista, dich mit einer solch dummen Frage belästigt zu haben. Irgendwie macht sich seit heute Morgen das komische Gefühl in meinem Magen breit, dass dich irgendetwas belastet. Obwohl ich mir alle Mühe gegeben habe, dich nicht absichtlich zu beobachten, konnte ich es nicht übersehen, dass du mindestens alle fünf Minuten auf dein Handy geschaut hast. Fast hatte ich den Eindruck, als ob du auf eine E-Mail wartest. Aber wie gesagt, vergessen wir es. Selbst wenn es so ist, geht es mich schließlich doch Garnichts an."

Kristas Gesicht ist vor Aufregung rot angelaufen und nur die plötzliche Hinweistafel, dass das ‚Radisson Hotel' vor ihnen liegt, rettet sie vor einer direkten Antwort. Vor dem Eingang des Luxus-Hotels, welches man hier in dieser wilden und rauen Einsamkeit eigentlich nicht in solch attraktiver Form erwartet hätte, steht bereits ein uniformierter Hotelangestellter um Krista beim Aussteigen behilflich zu sein. Markus übergibt ihm dann auch die Autoschlüssel und deutet auf die Gepäckstücke, die er über Nacht in ihre Zimmer mitnehmen möchte. Einem weiteren livrierten Hotelangestellten drückt er ein saftiges Trinkgeld in die Hand, wofür dieser sich nicht nur herzlich bedankt, sondern die ihm aufgetragene Arbeit mit einer solchen Schnelligkeit erledigt, dass sogar Markus der Mund offenstehen bleibt.

Die elegante, aber dennoch dem Stil der typisch finnischen Landschaft angepasste Eingangshalle beeindruckt Markus als auch Krista so sehr, dass sie sich erstmal die Zeit zum gründlichen Anschauen nehmen, bevor sie zum Counter gehen, um sich vom ‚Concierge' alles Wesentliche und auch für sie Wissenswerte bezüglich des Hotels und seiner Umgebung erklären zu lassen.

Diesmal liegen ihre Zimmer nebeneinander im fünften Stockwerk der Seeseite zugekehrt. Der goldschimmernde ‚Bottnische Meerbusen' bietet den Beiden im Moment des bereits beginnenden Sonnenunterganges ein Bild von überwältigender Schönheit, die Krista nicht nur den Atem verschlägt, sondern auch die Stimme raubt. Wie aus dem Nichts heraus überkommt sie schlagartig ein Gefühl von unendlicher Glückseligkeit. In ihrem Glückstaumel ist sie so hin- und hergerissen, dass sie es nicht einmal bemerkt, als sie ihren Kopf an Markus Hofers Schulter legt. Um bei ihr diesen Moment der Freude nicht zu trüben, dreht er langsam und bedächtig seinen Körper breitseitig zu ihr, nimmt ihren Kopf vorsichtig als wäre er zerbrechlich, in seine Hände, um zärtlich ihre Stirne zu küssen. Wie aus einem Traum erwachend, entzieht sie sich mit einem hastigen Ruck seinen Händen. Fast ungläubig schaut sie zu ihm auf, während sich ihre großen, weitaufgerissenen Augen mit Tränen füllen.

„Mr. Hofer, entschuldigen sie bitte für das was ich gerade getan habe. Aber alles ist so überwältigend für mich. Die gesamte Reise mit all ihren Eindrücken hat mich ohne dass ich es selbst bemerkt habe, ins Land der Träume geschickt. Es tut mir so leid und ich schwöre, es wird nicht wieder vorkommen."

„Krista, du hast doch nur deinen Kopf an meine Brust gedrückt. Nun erkläre mir mal, was da dran so schlimm war. Jeder Mensch hat im Leben Minuten oder sogar Stunden, in denen er nach Wärme sucht. Besonders dann, wenn man daran denkt, dass die Schuld der ganzen Welt auf einem lastet und man darunter zusammenzubrechen droht. Aber irgendwie geht es immer weiter."

„Nein, Chef, so war es nicht. Eher wurde ich in den letzten Minuten von einem kaum zu überwältigenden Glücksgefühl erfasst. Der unendlich weite Blick über das wie pures Gold glitzernde Meer hatte in Sekundenschnelle von mir Besitz ergriffen und in mir Gefühle von einer solchen Intensität vermittelt, dass ich sie nie wieder vergessen möchte. Es tut mir so leid, dass ich mich in diesem Freudentaumel so daneben benommen habe." „Okay mein Kind, jetzt höre mir Mal gut zu. Erstens, du hast dich nicht in der geringsten Weise daneben benommen. Zweitens gehen wir beide jetzt in das ‚Sassi' Restaurant' im Erdgeschoss um unseren Hunger zu stillen und drittens möchte ich dich in die Bar neben dem Restaurant einladen, denn wie ich vorhin in der Lobby auf einem Plakat gelesen habe, spielt dort heute Abend eine Kapelle zum Tanz auf. Falls es dir gefällt, werden wir notfalls die ganze Nacht bis zum Umfallen tanzen. Hättest Du darauf Lust?"

Mit einem glücklichen Lächeln in ihrem Gesicht, wirft sie wie auf Kommando alle bisher in ihr aufgestauten Hemmungen über Bord, geht auf ihn zu und legt ohne Vorwarnung ihre Arme um seinen Hals. Ohne sich zu wehren, sind dies seine einzigen Worte, die er aus seinem Mund hervorbringt:

„Nur damit du es für immer weißt, so gefällst du mir tausend Mal besser und wenn dich von Zeit zu Zeit die Schwermut über das hinter dir Liegende übermannt, weißt du von jetzt an, wer dir immer zur Seite steht."

„Danke, Herr Hofer, jede gerade zu Ende gegangene Minute war wie eine Sternstunde in meinem Leben, die ich nie vergessen werde."

Wenn es zu Erlebnissen mit Frauen kommt, hat Markus einige Erfahrungen in seinem Leben hinter sich. Warum er nach dem Tod seiner Frau vor rund inzwischen sind es neun Jahre, jegliche feste Beziehung gescheut hat, ist die Tatsache, dass seine viel zu früh verstorbene Frau Christine die einzige große Liebe in seinem Leben war. Sich davon zu trennen, ist ihm selbst nach so vielen Jahren nach ihrem Tod bisher nicht gelungen. Ob es für immer so bleibt, wird in der Zukunft sicherlich das Schicksal entscheiden.

Selbstverständlich haben sich in der Vergangenheit etliche Frauen um seine Gunst beworben, ja regelrecht darum gebuhlt. Doch zwei Faktoren waren fast immer für einen negativen Ausgang einer jeden solcher Bekanntschaft vorprogrammiert: Erstens sein Reichtum und zweitens die Gier nach Macht von der Seite seiner Freundinnen. Oftmals überkam ihn dabei das Gefühl, dass sein Aussehen als auch sein Wesen nur zweitrangig in ihren Kriterien beurteilt wurde. Ganz zu schweigen von den zwei Wörtern, die man schlicht und einfach als ‚wahre Liebe' bezeichnet.

Nach einem recht opulenten Abendessen, welches sich besonders durch ein delikates Fischbuffet auszeichnet, entpuppt sich die angebrochene Nacht genauso, wie die Beiden sich diese vorgestellt haben. Die Zeit verfliegt wie im Flug und Markus bringt eine etwas mehr als nur leicht beschwipste Krista zu ihrem Zimmer, trägt sie über die Schwelle und legt sie behutsam auf ihr Bett. Als sie ihm beim Hinausgehen ein ‚Gute Nacht' zuzurufen versucht, dreht er sich ihr noch einmal zu, um ihr mit dem Anblasen seiner offengehaltenen rechten Hand das Zuwerfen eines ‚Gute Nacht Kusses' anzudeuten.

Erst als die ersten Strahlen der Morgensonne durch das übergroße Fenster Krista voll ins Gesicht scheinen, wacht sie auf, im Moment nicht wissend, wo sie sich befindet. Ihr Kopf brummt, als ob sich dort ein Nest von Hornissen einquartiert hätte. So viel Alkohol hat sie doch eigentlich nicht getrunken. Aber war sie nicht von Markus einige

Male gewarnt worden, ihre Finger von dem schweren süßen Beerenwein zu lassen. Sie hatte ihn nur angelacht und dabei einige recht kräftige Schlucke des süßlich schmeckenden Getränkes hinunter gekippt.' Wer nicht hören will, muss fühlen.' Mit diesem Spruch aus ihren Kindheitstagen in Erinnerung, erhebt sie sich schwerfällig aus ihrem Bett, begibt sich ins Badezimmer, um nach einer fast einstündigen Verschönerungstherapie wie neu geboren ihren Chef in seinem Zimmer davon zu benachrichtigen, dass sie ausgehfertig und frühstücksbereit ist.

Eine Viertelstunde später treffen sie sich im Frühstücksrestaurant ‚Toivo'. Während Markus kräftig zulangt, gelingt es Krista mit Mühe und Not eine der frischen Laugenbretzeln nach norwegischer Art zu verzehren, während ihr Hauptaugenmerk dem starken Kaffee zugetan ist. Doch nach der dritten Tasse des aufputschenden Getränkes wird sie sich der Steigerung einer aufkommenden Nervosität bewusst und versucht deshalb, die letzte Tasse des starken Gebräues durch ein Glas frisch gepressten Orangensaft zu ersetzen. Markus hat längst ihre zunehmende Nervosität bemerkt, aber er lässt sie absichtlich gewähren. Schließlich war er es, der die verheerende Wirkung des süßen Beerenweines schon am eigenen Leib zu spüren bekommen hatte und sie ausdrücklich davor gewarnt hat. Doch nun ist er sich sicher, dass Krista in der Zukunft darauf nicht mehr hereinfallen wird.

Nur einige Minuten nach dem Frühstück, überreicht er Krista einen kleinen Zettel mit der privaten Telefonnummer von Lars Geering mit der Bitte, ihm mitzuteilen, dass man etwa zwischen 18 und 19 Uhr in Narvik ankommen werde. „Krista, sag ihm bitte noch, dass uns in den nächsten Tagen genügend Zeit zur Verfügung steht. Von unserer Seite ist es also auch in Ordnung, wenn wir uns erst mit ihm seine Zustimmung vorausgesetzt, morgen Früh um 10 Uhr in seinem Büro treffen würden. Ich werde aber im Laufe des heutigen Nachmittags nochmals versuchen ihn telefonisch zu erreichen, um eventuelle Einzelheiten mit ihm zu besprechen. Jetzt werde ich erst einmal meine ‚sieben Sachen' zusammenpacken und wenn du reisefertig bist, könnten wir uns ja, sagen wir mal in einer halben Stunde auf die Reststrecke unserer Reise begeben."

Innerhalb der nächsten halben Stunde packen beide ihre Reisetaschen, Markus bezahlt die Hotelrechnung und weiter geht die Tour in Richtung Narvik. Die letzte Etappe wird etwa acht Stunden dauern. Dabei hat Markus mehr oder weniger nur kurze Pausen eingeplant. Ihre fast 700 Kilometer lange Reisestrecke wird sie zuerst noch ein gutes Stück entlang des ‚Bottnischen Meerbusens' zum Grenzübergangspunkt ‚Haperanda' und von da aus einige Hundert Kilometer durch den Ort ‚Kiruna' in Nordschweden und Lappland weiter nach Norden führen. Die Landschaft wird flacher und flacher und manchmal sehen sie zu Kristas Freude vereinzelt eine Karibouherde vorbeiziehen. Die Seen rechts und links der Europastraße 10 werden weniger und weniger. Dafür wird die vorhin noch bewaldete Landschaft von einem mit Felsengestein übersäten Gebiet abgelöst. Erst als sie an einem unendlich langgezogenen See mit dem Namen ‚Torneträsk' vorbei fahren, wissen sie, dass der nächste Grenzübergang ‚Ricksgransen' sein wird, wo sie Schweden verlassen und nach Norwegen einreisen werden.

Von hier aus wird sie eine relativ kurze Strecke auf der Autostraße E6 direkt in die drittgrößte Stadt in Nordnorwegen, nämlich Narvik, mit seinen etwa zwanzigtausend Einwohnern führen.

Ganz beiläufig erklärt Markus seiner charmanten Begleiterin, dass die Stadt eine der höchsten im Norden gelegenen Städte der Welt ist und nicht nur das, Narvik liegt etwa zweihundertzwanzig Kilometer im sogenannten ‚Arctic Circle', fast könnte man sagen, nur ‚einen Steinwurf vom Nordpol' entfernt. Doch die raue Wirklichkeit beträgt Hunderte von Kilometern Entfernung vom magnetischen Nordpol.

Wie Markus Krista bereits am Vormittag angedeutet hat, ist es kurz vor sieben Uhr abends als sie ihr Ziel, das ‚Scandic Narvik Hotel' ziemlich in der Stadtmitte von Narvik gelegen, erreicht haben. Da das Hotel auch ‚Valet Parking' anbietet, stoppt Markus das Mercedes-SUV vor dem Haupteingang. Danach entnimmt er die für ihren Aufenthalt benötigten Gepäckstücke. Die Fahrzeugschlüssel übergibt er dem zuständigen jungen Mann, der ihnen jedoch zuerst behilflich ist, die Gepäckstücke in die Rezeption zu bringen, bevor er den Mercedes zum nahegelegenen Parkplatz bringt.

Obwohl er es sich fest vorgenommen hatte, auf dem letzten Stück der Reiseroute Lars Geering, seinen Geschäftspartner hier in Norwegen anzurufen, scheint er dies vergessen zu haben. Doch jetzt ist es sowieso zu spät. Krista und auch er sind nicht nur müde und fühlen sich von der langen Fahrtstrecke ausgelaugt, sondern auch ein Knurren im Magen zeigt ihnen an, dass der Hunger seinen Tribut fordert.

Im elegant eingerichteten Restaurant erlaben sie sich erst einmal an den ihnen in einem reichhaltigen Menü angebotenen Speisen, bevor sie in die Bar überwechseln. Hier werden sie mit einem ‚Nightcap', also ihrem letzten ‚Drink' den Tag für heute beschließen.

Obwohl es das vorgeplante Ziel der Beiden war, die angebrochene Nacht zum Ausschlafen zu benutzen, beginnt Markus in seiner ihm eigenen Erzählkunst Krista eine Geschichte zu berichten, die sie so fesselt, dass sie alle Müdigkeit schlagartig verdrängt und ihn förmlich bittet, das Begonnene zu Ende zu erzählen.

„Krista, als ich dich bat, mich auf dieser Reise zu begleiten, war es nicht nur aus dem Grund, mich in meinen Verhandlungen mit dem alten starrköpfigen Lars Geering tatkräftig mit deinem Charme zu unterstützen. Was ich dir jetzt erzählen werde, hat nichts mit dem ‚Geering- Geschäft' zu tun, welches der eigentliche Grund dieser Reise ist. Wir, du und ich werden morgen oder spätestens übermorgen hier in Narvik mit einem Mann zusammentreffen, der dringend unsere Hilfe benötigt. Aber bevor ich dir erkläre, um was es sich handelt, ist es besser wenn ich dir die Geschichte von Anfang an erzähle.

Ich war damals zehn Jahre alt und meine Lausbubenstreiche standen oftmals an oberster Stelle auf der Tagesordnung. Als ich eines Tages mal wieder über die Stränge geschlagen hatte, war die Bestrafung beziehungsweise Zurechtweisung nicht wie üblich, sondern meine Eltern hatten sich etwas ganz Besonderes ausgedacht. Sie steckten mich für zwei Wochen in eine als sehr streng verschriene katholische Klosterschule. Dort lernte ich einen jungen Burschen, etwas älter als ich, kennen dem so quasi das gleiche Schicksal wie mir widerfahren war. Wir beide wurden beste Freunde. Als meine Strafzeit vorbei war, holten mich meine Eltern zurück. Rudy blieb in der Schule. Selbstverständlich blieben er und ich in ständigem Kontakt. Im Laufe der Zeit gefiel ihm das Studium in dieser Schule immer besser und besser. Von seinen Lehrern, alles Mönche und Padres, lernte und hörte er mehr und mehr von dem Leid anderer Menschen in der Welt und so beschloss er schließlich, Missionar zu werden. Nach seinem Studium zog er in die Welt, hauptsächlich nach Afrika und Südamerika. Doch schließlich fand er das Ziel seiner Missionsreise in einem ganz anderen Zipfel der Welt, nämlich hier in Narvik. Hier wirkt und lebt er nun seit Jahren unter den Ärmsten der Armen. Er hat eine kleine Pfarrei gegründet, als Kirche dient ihm eine alte Bruchbude im Hafen. Dort betreut er sie alle, die Ausgestoßenen der Gesellschaft, die Matrosen, die von ihren Schiffen kommen und vor allen Dingen die Prostituierten und ihre Kinder, die in ständiger Gefahr und Angst um ihr Leben drunten im Hafen ihr tristes Dasein fristen.

Morgen, nach unseren hoffentlich erfolgreichen Verhandlungen, werden wir uns mit Pater Rudy treffen und ich werde ihn nach vielen langen Jahren zum ersten Mal wieder sehen. Und nun kommt deine große Aufgabe. Während ich ihn aushorche, was wir für ihn und seine

Schäfchen tun können, wirst du versuchen mit verschiedenen ‚leichten Mädchen', beziehungsweise deren Kindern Kontakt aufzunehmen. Danach werden wir gemeinsam sehen, was wir bewerkstelligen können, um ihnen zu helfen. Seelische und moralische Hilfe werden wir ihnen nicht anbieten können, dafür ist Pater Rudy zuständig. Aber glaube mir, ich kann es nur ahnen und weiß von meinen „Freunden" in Toronto, wieviel Arbeit, Geld und guter Wille uns abverlangt werden wird. Übrigens, einen kleinen Vorteil hast du. Viele der Leute, die du morgen treffen wirst, sprechen nicht nur norwegisch sondern sind auch der deutschen und englischen Sprache mächtig.

So, jetzt bin ich richtig froh, mir alles von der Seele geredet zu haben und jetzt hauen wir uns in die Falle. Ich wünsche dir eine ‚Gute Nacht', schlaf gut und vergiss nicht, morgen brauchen wir nicht nur beide unsere Schutzengel, morgen brauchen wir alle nur mögliche Hilfe von ‚IHM selbst' da oben."

Dabei deutet er mit dem Zeigefinger seiner rechten Hand himmelwärts, bevor sich Beide erheben und mit einem Händedruck und einem leicht angedeuteten ‚Gute Nacht' Kuss in ihre Räumlichkeiten begeben.

‚Wenn Engel reisen, lacht der Himmel'. Als wäre das der Wahlspruch ihrer Reise, so lacht auch an diesem Morgen bereits die volle Sonne vom blitzblauen Himmelszelt. Die Dunkelheit der Nacht haben weder Markus noch Krista wahrgenommen. Eigentlich hat es sie ja auch gar nicht gegeben, denn in der Sommerperiode, die gerade begonnen hat, streut die Sonne für einige Monate auch nachts ihre Strahlen über das Land, zwar mit verminderter Intensität, aber vollkommen untergehen wird sie während dieser kurzen Saison nicht.

Nachdem Markus erst an der Rezeption Kristas Zimmernummer herausfinden muss, er hat nämlich beim Einchecken vergessen, diese von ihr zu erfragen, ruft er sie kurz an, um die Frühstückszeit mit ihr abzusprechen. Doch sie ist ihm bereits eine Nasenlänge voraus, indem sie innerhalb der nächsten fünf Minuten in der Lobby auf ihn warten wird. Zusätzlich hat sie bereits mit Lars Geerings Sekretärin telefoniert, um sich den 10 Uhr Termin bestätigen zu lassen. Außerdem werden sie kurz vor 10 Uhr mit einem Firmenfahrzeug der ‚Geering Reederei' vom Hotel abgeholt, um unnötige Sucherei in der Stadt nach Mr. Geerings Bürohaus zu vermeiden.

Anschließend an das üppige Frühstück eilen beide nochmals zurück in ihre Zimmer um die wichtigsten Unterlagen zusammenzupacken, die sie eventuell während des Gespräches mit ihrem schwierigen Gegenüber in der nächsten Stunde benötigen werden.

Pünktlich wie angekündigt, steht das ‚Volvo' Firmenfahrzeug vor dem Hoteleingang, um seine beiden Fahrgäste Markus Hofer und Krista Rosner abzuholen und zu dem fünfstöckigen Gebäude in der Hafennähe von Narvik zu bringen. In der Lobby werden sie bereits von Mr. Geerings Sekretärin freundlich begrüßt und per Aufzug direkt in das ‚Penthouse' des Patriarchen gebracht. Ähnlich wie in Markus Hofers Bürotrakt, ist auch hier das Konferenzzimmer direkt an Lars Geerings Büro angegliedert. Als Janine Södebrook, die Sekretärin des Firmenbosses, sie zum Eintreten auffordert, warten bereits Lars Geering sowie seine beiden Söhne Sven und Amund auf ihre Gäste.

Erwartungsvoll, doch dann mit unverkennbarem Staunen in ihren Gesichtern, begrüßen die drei Geschäftsführer des ‚Geering Clans' ihre beiden Gäste. Während Markus für alle Drei kein Unbekannter ist, treffen sie in Krista Rosner auf eine Person, die sicherlich nicht nur wegen ihrer Schönheit und ihrer aparten Figur die Begleiterin von Markus Hofer, dem Hauptgesellschafter des ‚Guggenhofer International' Konzerns mit von der Partie ist. Dementsprechend fällt Markus Hofer sofort nach der Begrüßung ihr plötzlich reserviertes Benehmen ihm gegenüber auf. Auf seine innere Stimme hörend, schalten alle seine Sinne auf überhöhte Vorsicht und seine richtige Einschätzung der Lage lässt ihn Krista Rosner nicht als seine Sekretärin sondern als seine Geschäftspartnerin vorstellen.

Da es sich bei den Verhandlungen in der Hauptsache um die Finanzierung einer neuen Fähre, die in den Dienst entlang der norwegischen Küste gestellt werden soll, geht, ziehen sich selbst die kleinsten Details so in die Länge, dass man nach drei Stunden noch keinen Schritt vorwärts verzeichnen kann. Während der alte Geering eine Eigentumsrecht von 51% beansprucht, möchte er aber einen viel höheren Prozentsatz des Projektes von der ‚Guggenhofer International' finanziert wissen.

Während einer kurzen Mittagspause, bittet Krista um einige Minuten, in denen sie mit ihrem Quasi-Partner allein sprechen möchte. Während der vorhergegangenen Diskussionen hat sie sich total abgekapselt und unbeteiligt verhalten. Aber sie hat die drei Diskussionsstunden zur

Ausarbeitung eines Formulars benutzt, welches sie jetzt ihrem Chef präsentiert. Und Markus ist total begeistert.

Innerhalb der nächsten zwei Stunden hat er diese Formel seinen norwegischen Partnern ausgiebig erläutert und ihnen dabei keinen Verhandlungsspielraum mehr gelassen. Entweder wird diese Lösung akzeptiert wie sie ist oder eine Partnerschaft zwischen den beiden Konzernen wird unweigerlich als gescheitert betrachtet. Um 17.05 Uhr werden nach Zustimmung aller Anwesenden die unverzüglich vorbereiteten Verträge im Beisein eines Notars unterschrieben und beglaubigt. Wenn auch mit einigen Änderungen, die nicht in Kristas Formel vorgesehen waren, hat es die Intuition einer klugen Frau geschafft, ein Multimillionengeschäft zur Zufriedenheit aller Partner in Rekordzeit unter Dach und Fach zu bringen.

Nachdem alles vorbei ist, stellt sich Lars Geering breitbeinig vor Markus Hofer in Positur:

„Markus, eine Bitte habe ich noch an dich. Verrate mir bitte mal, wie du es in deinem Leben immer fertiggebracht hast, nicht nur die schönsten sondern auch die intelligentesten Frauen zu finden. Aber wem sage ich das. Sicherlich kannst selbst du mir diese Frage nicht beantworten. Jedenfalls hast du Mal wieder gewonnen. Trotzdem geht das Essen heute Abend auf mich."

Eine tiefe Enttäuschung ist in den drei Gesichtern des ‚Geering Clans' abzulesen, als Markus diesen Wunsch abschlagen muss, denn der Tag ist für ihn oder Krista noch lange nicht beendet.

Unten am Hafen wird bestimmt jemand auf die Beiden warten, jemand der ihnen unendlich viel zu erzählen hat.

Nachdem Markus und seine charmante Begleiterin von Lars Geerings Chauffeur wieder in ihr Hotel zurückgebracht worden sind, nehmen sie sich die Zeit zu einer kurzen Auffrischung, um sich danach in der Rezeption zu treffen. Da das Hotel nicht weit vom Hafen gelegen ist, werden sie den kurzen Weg über einen Fußgängerpfad zu Fuß zurücklegen. ‚Dort an einem der Piers wird er stehen, sein Freund Rudy und auf sie warten. Werden sich die Beiden sofort wiedererkennen? Immerhin haben sie sich fast vierzig Jahre nicht gesehen. Ja, ein paar Bilder gibt es schon, aber das ist auch alles.'

Mit dem Rücken an das Absperrgeländer zum Hafenbecken gelehnt, steht Pater Rudy und schaut inständig in die Straße, aus der sein Freund jeden Moment auftauchen kann. Immer wieder schweifen seine Gedanken zurück in jene Zeit vor vielen, vielen Jahren an dem er Markus Hofer kennengelernt hat. Ein Schmunzeln huscht über sein inzwischen faltig gewordenes Gesicht.' Ja, eigentlich waren es ja alles nur harmlose Jugendstreiche, die Markus immer und immer wieder in Bedrängnis brachten. Aber er kannte sie einfach alle, wusste genauestens wie man sie zur Belustigung der anderen ausführen musste und wenn nicht, erfand er halt den richtigen Weg in seiner blühendenden Fantasie. Einige Male hatte selbst er darunter büßen müssen, nämlich dann, wenn er Markus den Rücken gedeckt hatte. Das Wort ‚verpfeifen' existierte einfach nicht im Vokabular der beiden Burschen, vielmehr galt der Wahlspruch ‚mitgegangen, mitgehangen, mitgefangen.' ‚Ob sie sich beide sofort wiedererkennen werden?' Gerade in dem Moment, als er an seinem schwarzen, langen Priestergewand einen versehentlich offengelassenen Knopf schließen möchte, bemerkt er das stattliche Pärchen, welches zielsicher auf ihn zuschreitet.

Gleichwohl er in seinem Leben viel erlebt hat, gute wie schlechte Tage sich oft miteinander abgewechselt haben, klopft jetzt sein Herz bis zum Hals hinauf. Es droht ihm fast die Luft zum Atmen zu rauben. ‚Dort kommt ihm jemand entgegen, den er zwar jahrelang nicht gesehen hat, doch der immer da war, wenn er ihn brauchte. Bis zum heutigen Tag ist ihm nicht bekannt, was oder womit Markus Hofer sein Geld verdient. Als sie noch junge Burschen waren, ging zwar immer das Gerücht herum, dass seine Eltern sehr reich waren, aber die Wahrheit hatte er nie erfahren. Doch war es auch heute noch so? Immerhin sind seit dieser Zeit vierzig Jahre ins Land gezogen. Eine ungemein lange Zeit, die sicherlich auch an Markus nicht spurlos vorübergegangen ist.'

Krista hat den großen, schlanken Priester zuerst gesehen. Aufgeregt stößt sie Markus mit ihrem Ellbogen in die Seite:

„Mister Hofer, schauen sie Mal nach links. Dort an der Reling steht ein Mann in schwarzer Priesterkleidung, ich bin mir sicher, es ist ihr Freund, der jetzt auf uns zukommt. Oh mein Gott, ich bin so aufgeregt!"

„Keine Bange Krista und keine unnötige Aufregung, ja es ist Rudy. In wenigen Sekunden wirst du einen der liebsten Menschen kennenlernen, die dir je begegnet sind."

Automatisch hat er Kristas Hand erfasst, sie fast hinter sich herziehend, als er mit übergroßen Schritten auf seinen Freund zueilt. Dann ist es soweit. Die beiden Männer stehen dicht voreinander, schauen sich in die feucht gewordenen Augen und dann schnappt sich Markus den Priester und hebt ihn wie einen Spielball in die Luft.

„Mein Gott, der alte Geering hat heute Nachmittag Recht gehabt, als er mir sagte, dass ich ein Glückskind Gottes bin. Du bist es, leibhaftig stehst du nun vor mir. In all den verflossenen Jahren habe ich wenn immer es mir möglich war, deinen Lebenslauf verfolgt und nun habe ich die Ehre, hier vor einem Mann Gottes zu stehen. Krista darf ich dir meinen Freund Pater Rudy Artz vorstellen. Und dir lieber Rudy, darf ich dich mit Krista Rosner, meiner Sekretärin, bekanntmachen. Krista und Rudy, ich möchte noch gerne so viel sagen, aber im Moment überwältigen meine Gefühle meine Stimme."

Auch dem Priester scheint es die Sprache verschlagen zu haben. Erst nach einer stillen Weile, lacht er erst Markus, dann Krista an. Als suche er noch nach den richtigen Worten schaut er fragend in das Gesicht seines Freundes:

„Markus, wenn ich so zurückdenke, werde ich das Gefühl nicht los, dass du immer noch der gleiche bist."

„Ja Rudy, glaube es mir oder nicht, ich weiß genau was du gerade denkst, nämlich dass Krista und ich ein wunderbares Paar sind, habe ich recht?" Die pure Verlegenheit in seinem Gesicht widerspiegelnd, schaut der Priester erst Krista und dann Markus in die Augen, enthält sich jedoch jeglichen Kommentars. Nur ein zögerndes Kopfnicken bestätigt das, war er gerade denkt.

„Mein lieber Pater Rudy, eigentlich müsste ich dich ja jetzt mit ‚Hochwürden' anreden, dennoch muss ich dir gestehen, dass du in deiner Annahme zwar nur teilweise recht hast, aber dennoch falsch bist. Krista sei so nett und halte dir mal die Ohren zu. Rudy, du weißt, als Christine damals gestorben ist, ist auch in mir etwas kaputtgegangen, etwas was man nicht reparieren und auch nicht im Lotto gewinnen kann. Mit ihrem Weggang hat sie auch meine Liebe mitgenommen. Wie du weißt habe ich zwar meine beiden Kinder, Patrick und Helen, die ich vielleicht manchmal ein bisschen zu viel vergöttere. Doch das ist alles was mir übriggeblieben ist. Dennoch ist Krista für mich etwas Besonderes. Sie ist nicht nur meine Privatsekretärin sondern auch meine Vertraute, die mir etwas gibt, was man selbst mit einem hohen Gehalt nicht bezahlen kann. So und jetzt tun wir erst einmal etwas für unser leibliches Wohl und danach werden wir uns gemeinsam über deine Probleme stürzen. Ich denke, nein ich bin mir sicher, dass wir etliche davon lösen können."

Mit einem fast fröhlichen Lachen winkt er Krista zu, die sich zu Beginn des Gespräches dezent von den Beiden entfernt hatte, um deren Unterhaltung nicht zu stören und sich die Auslagen in einem gegenüberliegenden Schaufenster anzuschauen.

Gemeinsam begeben sich die Drei zu dem am Kongensgate liegenden ‚Linken Restaurant', welches den Rang Nr. Zwei der besten Restaurants in Narvik belegt. Nachdem ihnen der Kellner einen Tisch mit einer fantastischen Aussicht über die Stadt Narvik anbietet und alle drei ihre Plätze eingenommen haben, wirft Pater Rudy einen verstohlenen Blick auf die Speisekarte. In dem hageren Gesicht des Priesters spiegelt sich pures Entsetzen:

„Markus, bitte sei mir nicht böse, aber hier können wir nicht essen. Hast du mal einen Blick auf die Speisekarte geworfen? Von dem Preis, den sie uns hier für uns drei abverlangen, kann ich meine halbe Gemeinde für einige Tage beköstigen."

„Beruhige dich Rudy, keine Bange, es ist ein Geschäftsessen, welches mir der alte Geering schuldet und glaube mir, ich werde ihm die Rechnung höchstpersönlich aufs Auge drücken. So und jetzt suche dir alles aus worauf du gerade Hunger hast. Vergiss nicht, wenn wir es nicht essen, werden andere es vertilgen und vergiss bitte den Preis. Betrachte es einfach als ein Geschenk, egal von wem!"

Nur langsam beruhigt sich der Priester und beginnt den Beiden zu erzählen, wo ihn der Schuh drückt. Für all das, was Krista zu hören bekommt, braucht sie eine längere Zeit der Verdauung, wesentlich länger als das teuerste Essen ihr abverlangen würde. ‚Mein Gott, wie dicht liegen Glück, Leid und Elend doch zusammen.'

Fast drei Stunden sitzen sie zusammen und bereits während des Gespräches haben Markus und Krista damit begonnen, ihre Pläne zu schmieden. Morgen in der Früh werden die Beiden während des Frühstücks ihre Bilanz ziehen. Danach wird Markus nochmals eine kurze Unterredung mit Lars Geering führen, um sich dann ausgiebig mit seinem Freund Pater Rudy und Krista Rosner über die Zukunft der kleinen Pfarrei ‚Sankt Michael' zu unterhalten und wie man am besten den dazugehörigen Menschen helfen kann. Doch jetzt beschließen sie den Tag mit einer letzten Tasse Tee, bevor sie sich trennen. Der eine wandert in seine armselige Behausung in der Hafennähe, während sich die beiden anderen zurück in ihr Luxus-Hotel begeben. Nachdem sich Markus und Krista freundlich eine ‚Gute Nacht' gewünscht haben und sich in ihren Zimmern zur Nachtruhe begeben haben, liegt Krista noch lang wach. Tränenströme fließen unaufhaltsam über ihr Gesicht. Was sie heute erfahren hat, wird noch lange an ihr zehren, aber sie weiß, dass das Leben weitergehen muss. Auch für die Leute, die nicht wissen, ob der morgige Tag ihnen genügend beschert um ihren Hunger zu stillen.

Bereits wenige Minuten vor sieben Uhr morgens klingelt das Telefon in Markus Hofers Zimmer. Obwohl noch im Bett, ist er bereits hellwach als er den Anruf des Weckdienstes entgegen nimmt. Bevor er sich ins Badezimmer begibt, ruft er Krista an. Diese ist ebenfalls bereits auf den Beinen, ja sie ist ihm sogar einen Schritt voraus:

„Guten Morgen Chef und hoffen wir, dass es ein guter für alle Beteiligten wird. Wenn sie bereit sind können wir uns in fünf Minuten im Frühstücks-Restaurant treffen. Ich bin nämlich schon vor einer Stunde aufgestanden und habe mir inzwischen so meine Gedanken gemacht, wie ein Plan, ihrem Priesterfreund zu helfen, ausschauen könnte. Übrigens, Pater Rudy ist wirklich ein wundervoller Mensch. Zum ersten Mal in meinem Leben, hatte ich gestern das Gefühl, in eine weitgeöffnete Seele schauen zu dürfen und zwar in die Seele eines Menschen, der einfach alles was er hat hergibt, um anderen Menschen zu helfen. Chef, wie sieht's aus, kann ich schon runtergehen und uns einen Tisch reservieren?"

„Ja Krista, "laut auflachend fährt er fort, „du wirst ja mehr und mehr zu einer richtigen Plage. Bitte gib mir zehn Minuten und dann werde ich an deinem Tisch stehen. Okay?"

„Okay Boss"…. mit einem herzlichen Lachen beendet sie das Gespräch.

Während des Frühstückes bittet er sie um Vorlage beziehungsweise einer Darlegung ihres angekündigten Planes. Von ihrer eigenen Idee vollstens überzeugt beginnt sie, Markus erst einmal vorsichtig auszufragen, welche Hilfe und in welcher finanziellen Größenordnung er sich seine Hilfe vorstellt.

„Krista, wie ich Rudy gestern Abend gebeten habe, wird er uns heute Morgen detailliert vortragen, was er vordringlich benötigt, nämlich die finanzielle Hilfe für Nahrungs- und Bekleidungsmittel. Doch was ist deine Vorstellung?"

„Chef, um ganz ehrlich zu sein, ist das auch meine bevorzugte Ansicht. Doch ich möchte, wenn es ihnen recht ist, folgende Punkte gerne berücksichtigen. Erstens die Sicherstellung des Wohnraumes für die Beteiligten, zweitens die Versorgung mit Nahrungsmitteln und Bekleidung und drittens die Errichtung eines kleines Gotteshauses, also einer kleinen Kirche, wo diese armen Menschen auch eine gewisse Art von seelischem Frieden finden können. Ja, das wär's fürs Erste und der Spaß würde nach meiner vorsichtigen Kalkulation den ‚Philantrophisten' Markus Hofer in den nächsten zwölf Monaten mindestens neun Millionen Kronen kosten. Im wahrsten Sinne des Wortes wirklich kein Pappenstiel!"

„Ja Krista, das war's und wir, damit meine ich deine und meine Kalkulation liegt gar nicht so weit auseinander. Während du jetzt deine Sachen packst, werde ich noch mal schnell zum Büro des alten Geering laufen. Er ist mir noch einen Gefallen schuldig, den er mir hoffentlich nicht abschlagen wird. Wir treffen uns dann unten bei der Bruchbude, die Rudy nur noch für eine kurze Zeit als seine Kirche bezeichnen wird. Sicherlich wird er dort bereits warten. Also bis später."

Ohne ein weiteres Wort verlässt er das Hotel um mit schnellen Schritten dem Geering Bürohaus am ‚Kongensgate' zuzueilen.

Lars Geering scheint schon auf ihn gewartet zu haben. Mit einem breiten Grinsen im Gesicht, streckt er ihm seine Hand entgegen.

„Markus sage bitte jetzt nichts, aber die Schau, die du gestern hier in meinem Büro abgezogen hast, war absolute Spitzenklasse. Und wenn du mir jetzt noch erzählen willst, dass du mit der jungen Frau nichts privat zu tun hast, dann suche dir bitte einen anderen aus, dem du einen großen Bären aufbinden kannst. Übrigens gehe ich richtig in der Annahme, dass ihr gestern unbedingt noch mit deinem Freund, dem Priester, zusammentreffen wolltet? Also, um dir das Wort aus dem Mund zu nehmen, das Hurenproblem im Hafen wird auch er nicht lösen können, immerhin handelt es sich hier um das älteste Gewerbe der Weltgeschichte. Nur damit du es besser verstehst, dein Freund ist ein großartiger Mensch, aber wenn die ‚ausgehungerten' Matrosen hier ankommen, gibt es kein Halten mehr. Vergewaltigungen, ja sogar Mord und Totschlag sind öfters an der Tagesordnung und unsere Polizei gibt ihr Bestmögliches um Verbrechen jeglicher Art zu verhindern. Dein Priester Rudy oder wie er heißt, weilt wie ein Engel unter den schwarzen Schafen und sicherlich hat er durch seine Furchtlosigkeit schon mancher Prostituierten und deren Kindern das Leben gerettet. Aber wie es so im Leben ist, er schließt eine Tür zur Hölle und drei neue öffnen sich. Mir ist bekannt, dass unsere Stadt ihn nach Kräften unterstützt und auch wir hier vom ‚Geering Konzern' helfen ihm, soweit es in unseren Kräften liegt, aber trotzdem reicht es hinten und vorne nicht. Aber das ist doch nicht der wahre Grund weshalb du jetzt nochmal zurückgekommen bist, hab ich recht?"

„Ja Lars, du hast Recht. Gestern nach unserer Ankunft hier in deinem Büro hatte ich die Gelegenheit, kurz mit deinem Sohn Sven zu sprechen. Dabei erwähnte er mehr beiläufig, dass er mit seiner Crew Morgen eine eurer Yachten nach Oslo überführen müsste, da du sie wegen Auslastungsschwierigkeiten verkauft hättest. Nun habe ich eine große Bitte an dich. Für alles was Krista für meine Firma seit sie bei ‚Guggenhofer International' angestellt ist, geleistet hat, möchte ich ihr eine kleine Freude bereiten. Da Zeit weder für sie noch für mich im Moment eine Rolle spielt, möchte ich dich bitten, uns, also sie und mich, auf der Yacht nach Oslo an eurer atemberaubenden Küste vorbei, mitzunehmen. Alter Junge, sag bitte nicht ‚nein' und erfülle mir diesen Wunsch. Was auch immer die Kosten sind, geht auf meine Rechnung. Übrigens liegst du mit deiner Vermutung einer persönlichen Verbindung zwischen ihr und mir total falsch. Sie ist eine hochintelligente Frau und für mich eine gute Freundin geworden, mehr aber nicht. Wie du ja seit gestern am eigenen Leib gespürt hast, hat es sich für uns alle gelohnt, dass ich sie als meine Geschäftspartnerin mitgebracht habe.

„Markus, ich schulde dir so viel und endlich bekomme ich Mal die Chance, dir etwas zurückzuzahlen. Diese Gelegenheit lasse ich mir nicht entgehen. Morgen Früh, spätesten um 9 Uhr wird die ‚Geering ONE' mit Kapitän Torsten Lindberg, meinem Sohn Sven und zwei Matrosen im Hafen für dich und deine hübsche Begleiterin zum Auslaufen bereit liegen.

Was deinen Priesterfreund angeht, bin ich mir zwar hundertprozentig sicher, dass du auch für ihn und seine Schäflein schon irgendwie vorgesorgt hast, aber von nun an werde ich sicherlich ein Auge darauf halten. Schließlich werde ich ja auch immer älter und wenn möglich, würde mir ein Platz im Himmel, wenn es ihn gibt, auch besser gefallen als in der Hölle zu schmoren."

Laut auflachend, streckt er seine klobige Hand aus und mit einem kräftigen Händedruck besiegeln die beiden, im täglichen Leben mit allen Wassern gewaschenen, aber gradlinigen Geschäftsmogule aufs Neue ihre Jahrzehnte alte Freundschaft.

Während der Abwesenheit ihres Chefs hat Krista die notwendigen Vorkehrungen zum Verlassen des Hotels getroffen. Doch als erstes hat sie dem ‚Froschkönig' eine kurze E-Mail zukommen lassen. Trotz all der Mühe, die sich ihr Boss gibt, um ihr etwas Besonderes zu bieten, vermisst sie Ihren ‚Froschkönig' mehr als sie es sich in ihren kühnsten Träumen ausgemalt hatte. Im Telegrammstil teilt sie ihm nur das Wichtigste mit und bittet ihn um genau so kurze Antworten, um ihren respektierten Mr. Hofer nicht misstrauisch zu machen, sollte er sie zufällig beim Schreiben oder Lesen einer E-Mail ertappen. Doch kann sie einfach nicht unterlassen, ihm mitzuteilen, wie sehr sie ihn vermisst und liebt…

„……lieber Froschkönig, auch wenn wir vielleicht oft nur einige hundert Meter in Toronto voneinander getrennt sind, fühle und spüre ich doch deine Nähe. Aber glücklicherweise sind es ja nur noch wenige Tage, die uns Tausende von Kilometern voneinander trennen. Manchmal, wenn ich einige Minuten zum Nachdenken habe, kommt mir unsere Vereinbarung wie ein kindisches Spiel vor. Aber ich spüre im Innersten meines Herzens, dass es bald vorbei gehen wird. Deshalb werden wir auch unser Wort halten müssen. Da ich an das uns auferlegte Schicksal fest glaube, spielen wir das Spiel bis zum Ende. Nun muss ich schließen, da mein Boss sicherlich bald auftauchen wird. Nur noch eins…eifersüchtig brauchst du auf ihn nie zu werden. Er ist so aufrichtig und gradlinig, dass er nie etwas tun würde, was mich auch nur annähernd in meinen Gefühlen verletzten würde. Lieber ‚Froschkönig' wer und wo immer du auch bist, ich liebe dich mit allem, was ich dir geben kann. Deine Prinzessin."

Kaum hatte sie die letzten Worte beendet, meldet sich ein Bediensteter einer ‚Car Rental Company', um im Auftrag von Markus Hofer das Mercedes-Benz SUV zurückzuholen, da es nach Mr. Hofers Worten nicht mehr benötigt wird und auch die Mietdauer abgelaufen ist. Ihr gegenüber hat sich Markus in Schweigen gehüllt und ihr auch nicht den geringsten Hinweis hinterlassen, wie sie von Narvik nach Oslo, der norwegischen Hauptstadt, weiterreisen werden. Aber sie ist sich sicher, dass er bereits seine eigenen Pläne geschmiedet hat.

Zufrieden mit sich selbst, begibt sie sich in die Lobby, denn eigentlich ist die Zeit, in der Mr. Hofer zurück sein wollte, schon um einige Minuten überschritten.

Gerade als sie sich in einem der weichen Ledersessel, von wo sie auch die Eingangstüre im Auge hat, niederlassen will, steht Markus Hofer bereits neben ihr. Irgendwie erweckt er einen fröhlichen, ja man könnte sagen, glücklichen Eindruck. Über sein Gesicht ziehen sich breite Lachfalten, als er sie anspricht:

„Krista, nun halte dich Mal gut an der Sessellehne fest, denn ich habe so etwas wie eine ganz besondere Überraschung für dich. Ach nein, weißt du was, ich erzähle dir erst alles, nachdem wir Pater Rudy besucht haben. Sicherlich wird er schon mit Spannung auf uns warten. Erschrecke aber bitte nicht, wenn du den baufälligen Schuppen siehst, den er zu seiner Kirche umgewandelt hat. Doch jedenfalls gibt er damit seinen Gläubigen ein Dach über den Kopf. Als ich gestern mit ihm allein gesprochen habe und ihm ein klein wenig über dich erzählt habe, hat er mich gebeten dich zu bitten, mit einigen seiner schwierigsten

‚Klientinnen' zu sprechen, um ihnen zu verdeutlichen, in welcher Gefahr sie sich mit dem Verkauf und der Hingabe ihres Körpers begeben. Er ist sich sicher, dass eine Frau und besonders eine wie du es nun mal bist, viel leichter das Vertrauen dieser armen Menschen erwirbt und sie in unsere Gesellschaft zurückerobern kann."

Als sie sich der Hafengegend nähern, kommt ihnen bereits Pater Rudy entgegen:

„Guten Morgen Krista, guten Morgen Markus, ich weiß zwar nicht was passiert ist, aber meine kleine ‚Kirche' ist voll mit Menschen, die euch sehen möchten. Es ist mir vollkommen unklar, wie schnell sich die paar Worte, die ich einigen Leuten über euer Hiersein erzählt habe, herumgesprochen haben."

Schnellen Schrittes eilt er voran, bis sie in wenigen Minuten das kleine notdürftig hergerichtete Gotteshaus erreicht haben. Markus ist von der Größe der Innenseite des Gebäudes überrascht, doch der Anblick der armseligen Gesichter, vor allem der Kinder, die ihn und Krista mit großen Augen anschauen, raubt ihm jeden Anlass zum Lachen aus seinem Gesicht. Alles ist viel schlimmer, als er es sich vorgestellt hatte. Es sind nur wenige alte Männer da, die meisten der ausgemergelten Gestalten sind Frauen und Kinder. Wie ein Blitz aus heiterem Himmel, erinnert er sich an die Worte seines Geschäftsfreundes Lars Geering, als dieser ihm lakonisch gestern gesagt hatte...'Pater Rudy schließt eine Tür zur Hölle und drei andere öffnen sich.' Erst nachdem der Priester alle zum Niedersetzen aufgefordert hat, stellt er Markus Hofer und Krista Rosner seinen Gläubigen vor. In seiner Wortkargheit erklärt er nur kurz, warum die Beiden hier vor ihnen stehen und was der Zweck ihres Hierseins ist.

Danach überlässt er seinem Freund das Wort. Wenn Markus Hofer eine außergewöhnliche Stärke beherrscht, dann ist es seine Überredungskunst. Mit glühenden Worten schildert er den vor ihm Sitzenden, was Pater Rudys und auch seine Pläne sind. Gekonnt macht er ihnen klar, dass sie nur einen besseren Lebensstandard erreichen können, wenn sie alle gemeinsam mit dem Priester an einem Strang ziehen, um dieses große Ziel zu erreichen. Nach und nach wechseln die Gesichter der Kirchenmitglieder aus einer bis dahin deutlich sichtbar ausgestrahlten Lethargie in eine fast fröhliche Stimmung.

Dann bittet Markus Krista die provisorisch aufgebaute Kanzel zu betreten und allen vor ihr Sitzenden in klaren Zahlen zu erläutern, was sie sich von der Zukunft erhoffen können. Doch alles hat seinen Preis. Ohne Umschweife macht sie den Menschen vor ihr klar, das nur sie selber ihr Leben ändern können, indem sie mithelfen, mit harter Arbeit das zu verwirklichen, was der Missionspater Rudy vor langer Zeit begonnen hat.

Alle hier Anwesenden nehmen die heute gesprochenen Worte sehr ernst, etliche werden sich auch sicherlich bemühen, sie zu verwirklichen, doch viele werden auch weiterhin wie bisher durch die Ritze der Gesellschaft fallen und dabei Achtung, Würde und Ehre verlieren.

Pater Rudy hat im Auftrag seines Freundes einen ‚Catering Service' bestellt und als die beiden Lieferwagen gefüllt mit genug Essensplatten ankommen, um alle Anwesenden zu sättigen, huscht auch ein erlösendes Lachen über das überglückliche Gesicht des Missionars.

Immerhin hatte er inzwischen Gelegenheit mit Markus und Krista das von ihr erstellte Zahlenspiel durchzugehen und etliche Überraschungen lösten sich miteinander ab. Erst am späten Nachmittag, als wieder in und um die kleine ‚Kirche' Ruhe eingekehrt ist, bittet Markus seinen Freund ihn und Krista zum Hotel zu begleiten, um gemeinsam die alten Zeiten ein wenig aufzufrischen. Dankend nimmt Pater Rudy das Angebot an.

Es ist bereits nach Mitternacht als sich die Drei voneinander trennen. Pater Rudy ist den ganzen Abend wie verwandelt. Fast ohne Unterbrechung erzählt er Geschichten aus den Kindertagen beziehungsweise Jugendtagen der Beiden, wobei vordergründig die von Markus ausgeführten Streiche den Großteil der Unterhaltung ausmachen. Manchmal kollern vom unkontrollierbaren Lachen die Tränen über Kristas hübsche Wangen. Jedenfalls, dessen ist sie sich im Klaren, nachdem was sie heute von einem Geistlichen erfahren hat, ist der von ihr so haushoch respektierte Mann nicht mehr der gleiche, der er vorher war. Jedes Mal wenn sie ihn nur anschaut, kann sie sich eines, wenn auch manchmal nur stillen Lachens nicht enthalten.

Besonders Markus ist die Trennung von seinem Freund besonders nahe gegangen. Wird er ihn jemals wiedersehen? Er weiß es nicht und die Antwort bleibt nur ihm da oben vorbehalten. Doch der Herrgott behält sie für sich. Krista drückt den Geistlichen mit einer solchen Vehemenz, dass diesem fast der Atem stockt. Doch auch die Minuten des Abschiedes, egal wie schmerzlich, gehen vorbei. Morgen beginnt für die Beiden ein neues Abenteuer und zwar eines, welches sich in ihre seelische Umgebung so tief einprägt, dass sie es nie wieder vergessen werden oder können.

Die Zeiger an der Wanduhr in der Hotellobby zeigen auf halb neun, als die Beiden ihr Frühstück beendet haben. In diesem Moment betritt auch der von Lars Geering gesandte Fahrer einer eleganten schwarzen Limousine die Empfangshalle des Hotels, um Markus und Krista, die gerade beim Zusammenpacken ihrer Reiseutensilien sind, abzuholen.

Kapitel 9:
Mit der ‚Geering ONE' von Narvik nach Oslo

Drunten am Central Docking Pier im Hafen liegt bereits seit über einer Stunde die etwa sechsunddreißig Meter lange Luxus-Yacht ‚Geering ONE' zum Auslaufen bereit.

Während Kapitän Torsten Lindberg und seine beiden Matrosen Björn Jakobsson und Arne Andersson die letzten Vorbereitungen zum pünktlichen und geplanten Verlassen des Hafens von Narvik treffen, stampft der älteste Sohn des Reeders, Sven Geering, mit mächtigen Schritten immer wieder über die blankgescheuerten Deckplanken. Als könne er damit das schnellere Auftauchen seiner Fahrgäste bewirken, schaut er alle paar Sekunden in die Richtung, aus der er Markus Hofer und seine attraktive Begleiterin Krista Rosner, beziehungsweise die Limousine, die sie herbringt, erwartet. Er möchte sich hier von den Beiden verabschieden, da er in letzter Sekunde einen Anruf erhielt, der ihn mit anderen äußerst delikaten und unaufschiebbaren Aufgaben betraute und er somit seine Mitreise als beendet ansehen muss.

Selbst als die Luxuskarosse mit den beiden Fahrgästen im Fond des Wagens den Hafen erreicht, hat Krista noch immer nicht die geringste Ahnung, wohin die Fahrt geht. Alles was sie mit einem Seitenblick auf ihren Chef festzustellen vermag, ist sein schmunzelnder Gesichtsausdruck. Aber auch der verrät absolut nichts von seinem Vorhaben. Im Zentralbereich direkt am Pier 16, liegt eine stattliche und durch ihren modernen und schnittigen Stil fast utopisch aussehende Luxus-Yacht, auf die der Limousinen

Fahrer jetzt zusteuert und schließlich vor der Gangway zur Yacht sein Fahrzeug zum Stehen bringt.

Dienstbeflissen springt der Fahrer aus seinem Fahrzeug, um mit der Hilfe der beiden hinzugeeilten Matrosen das Reisegepäck der zwei unvorhergesehenen aber wichtigen Fahrgäste an Bord zu transportieren. Noch auf der Gangway begrüßt bereits der Skipper Torsten Lindberg seine beiden Gäste. Nachdem die beiden Matrosen, normalerweise ist die ‚Geering ONE' mit einer Besatzung von 10 Mann Personal ausgestattet, alle Gepäckstücke in den Luxuskabinen der Gäste untergebracht haben, werden auch sie Markus und Krista vorgestellt. Björn Jakobsson ist mittelgroß, etwa 45 Jahre alt, gehört zur Stammbesatzung der ‚Geering ONE' und ist seit der Indienststellung des Schiffes dabei. Arne Andersson ist ein Hüne von einem Mann, etwa 55 Jahre alt und normalerweise auf einem der Frachtschiffe der ‚Geering Reederei' beschäftigt. Doch wegen akutem Personalmangel und da es sich nur um eine Überführungsfahrt nach Oslo handelt, hat die Personalführung ihn Kapitän Lindberg für die nächsten zehn Tage zur Verfügung gestellt. Auf einer solchen Überführungsfahrt sind die rohen Kräfte der Matrosen eigentlich wichtiger, als ein normalerweise geschliffenes Benehmen sowie ausgezeichnete Umgangsmanieren mit den Gästen auf einer Luxus-Yacht.

Nach einer kurzen Besichtigung der ‚Geering ONE' und einer abschließenden Besprechung der Reiseroute startet der Skipper die beiden schweren Dieselmotoren. Kurz nach elf Uhr morgens verlässt die ‚Geering ONE' durch die Ofotjorden Bay den Hafen von Narvik , um sich auf die mehrtägige Reise zwischen den Norwegen vorgelagerten Inselgruppen und dem norwegischen Festland nach ihrem Zielhafen, nämlich Oslo, zu begeben. Von Oslo aus werden dann Markus Hofer und Krista Rosner ihren Rückflug nach Toronto antreten

Während sich die ‚Geering ONE', während der Hafenausfahrt aus dem Ofotjorden mit ihrem eleganten Rumpf auf das offene Wasser der ‚Norwegian Sea' zubewegt, steht Markus Hofer neben ihm auf der Brücke. Mit Begeisterung im Gesicht bewundert er immer wieder, mit welcher Geschicklichkeit der erfahrene Skipper die Luxus-Yacht um andere Schiffe oder sonstige Hindernisse manövriert.

Endlich, einige Stunden sind inzwischen vergangen, erreicht die ‚Geering ONE' die offene See. Von jetzt an wird der Kapitän das Ruder an den ersten Matrosen, Björn Jakobsson, übergeben. Die Lofoten Inseln rechtsseitig liegenlassend, wird die Yacht nun ihre auf sieben Tage angesetzte Reise immer in die Zielrichtung nach Süden steuern, bis sie schließlich in Kristiansand nach einem eintägigen Aufenthalt ins ‚Skagerrak' einfährt und von da aus den Hafen von Oslo ansteuern wird.

Obwohl der Sommer vor der Türe steht, hat sich Krista warm gekleidet und über ihren Pullover eine windundurchlässige Jacke geworfen, denn der Zugwind ist weder als angenehm noch als warm zu bezeichnen. In einem vom Golfstrom beeinflussten Gebiet friert zwar die Wasseroberfläche selbst im Winter nicht zu. Auch der Hafen von Narvik bleibt den gesamten Winter über eisfrei und für die Schifffahrt befahrbar, doch die normale Außentemperatur übersteigt hier oben im hohen Norden auch im Sommer nur ganz selten die 18° Celsius Grenze. Da die Yacht zwischen den vorgelagerten Inseln und dem norwegischen Festland ihre festgelegte Route strikt einhält, ist sich Krista oft nicht im Klaren, ob sie ihren Kopf nach links oder rechts drehen soll, denn die ihr gebotene Schönheit der Szenerie auf beiden Seiten ist einfach überwältigend.

Die Fjorde auf der Landseite mit ihren hochaufragenden Felsen oder die lieblichen und oftmals besiedelten Inseln mit ihren in recht grellen Farben angestrichenen Häuser sind es, die Krista immer wieder zum Fotografieren geradezu herausfordern.

Da die Seefahrtroute durch die vorgelagerten Inseln verhältnismäßig vor schweren Stürmen geschützt ist, wird Kapitän Lindberg auch die meisten Nachtstunden dazu benutzen, um so schnell wie möglich weiter nach Süden, also seinem Ziel Oslo, näher zu kommen.

Wie nicht anders zu erwarten, sind mehr als genug Lebensmittel in den Tiefkühltruhen und Kühlschränken der Yacht vorhanden. Der grobschlächtige und hünenhafte Arne Andersson, der normalerweise seine Kochkünste auf einem der Frachtschiffe der ‚Geering Reederei' ausprobiert, ist während dieser Voyage der Koch und somit verantwortlich für das leibliche Wohl seiner Kollegen als auch der Gäste.

Erst als die Sonne zwar nicht ganz am Horizont verschwindet, aber dennoch kaum sichtbar ist, möchte sich Krista von ihrem Aufenthaltsort auf dem Frontdeck in ihre Kabine zurückziehen, um sich für das gemeinsame Abendessen mit Kapitän Torsten Lindberg und ihrem Chef aufzufrischen. Doch als die letzten starken Sonnenstrahlen das um sie herumliegende Wasser der ‚Norwegian Sea' in pures Gold verwandeln, beschließt sie, noch einige Bilder zu schießen, denn darüber ist sie sich im Klaren, eine solche Gelegenheit wird wohl die einzige in ihrem noch vor ihr liegenden Leben bleiben. Das will und wird sie sich nicht entgehen lassen. Nach einiger Zeit, von der sie jede Gelegenheit zum Fotografieren ausgiebig benutzt hat, bemerkt sie erst, dass der Tag ohne weitere Vorwarnung von der hereinbrechenden Nacht abgelöst worden ist.

In der sie überkommenen Aufregung der ihr dargebotenen Ereignisse, hat sie auch vergessen, wann sie sich von Markus entfernt hat. Das Fotografieren hat sie seit ihrem Aufenthalt auf der Yacht so in Besitz genommen, dass sie eigentlich alles, was um sie herum vor sich gegangen ist, total außer Acht gelassen hat. Sicherlich ist ihr Chef schon in seinem ‚Stateroom', also seiner Kabine, wenn man eine solche Luxussuite noch so bezeichnen kann. Oder sollte er sich vielleicht noch mit dem Skipper, Mr. Lindberg, auf der Brücke der Yacht befinden, um sich technische Details erklären zu lassen. Soviel weiß sie über ihren Boss... wenn es sich um irgendwelche technisch interessanten Dinge handelt, die seine Neugierde wecken, gibt es für ihn einfach kein Halten.

Immer noch unentschlossen, zuerst die Brücke aufzusuchen oder in ihre Kabine zu gehen, um sich für den Abend aufzufrischen, wird sie plötzlich von einer inneren Unruhe erfasst. Instinktiv kann sie sich des Gefühls nicht erwehren, dass sie beobachtet wird. Fast ruckartig dreht sie ihren Körper um die eigene Achse. Sie hat sich nicht getäuscht. Nur den Bruchteil einer Sekunde sieht sie das Gesicht Arne Anderssons durch das Luken Fenster zum Deck, bevor sich die Jalousie hinter dem Fenster blitzartig schließt, eine verängstigte Krista Rosner zurücklassend. Irgendetwas in ihr sagt ihr, dass sie in Gefahr ist und zwar einer Gefahr, die sie sich nicht erklären kann, ja nicht Mal zu deuten vermag.

Irgendwie kommt ihr der große und klobig wirkende Seemann unheimlich vor und wie sie sich nun erinnern kann, hat dieses Gefühl bereits seit der ersten Minute des Kennenlernens und seiner Vorstellung von ihr Besitz ergriffen. ‚Mein Gott Krista, nur keine Angst aufkommen lassen. Du bist jetzt nicht fair. Nur weil er so groß und grobschlächtig wirkt, hat sich jetzt eine Art von Angst deiner bemächtigt.'

Dennoch beschließt sie, zuerst die paar Schritte zur Schiffsbrücke hochzusteigen. ‚Sollte sie dort noch ihren Chef oder den Skipper antreffen, ist ja alles in Ordnung. Wenn nicht, muss sie eben so schnell wie möglich an der Bordküche vorbeihuschen, um zu Markus Hofers ‚Stateroom' zu gelangen. Auf jeden Fall möchte sie mit ihm über ihren Verdacht sprechen. Sicherlich sind alle ihre Gedanken mir ihr durchgegangen und haben sie voreingenommen. Aber Vorsicht ist die Mutter der Porzellankiste und bevor die Angst von vorhin sie erneut befällt, möchte sie auf jeden Fall Mr. Hofer informieren.'

In dem wuchtigen Ledersessel hinter dem Steuer sitzt immer noch Björn Jakobsson und außer ihm befindet sich niemand in der Kommandozentrale. Mit einem gekünstelten Lächeln fragt sie den Seemann nach Markus oder Kapitän Lindberg. Doch auch diesem ist nicht bekannt, wo sich die Beiden gerade aufhalten. Seiner Annahme nach sitzen sie sehr wahrscheinlich bei einem ‚Drink' in der hinteren wohl ausstaffierten Bar und fachsimpeln über dieses oder jenes technische Detail.

Mit einem aufrichtigen ‚Dankeschön' verlässt Krista die Brücke und sich selber Mut zusprechend, marschiert sie an der Küche vorbei, wo gerade der ihr solch grundlose Angst einjagende Matrose, eine blütenweiße Schürze vorgebunden, die Schüsseln und Teller für das bevorstehende Abendessen vorbereitet. ‚Mein Gott, Krista, bleibe auf dem Teppich. Nur weil er dich vielleicht für einige Minuten beobachtet hat, denkst du schon an das Allerschlimmste. Du bist nun Mal eine attraktive Frau und dass mancher Mann dir mit lustvollen Gedanken nachstarrt, ist doch noch lange kein Grund, ihn direkt der Vergewaltigung zu verdächtigen.' Dennoch ist sie froh, als sie in der an die Küche angrenzenden Bar ihren Chef mit dem Skipper in ein anscheinend spannendes Gespräch vertieft, antrifft.

„Ich hoffe ich störe nicht, wenn ich so einfach hier hereinplatze?"

Markus war so in seine Unterhaltung vertieft, dass er jetzt erst den Eintritt seiner Sekretärin bemerkt:

„Nein Krista, im Gegenteil. Mr. Lindberg und ich freuen uns, dich endlich zu einem ‚Drink' einladen zu dürfen. Da sich bereits eine leichte Dunkelheit da draußen ausbreitet, habe ich vor einem Moment bereits daran gedacht, nach oben zum Vorderdeck zu kommen, um nach dir Ausschau zu halten. Komm, setze dich hier zu uns, denn wir haben unser vorheriges Gesprächsthema sowieso gerade beendet. Na, sicherlich hast du die Gelegenheit genutzt, um deine Fotografierkunst unter Beweis zu stellen. Wenn es dir nichts ausmacht, würde ich mir nach dem Abendessen gerne Mal anschauen, welche schönen Motive du für die Nachwelt festgehalten hast."

Gerade als Krista im Begriff ist, ihm seine Frage zu beantworten, steht Arne Andersson im Türrahmen. Mit wenigen Worten, bittet er die Drei in den Speisesaal, wo er bereits den Tisch gedeckt und die Speisen aufgetragen hat. Obwohl Markus als auch Torsten Lindberg im Raum sind, kann der Hüne es sich nicht verkneifen, Krista mit einem aufdringlichen, schamlosen Blick auf ihren Körper und danach ihre Brüste mit hervorstechenden Augen abzutaxieren.

Während des Essens und auch danach zieht sich die Unterhaltung der drei im Speisesaal anwesenden Personen recht schleppend dahin. Schließlich bittet Krista, sich in ihre Kabine zurückziehen zu dürfen, da sie doch von dem heute Gesehenen zwar äußerst beeindruckt aber auch sehr müde geworden zu sein scheint. Da sich die ‚Geering ONE' in offenem und sehr tiefem Gewässer befindet, hat Björn Jakobsson die Kommandobrücke für einen Moment verlassen, um mit seinem Skipper einige offenstehende Fragen bezüglich der anstehenden Nachtfahrt zu besprechen. Dieses gibt wiederum Krista die Gelegenheit, Markus um einige Minuten zu bitten, in denen sie gerne unter vier Augen mit ihm sprechen möchte. „Krista, deine Kabine oder meine oder falls du mir nicht vertraust, können wir auch auf dem Vorderdeck miteinander sprechen," dabei lacht er laut und herzlich, sodass sogar der Kapitän sein Grinsen nicht verbergen kann und bei Krista scheinheilig nachfragt, was Mr. Hofer ihr da wohl Zweideutiges gerade erzählt hat.

Doch Krista ist nicht zum Lachen zumute. Mit ausgestrecktem Arm deutet sie auf seine Kabine, die ihrer gegenüber und daher auf der Gegenseite der Küche liegt.

Nachdem sie die Kabinentüre hinter sich geschlossen hat, sprudeln die Worte wasserfallgleich aus ihrem Mund:

„Mr. Hofer, ich habe Angst, furchtbare Angst, ich weiß nicht ob ich heute Nacht allein in meiner Kabine schlafen kann. Oh mein Gott, was erzähle ich ihnen da für ein dummes Zeug, nein, bitte es ist nicht so, was und wie sie jetzt vielleicht von mir denken. Aber Arne, der hünenhafte Matrose aus der Küche, hat mich heute Nachmittag heimlich auf dem Vordeck beobachtet und eben beim Abendessen hat er mich, trotz ihrem Beisein und der Nähe des Skippers so unverschämt angeschaut, dass ich fast gedacht habe, das Blut würde mir in meinen Adern gerinnen. Bitte, Mister Hofer, helfen sie mir, ich habe solche Angst. Verzeihen sie mir meine Hysterie, ich hoffe doch selber, dass ich mir dieses alles bloß einbilde."

Markus Hofer schaut geradewegs in ihr bleichgewordenes Gesicht. Ihre Augen unruhig hin-und her bewegend, scheint sie einem Panikanfall nahe zu sein. Aber was sie sagt, könnte stimmen, denn er hatte sich bereits selbst vorgenommen, spätestens morgen Früh mit Torsten Lindberg zu sprechen, da er während des Abendessens die schamlosen und aufdringlichen Blicke des Matrosen auf seine Sekretärin auf jeden Fall und sogar zunehmend verärgert, wahrgenommen hatte.

„Ja Krista, alles was du mir in den letzten Minuten anvertraut hast, glaube ich dir. Auch ich war während des Abendessens ziemlich verärgert, als ich die frechen und respektlosen Blicke, die der Kerl dir unverhohlen zuwarf, mitansehen musste. Aber leider ist das noch keine strafbare Handlung.

Du bleibst jetzt erst einmal hier in meiner Kabine. Ich werde versuchen, vom hinteren Deck aus eine Telefonverbindung mit Lars Geering herzustellen, denn ich habe einige Fragen an ihn. Sobald ich jetzt die Kabine verlassen habe, schließt du sie bitte hinter mir ab und öffnest sie erst wieder, wenn du meine Stimme hörst und ich dreimal kurz an die Tür geklopft habe."

Ohne weitere Worte verlässt er seinen ‚Stateroom', bleibt kurz im Galley stehen und geht erst nach hinten, nachdem er das klickende Geräusch eines herumdrehenden Schlüssels vernommen hat. Tatsächlich bekommt er auf seinem starken ‚Handy' innerhalb weniger Sekunden die gewünschte Verbindung mit seinem Freund Lars in Narvik. Nachdem er diesem alle ihm am Herzen liegenden Fragen gestellt hat, verspricht Lars ihm die schnellstmögliche Antwort, wahrscheinlich sogar innerhalb der nächsten 24 Stunden. Beruhigt kehrt er in seine Kabine zurück. „So Krista, ich habe mir nochmals alles genau durch den Kopf gehen lassen. Es wird dir nichts anderes übrig bleiben, als heute Nacht wieder mal mit einem Mann zu schlafen, nämlich mit mir. Aber das soll dir keinen Grund zur Beunruhigung geben. Obwohl das Bett genügend Platz für drei bietet, wird es dir heute Nacht allein gehören. Ich werde es mir auf der breiten Couch da an der Wand bequem machen. Doch mit einem kleinen Trick müssen wir schon versuchen, unseren ‚Freund Arne' auf eine falsche Fährte zu führen, falls er tatsächlich etwas im Schilde führen sollte. Wir beide werden uns jetzt lautstark zu deiner Kabine begeben. Während ich dort einige Minuten verweile, wirst du, wenn die Luft rein ist, dich zurück in meinen Raum schleichen und dich dort ruhig verhalten bis ich zurück bin. Die Türe zu deiner leeren Kabine werde ich vorsichtig verschließen und dann sehen wir mal, ob über Nacht dort etwas passiert. Ich hoffe, du bist mit dieser Lösung einverstanden, schließlich ist es ja doch schon ein Ansinnen, so mir nichts dir nichts mit einem fremden Mann wie mir, zu schlafen."

Dabei nimmt sein Lachen erst ein Ende, als Krista auf ihn zuschreitet und ihm mit ihrer rechten Hand einfach den Mund zuhält.

Wie gesagt so getan. Markus marschiert noch einmal den Weg zur Brücke, wo inzwischen Torsten Lindberg das Ruder wieder übernommen hat. Für die nächsten fünf bis sechs Stunden wird er die ‚Geering ONE' durch die Gewässer des ‚Motorways of the Sea' in Richtung Süden steuern. Danach wird auch er eine Pause einlegen, indem sie in einem der vielen Fjorde ankern werden, um einige Stunden Schlaf zu ergattern. Doch jetzt geht es erst einmal vorbei an Bodo und von da weiter nach Trondheim, wo sie nach ihrer Vorausberechnung der Reiseroute in etwa zwei Tagen nicht nur zum Auftanken stoppen, sondern auch eine kurze Erholungspause einlegen werden.

Nachdem sich Markus vom Skipper für die Nacht verabschiedet hat, begegnet ihm auf dem Weg zu seinem ‚Stateroom' Arne Andersson. Seine hünenhafte Figur nimmt fast die gesamte Breite des ‚Galleyways' in Anspruch, sodass Markus erst einmal warten muss, bis er den Durchgang verlassen hat, um zu seiner Kabine zu gelangen. Als ob er seinen Gast nicht gesehen oder nicht erkannt hat, sei dahingestellt, jedenfalls beachtet er Markus beim Vorbeigehen in keiner Weise, welches die Richtigkeit dessen und auch Kristas Darstellung nur noch mehr bestätigt.

Nachdem er den ‚Stateroom' betreten hat bittet er Krista, ihm zu ihrer Kabine zu folgen und sich dabei lautstark mit ihm zu unterhalten. In ihrer Kabine schaltet er ihr Fernsehgerät und zwar mit absichtlich gewählter höherer Lautstärke ein, um sicherzustellen, dass der grobschlächtige Seemann Arne auch wirklich auf den vorgeplanten Trick hereinfällt. In einem geeigneten Moment schickt er Krista zurück in seinen Raum, wartet noch einige Minuten, bevor auch er Kristas Kabine verlässt, diese dabei aber vorsichtig absperrt.

Die Beiden wechseln nur noch wenige Worte miteinander, bevor sie sich zur Ruhe begeben, Krista muss wohl sehr müde sein, denn trotz aller Aufregung scheint sie in wenigen Minuten in eine Art Tiefschlaf gefallen zu sein. Eine lange Zeit liegt er noch hellwach auf der breiten und komfortablen Ledercouch und analysiert die Ereignisse des

Tages, bevor auch er von einem zwar leichten aber dafür traumlosen Schlaf übermannt wird.

Die Nacht zieht glücklicherweise ohne erwähnenswerte Ereignisse vorüber. Wie der Wetterbericht voraussagt, wird der ‚Geering ONE' als auch ihrer Besatzung und den beiden Gästen ein herrlicher Tag beschert werden. Die Temperaturen werden so um die 20°C herum liegen und auch die Windstärke wird sich mit Geschwindigkeiten um die zehn Kilometer per Stunde in Grenzen halten.

Als sie erwacht und bemerkt, dass ihr Chef noch schläft, bemüht sie sich einer Wildkatze gleich ohne auch nur die geringsten Geräusche zu verursachen, in das an die Suite anschließende Badezimmer zu schleichen. Irgendwie fühlt sie sich erleichtert und als die Sonnenstrahlen durch das ovale Fenster gleich bündelweise in das Badezimmer eindringen, verliert sie von Minute zu Minute ihre aufgestauten Angstgefühle. Nichts ist während der Nachtstunden passiert, weder eine Störung noch eine Belästigung hat ihr auch nur eine einzige Minute ihres Schlafes geraubt. Als sie nach einem wohltuenden Duschbad in den ‚Stateroom' zurückkehrt, hat Mr. Hofer bereits den Raum verlassen und die Couch sieht nicht danach aus, als wenn sie in der vergangenen Nacht als Bett benutzt worden wäre.

Mit leichten Schritten bewegt sich Krista auf die Türe zum Gang hin. Beim Herunterdrücken der Klinke bemerkt sie, dass Markus Hofer diese beim Verlassen des Raumes abgeschlossen haben muss. Ja, jetzt bemerkt sie auch, dass der Hebel der Türverriegelung auf ‚Verschlossen' zeigt. Vorsichtig dreht sie ihn in die entgegengesetzte Richtung und sachte, ganz sachte, öffnet sie die Türe, um einen kurzen Blick in den vorbeiführenden Gang zu werfen. Doch alles was sie in diesem Moment zu sehen bekommt, ist Arne Andersson, der nur etwa zwei Meter von ihr entfernt mit einem Tablett in der Hand im Gang steht.

Obwohl sie an der Grenze eines Ohnmachtsanfalles ist, versucht sie unter allen Umständen ihre Fassung zu bewahren und mit dem Zusammenreißen aller ihrer geistigen Kräfte gelingt es ihr tatsächlich auch. Aber warum fürchtet sie sich so, denn der grobschlächtige Mann lacht sie doch nur freundlich an:

„Guten Morgen, Ms. Krista und denken sie nicht auch, dass uns ein herrlicher Tag bevorsteht? Ich bin mir ziemlich sicher, dass die Temperaturen heute ziemlich hoch klettern werden und auch die ruhige See wird uns ein gutes Stück näher zu unserem Zielhafen bringen. Übrigens, wenn sie möchten und auch Mr. Hofer soweit fertig ist, kann ich gerne mit dem Servieren des Frühstücks beginnen. Und falls sie oder Herr Hofer besondere Wünsche haben, lassen sie es mich einfach nur kurz wissen."

„D….,d…danke Mister Andersson, machen sie sich bitte keine extra Arbeit wegen uns. Es wird bestimmt alles in Ordnung sein. Nochmals herzlichen Dank."

Nachdem sie einen Schritt zurückgetreten ist und die Türe hinter sich geschlossen hat, überkommt sie das Gefühl, vor wenigen Augenblicken einem makabren Traum erlegen zu sein. ‚War das derselbe Arne Andersson, der sie gestern Abend heimlich beobachtet und sie mit lüsternen Blicken von oben bis unten abgetastet hatte? Oder hatte sie sich gestern nur gewaltig getäuscht und diesem Mann aufgrund seines unvorteilhaften Aussehens ein nicht wieder gutzumachendes Unrecht zugefügt?'

Irgendwie fühlt sie sich schlecht und als erstes wird sie mit Mister Hofer darüber sprechen. Aber wo bleibt er nur? Immerhin ist inzwischen eine halbe Stunde vergangen und aus der Küche strömt ein verführerischer Kaffeegeruch durch die verschlossene Türe bis in den ‚Stateroom'.

Endlich macht sie das Klicken im Türschloss darauf aufmerksam, dass Mister Hofer zurück ist. Nach der morgendlichen Begrüßung erzählt er ihr mit ernstem Gesicht, dass er nochmals mit Lars Geering gesprochen hat, aber dieser immer noch keine weiteren Episoden aus dem Leben des Matrosen Arne Andersson in Erfahrung bringen konnte. Das einzige was ihm bekannt ist, ist die Tatsache, dass Arne Andersson seit sieben Jahren für die ‚Geering Reederei' als Matrose auf deren Schiffen die Weltmeere befährt und sich während dieser Zeit nichts zu Schulden kommen ließ.

„Krista, das Einzige worauf wir jetzt hoffen können, ist der Fakt, dass wir uns in Arne Andersson getäuscht haben und sein Benehmen falsch ausgelegt haben. Dass er ein grobschlächtiger Kerl ist, der nicht Mal die einfachsten und primitivsten Anstandsregeln beherrscht, ist uns inzwischen klar geworden, aber das macht ihn noch lange nicht zu einem brutalen oder gefährlichen Menschen. Doch im Auge behalten möchte ich ihn schon. Vielleicht ist es das sicherste, wenn du dich so weit wie möglich von ihm entfernt hältst. Sicherlich werden die nächsten Tage problemlos an uns vorbeiziehen. Schade ist es nur, dass deine

Angstgefühle dich in deiner Bewegungsfreiheit einschränken. Das Beste wird es für dich sein, ihn einfach zu vergessen und wenn er mit dir spricht, ihm freundliche aber unverbindliche Antworten zu geben. Keine Bange, ich verspreche dir, ich werde immer in deiner Nähe sein."

Wie auch am Vortag beschäftigt sich Krista wieder mit der Fotografiererei der herrlichen, sie umgebenden Landschaft, während die ‚Geering ONE' mit einer Reisegeschwindigkeit von rund dreiundzwanzig Knoten gute Fahrt gegen Süden macht. Wie es jetzt aussieht und wenn der Wettergott hält, was er verspricht, werden sie etliche Stunden früher als erwartet, Trondheim erreichen.

Wie vorgesehen, werden sie dort einige frische Lebensmittel an Bord nehmen, die Yacht auftanken und einige Stunden damit zubringen, der Ortschaft Trondheim einen Besuch abzustatten. Erst am nächsten Morgen werden sie in einer eineinhalbtägigen Reise ihre Voyage nach Bergen fortsetzen. Das ist auf jeden Fall der Plan des Skippers Torsten Lindberg, nicht ahnend, dass das Schicksal ihm gewaltig dazwischen funken wird.

Mitternacht ist längst vorbei, als sie in den Hafen von Trondheim einlaufen. Da die Helligkeit des Tages immer noch ausreichendes Licht spendet, zwar nicht mehr ganz so kräftig wie im hohen Norden, sitzen die dreiköpfige Besatzung und ihre beiden Gäste auf bequemen Polsterstühlen auf dem Vordeck. Selbst Arne Andersson scheint über sich selbst hinausgewachsen zu sein. Seine Manieren sind nicht gerade die feinsten, aber er benimmt sich den Umständen entsprechend, wie man es von einem Matrosen, der es gewohnt ist, auf einem Frachtschiff zu

Hause zu sein, geradezu ordentlich. Kristas Angst scheint total verflogen zu sein. Sie lässt sich sogar dazu hinreißen, mit Arne in ein anregendes Gespräch verwickelt zu werden. Mit einer gewissen Aufregung in seiner Stimme und teilweise theatralischen Gebärden erzählt er ihr glaubwürdig anmutende Geschichten, die ihm auf seinen Reisen über die Weltmeere passiert sind.

Erst als der frühe Morgen die Sonne am Himmel wieder höhersteigen lässt, löst sich die Party auf und jeder begibt sich in sein Nachtquartier um wenigstens noch einige Stunden Schlaf zu ergattern. Irgendwie fühlt sich Krista so erleichtert, dass sie Markus vorschlägt, in ihre Kabine zurückzukehren, um dort den Rest der Nacht zu verbringen. Doch dabei stößt sie auf Granit. Schlichtweg lehnt ihr Chef das Ansinnen als zu riskant ab.

Bereits am Morgen nach dem Frühstück, stellt es sich heraus, wie Recht er mit seiner Ablehnung hatte. Als er auf dem Weg zur Brücke an der Kabine Kristas vorbeigeht, stoppt er fast routinemäßig, um einen Blick auf das Türschloss zu werfen. Erschreckt entdeckt er dabei, dass sich jemand, glücklicherweise erfolglos, an dem Schloss zu schaffen gemacht hat. Die gestern noch nicht vorhandenen Kratzspuren deuten darauf hin, dass jemand versucht hat, das stabile Schloss gewaltsam zu öffnen.

Mit seinen vorsichtigen Andeutungen an Krista hat sich also sein Verdacht bestätigt, dass Krista sich wirklich in Gefahr befindet und dass mit großer Wahrscheinlichkeit der Matrose Arne Andersson nun mit einer anderen Taktik versucht, an sein Opfer heranzukommen. Um Krista nicht unnötig erneuten Angstzuständen auszusetzen, wird er seine Entdeckung noch für sich behalten, doch aus den Augen lassen wird er sie von nun an nicht mehr. Vielmehr wird er versuchen, unbemerkt jeden Schritt Arnes zu überwachen, um im Notfall jederzeit ohne Verzögerung eingreifen zu können.

Die Morgenstunden verlaufen mehr als ruhig, denn bei allen auf der Yacht Anwesenden ist das Fehlen des vermissten Schlafes anzumerken. Nur Kapitän Lindberg steuert die Yacht mit viel Geschick und Können aus dem Hafen von Trondheim. Vorbei an den mehr oder weniger unbekannten Ortschaften Molde, Alesund und Flore will er versuchen, bis zum frühen Abend Bergen zu erreichen, um dort für die kommende Nacht zu ankern.

Da das schöne Wetter es erlaubt, hat sich Krista eine weich gepolsterte Liege auf das Vordeck bringen lassen. Sie möchte sich erst ein klein wenig mehr Schlaf gönnen, bevor sie ihrem Hobby, der Fotografiererei weiter frönen möchte. Björn Jakobsson hat damit begonnen, wie er sich ausdrückt, seinen Hausfrauenjob auszuüben, indem er alle auf der Yacht vorhandenen Räume gründlich inspiziert und dabei gleichzeitig kleine Veränderungen falls erforderlich, vornimmt. Trotz aller waltenden Sorgfalt, scheint ihm aber die Beschädigung des Türschlosses an Kristas Kabinentür entgangen zu sein.

Markus, der in der vergangenen Nacht dem Alkohol ein wenig zu viel angetan war, sitzt momentan in seinem ‚Stateroom' und versucht erneut, Lars Geering per Handy zu erreichen, doch im Moment ergebnislos.

Gerade in dem Augenblick, als sich Krista anschickt auf ihrer bequemen Liege die Lage zu wechseln, kommt Arne Andersson mit einem Stapel Kissen in beiden Armen an ihr vorbei, um seine Ladung unter Deck zu bringen. Ob mit oder ohne Absicht, sei dahingestellt. Jedenfalls macht sich eines der Kissen selbstständig und rollt hinter ihm her die steile Treppe hinunter. Krista, die das Schauspiel beobachtet hat, springt von ihrer Liege, läuft ihm nach, erwischt das Kissen und möchte es ihm wieder auf seinen Stoß legen. Genau zu diesem Zeitpunkt stößt der hünenhafte Mann mit einem Fuß die vor ihm liegende Stahltüre zum Maschinenraum auf und entledigt sich der Kissen, indem er sie einfach in den Raum wirft. Blitzschnell ergreift er Kristas, die in ihren Armen immer noch das heruntergefallene Kissen hält. Mit seiner brutalen Kraft hebt er sie hoch, setzt sie erst im Maschinenraum wieder ab und tritt mit einem Fuß die schwere Stahltüre hinter sich zu.

Krista möchte schreien, doch kein wahrnehmbarer Laut kommt über ihre Lippen. Mit beiden zusammengeballten Händen hämmert sie auf den grobschlächtigen und bärenstarken Mann ein. Erfolglos, denn in seinem Gesicht ist außer Gier keine weitere Regung erkennbar.

„So du dreckige, verwöhnte reiche ‚Bitch', hier kannst du schreien so viel du willst, keiner wird dich hören. Jetzt bist du erst Mal mein und ich zeige dir Mal, was ein richtiger Mann wie ich so alles drauf hat. Mach es dir und mir nicht so schwer, es wird dir nicht mehr viel helfen. Nachher werde ich dich durch die Hintertür nach draußen bringen und übers Geländer ins Meer werfen. Pech gehabt, du

Süße. Du hättest dich nicht so weit über die Reling lehnen dürfen."

Mit einem dreckigen Lacher beschließt er das Gespräch.

Ohne zu beachten, ob er sie verletzt oder nicht, reißt er ihr die leichte Windjacke von den Schultern. Mit einem weiteren Ruck zerreißt er ihre Bluse, dann folgt ihre lange weiße Hose, bevor es ihr endlich gelingt, ihre Zähne in seine linke Hand zu bohren. Ein kurzes Aufschreien von dem ihm zugefügten Schmerz macht ihn nur noch wilder. Der Maschinenraum ist nur spärlich beleuchtet, doch deutlich sieht Krista das Blut von seiner linken Hand rinnen.

Gerade im Begriff, ihr den Rest ihrer Kleidung vom Körper zu reißen, flammen plötzlich die Neonlichter auf und lassen den Maschinenraum taghell erstrahlen. Irritiert und verwirrt umherblickend, dreht sich der Seemann der Türe zu. Dort steht Markus Hofer mit einem etwa ein Meter langen Leichtmetallrohr in der Hand. Das war alles was er in der Schnelle finden konnte.

Als wäre Krista nur eine Puppe, die er in seinen Armen hält, hebt der bullige Matrose sie hoch, um sie danach wie einen Spielball von sich zu stoßen. Glücklicherweise schlägt sie mit ihrem Kopf vorneüber auf eines der dort hingeworfenen Kissen. Einen wilden, sich tierisch anhörenden Schrei ausstoßend, versucht sich der vor Wut, Hass und Gier vorwärts stürmende Hüne auf Markus zu werfen, was ihm glücklicherweise durch dessen schnelles Ausweichmanöver nur teilweise gelingt. Arne reißt ihm mit seiner brutalen Kraft die Leichtmetallstange aus der

Hand, biegt sie wie ein Spielzeug zusammen und wirft sie gegen die nächstliegende Wand.

Was sich jetzt im Maschinenraum der Luxus-Yacht ‚Geering ONE' abspielt, ist ein Kampf um Leben und Tod. Obwohl sich Markus mit all seiner Tapferkeit wehrt, muss er sehr schnell einsehen, dass er gegen die brutale und gemeine Gewalt des Verbrechers nicht die geringste Chance hat. Blut rinnt inzwischen aus seinem Gesicht über seinen zerschundenen Körper. Nur noch wenige der mächtigen Schläge des bärenstarken Hünen und er wird erledigt sein.

Nur noch verschwommen nimmt er die beiden Öldruckrohre an der hinteren Seite des Maschinenraumes wahr. Dorthin muss er sich von dem Schläger treiben lassen, denn an einem der Rohre hat er den Hebel mit einem Schiebeventil entdeckt. Schlagartig wird ihm klar, dass dies seine einzige Überlebenschance ist. Obwohl seine Kräfte von Sekunde zu Sekunde schwinden, gelingt es ihm sich so zu postieren, dass Arne ihm zwar noch einige kräftige Körperschläge versetzt, er dafür aber jetzt mit dem Rücken zur Wand steht. Der wuchtige Seemann steht jetzt fast zwei Meter entfernt vor ihm. Er ist sich so siegessicher, dass er jede Vorsichtsmaßnahme außer Acht lässt. Einem Stier gleich, hält er seinen Kopf nach vorne geneigt, um jetzt diesen mit voller Wucht und Geschwindigkeit seinem Opfer in den Körper zu rammen. Markus ist sich darüber im Klaren, dass die Ausführung dieses Stoßes seinen unweigerlichen Tod herbeiführen muss.

Obwohl nur noch ein ‚Häuflein Elend' darstellend, sind alle seine Sinne aufs Vollste angespannt. Dann aus dem Nichts heraus, erfolgt der Angriff. Mit einem tierischen

Schrei stürmt der grobschlächtige Seemann vorwärts, um das Drama zu beenden. Mit dem Rest seiner ihm verbliebenen Kraft, dreht Markus seinen Körper seitwärts und öffnet mit der linken Hand das Hochdruckventil. Mit ungeheurem Druck schießt das glühend heiße Öl über den Kopf und das Gesicht des verbrecherischen Matrosen. Seine vorwärts drängende Kraft wird durch den Öldruck zwar abgeschwächt, ist aber immer noch so stark, dass er mit voller Wucht in das offene Ventil stürmt und sich dabei die Schädeldecke spaltet, bevor er bereits tot zu Boden sinkt.

Beide Hände benutzend, gelingt es Markus schließlich, das Druckventil zu schließen, um ein weiteres Auslaufen des heißen Öles zu verhindern. Drüben auf der Gegenseite des Raumes auf dem Stahlboden neben der Eingangstüre sitzt eine fassungslose Krista, nicht mehr in der Lage wahrzunehmen, was sich hier in der letzten halben Stunde um sie herum abgespielt hat.

Markus möchte nur raus aus diesem Raum. Doch jetzt nachdem alles vorbei ist, kann er nicht mehr die Kraft aufbringen, die wuchtige Stahltüre nach draußen zu öffnen. In diesem Moment erhält er unerwartete Hilfe. Der Türgriff wird ihm fast aus der Hand gerissen, als Björn Jakobsson versucht einzutreten, um mit Entsetzen im Gesicht mit eigenen Augen das Enden eines Dramas zu sehen, welches sich hier abgespielt hat.

Markus bittet den Seemann, zuerst Krista aus dem Maschinenraum in ihre Kabine zu bringen und auf dem Weg dorthin auch den Skipper Torsten Lindberg über das Vorgefallene, soweit er es zu sehen bekommen hat, zu verständigen. Doch Torsten Lindberg ist bereits auf dem Weg nach unten. Schließlich hat er den Druckabfall an der Öldruck-Armatur bemerkt und möchte ihre Ursache ergründen Als er in den Maschinenraum eintritt, bietet sich ihm ein Bild des Grauens. Der gesamte Boden ist mit einer dicken schwarzflüssigen Ölschicht überzogen. Vor ihm steht Markus Hofer, blutverschmiert im Gesicht, an den Händen sowie am gesamten Körper. Vor der hinteren Wand auf dem Boden liegt der tote Matrose Arne Andersson, überall mit Blut und Öl verschmiert. Die Augen hat er zwar geschlossen, doch die gespaltene Schädeldecke bietet selbst dem härtesten Mann ein gruseliges Bild, welches man nicht so leicht vergessen kann.

„Mein Gott, was ist denn hier passiert?"

Vom momentanen Schreck übermannt, wendet er sich Markus zu: „Markus, bist du okay? Bist du verletzt? Was ist mit Arne Andersson? Wenn ich ihn so da liegen sehe, denke ich, dass für ihn jede Hilfe zu spät kommt! Wo ist Krista? Markus, bist du in der Lage, mir nur kurz den Sachverhalt zu schildern? Doch lass uns zuerst Mal nach oben gehen. Ich habe zwar beide Motoren gestoppt, aber wir befinden uns hier zwischen einigen Inseln und ich möchte vermeiden, dass unser Schiff abgetrieben wird. Kann ich dir irgendwie helfen oder schaffst du die Treppen allein?"

„Ja Torsten, ich werde es schon allein schaffen, aber ich denke, dass wir zuerst die Polizei verständigen müssen, schließlich haben wir einen Toten an Bord. Es war zwar kein Mord und Krista und ich können es nur unserem Glück und unseren Schutzengeln verdanken, dass wir noch am Leben sind. Arne Andersson hat sich zu seinem eigenen Pech und unserem Glück selbst gerichtet, denn unsere Überlebenschancen wären sonst gleich ‚Null' gewesen."

Auf dem Weg zur Schiffsbrücke treffen sie auch Björn Jakobsson, der Krista in ihre Kabine gebracht hat und den beiden Männern berichtet, dass sie, nachdem er sie auf ihr Bett gelegt hat, in ihrer totalen Erschöpfung mehr oder weniger sofort in eine Art ‚leichte Ohnmacht' gefallen ist.

In der Kommandozentrale der Yacht erzählt Markus den beiden gespannt lauschenden Männern den Verlauf der Ereignisse, wie sie sich im Maschinenraum abgespielt haben. Dabei erwähnt er auch, dass seit des Auslaufens aus dem Hafen von Narvik er als auch seine Begleiterin von einem unguten Gefühl befallen waren, sobald Arne Andersson in die Nähe Kristas kam. Kaum hat er seinen letzten Satz beendet, als sein ‚Handy' klingelt. Es ist Lars Geering, der sich bei Markus entschuldigen möchte, dass er jetzt erst die von ihm gewünschten Auskünfte an ihn übermitteln könne, da auch er sie gerade erst erhalten habe.

Was Mr. Geering jetzt Markus erzählt, lässt allen drei Männern erneut das Blut in ihren Adern gerinnen, denn Markus hat zum Mithören der anderen Männer den Lautsprecher seines Telefons dazu geschaltet. Aus dem Auszug des norwegischen Strafregisters hat Lars Geering gerade erfahren, dass es sich bei Arne Andersson um einen wiederholt straffälligen Sexualtäter handelt, der sich allerdings seit er für die ‚Geering Reederei' arbeitet, nichts mehr zu Schulden kommen ließ. Bis heute, doch leider kommt die Auskunft zu spät.

Markus, immer noch unter Hochspannung stehend, übergibt das ‚Handy' an den Skipper, der jetzt mit sachlicher Stimme den gesamten Vorfall, soweit er ihm bekannt ist, an Lars Geering übermittelt und von diesem weitere Anweisungen erbittet.

Von seinem Boss gebeten, ist es Torsten Lindbergs vordringlichste Aufgabe, die nächste erreichbare Polizeistation von dem Vorfall zu verständigen und auch um direkte Hilfeleistung zu bitten.

Da sie sich im Moment auf der Höhe von Alesund befinden, die Ortschaften Alesund und Floro aber keine Polizeistationen aufweisen, benachrichtigt der Kapitän das Kriminalkommissariat von Bergen über den Vorfall, soweit er selbst über den Tatbestand informiert ist und bittet um unverzügliche Hilfe. Nachdem er dem zuständigen Kriminalinspektor Peer Eklund alles was er bisher in Erfahrung bringen konnte, berichtet hat, bittet dieser ihn, ja keinem mehr Zugang zum Maschinenraum zu gewähren, vor allen Dingen nichts anzufassen oder zu bewegen und den Maschinenraum sicher abzuschließen bis dieser von der Spurensicherung wieder freigegeben wird.

Da die ‚Geering ONE' nur noch etwa acht bis zehn Stunden von Bergen entfernt ist und ihre beiden über 5000 PS starken Dieselmotoren voll genutzt werden können, bittet er den Skipper, den Hafen von Bergen anzusteuern, wo er und seine Männer am Pier 11 bereitstehen werden, um das Weitere zu veranlassen.

Der frühe Morgen hält bereits seinen Einzug, als Torsten Lindberg die Polizeistation in Bergen verständigt, dass man in rund einer Stunde den Fjord, an den die Hafeneinfahrt anschließt, erreichen werde. Da er schon öfters den hiesigen Hafen angelaufen hat, ist die Navigation für ihn eher ein Kinderspiel.

Wie erwartet, steht Polizeiinspektor Peer Eklund mit zwei uniformierten Polizisten bereits an der Reling des Piers 11. Nach einer kurzen Vorstellung der beteiligten Personen, bittet der Kriminalpolizist um die Übergabe der Schlüssel zum Maschinenraum. Bevor er mit der Vernehmung der Beteiligten beginnen will, möchte er sich erst einmal ein Gesamtbild der Lage verschaffen, welches ihm während der Protokollaufnahme ungemein hilfreich sein wird.

Während dieser Zeit hat sich Krista total verschüchtert und verängstigt in ihrer Kabine aufgehalten. Das einzige Gute für sie ist im Moment die Feststellung, dass sie nichts vom Tod des verbrecherischen Seemannes Arne Andersson in ihrem Schockzustand mitbekommen hat, da sie als der Matrose seinen Schädel in das geöffnete Ventil rammte, mehr oder weniger bewusstlos am Boden lag. Als Björn Jakobsson sie dann in ihre Kabine brachte, befand sie sich immer noch in einem Schockzustand. Zwar war sie sich im Klaren darüber, dass sich im Maschinenraum etwas Furchtbares ereignet haben musste, doch alles was sie nach der Rückkehr aus ihrem Ohnmachtszustand wissen wollte, war der Zustand ihres Chefs.

Als Inspektor Peer Eklund sich selbst zu ihrer Kabine begibt, um höflich anzufragen, ob sie sich eine Aussage zutrauen könne, antwortet sie mit einem kurzen ‚Ja'. Obwohl sie in den letzten Stunden die regelrechte Hölle durchwandert hat, klingen ihre Antworten sachlich, ja man kann sie sogar als ‚präzise' bezeichnen.

Dennoch muss das gesamte Verhör einige Male unterbrochen werden, nämlich dann, wenn sie von Weinkrämpfen durchgeschüttelt wird.

Noch bevor es zum Verhör Markus Hofers kommt, trifft die Spurensicherung ein und hat bereits nach relativ kurzer Zeit alles wichtige Beweismaterial sichergestellt. Ohne dass jemand der Beteiligten überhaupt etwas davon bemerkt hat, ist die Leiche des Matrosen Arne Andersson bereits diskret von der Yacht in einem bereitstehenden Leichenwagen zum ‚Institut für Rechtsmedizin und Pathologie' in Bergen zur detaillierten Untersuchung transportiert worden. Nach der rund zwei Stunden dauernden Vernehmung Markus Hofers durch den Inspektor und seinen Assistent, sind sich die beiden Kriminalisten vollkommen im Klaren, dass die Sachlage weder auf einem Mord oder einem Selbstmord beruht, sondern ein klarer Mordversuch an Markus Hofer vorlag, der durch das geschickte Verhalten in buchstäblich letzter Sekunde in einem ‚Mordversuch mit tödlicher Unfallursache' endete.

Nach Abschluss der Untersuchungen und dem vorläufigen Endergebnis, gibt Kriminalinspektor Peer Eklund nach Rücksprache mit der zuständigen Staatsanwaltschaft die ‚Geering ONE' ohne weitere Konditionen zur Weiterfahrt frei. Inzwischen hat Kapitän Torsten Lindberg eine professionelle Reinigungs-Crew in Bergen aufgetrieben, die nach einer mehrstündigen Säuberungsaktion nichts mehr im Maschinenraum darauf hinweisen lässt, was sich dort innerhalb der letzten Stunden abgespielt hat.

Torsten Lindberg beschließt, nach Rücksprache mit Markus Hofer die kommende Nacht in Bergen zu verbringen und erst am nächsten Morgen die restliche Zweitages-Route nach Oslo und damit den endgültigen Schlussstrich unter diese abenteuerliche Fahrt zu ziehen. Nachdem der Polizei-Inspektor und seine Crew von Bord gegangen sind, hat Torsten Lindberg als auch Markus Hofer einige Male mit Lars Geering die neue Sachlage besprochen und evaluiert. Alle drei sind sich einig, dass man getan hat was man konnte und das Schicksal oft seltsame und oftmals unvermeidbare Wege geht.

Obgleich er bereits einige Male Krista in ihrer Suite besucht hat, ist Markus auch jetzt wieder auf dem Weg zu ihr. Er möchte so gerne etwas Besonderes für sie tun und ihr auch ein kleines ‚Dankeschön' sagen, denn schließlich war er der eigentliche Urheber für das entfachte Dilemma, was leicht nicht nur seins, sondern auch ihr das Leben hätte kosten können. Das ist zumindest seine momentane Ansicht der Dinge.

Als er vorsichtig in ihr Zimmer eintritt, liegt sie zusammengekrümmt und bewegungslos auf ihrem Bett. Obwohl auch sein Gesicht dick angeschwollen ist und ihn jeder Knochen und Muskel in seinem Körper schmerzt, ist es Krista die ihm in der Seele leid tut. Er fühlt plötzlich, wie sich Tränen in seinen Augen bilden und seine Wangen herunterlaufen.

Da sie ihn nicht bemerkt zu haben scheint, möchte er leise den Raum verlassen, als sie sich plötzlich aufrichtet, um ihn mit großen Augen anzuschauen:

„Mister Hofer, bitten gehen sie noch nicht. Bitte bleiben sie noch einen Moment bei mir. Ich möchte ihnen doch noch sagen, wie leid mir alles tut, weil es doch alles nur meine Schuld ist. Hätte ich ihm nicht das Kissen….."

Weiter kommt sie nicht.

„Nein Krista, was heute passiert ist war ein vorprogrammierter Schicksalsschlag, unabwendbar für dich und mich. Wenn du dich danach fühlst, möchte ich mit dir gerne einen kleinen Spaziergang durch den Hafen oder die Stadt machen. Dabei können wir uns über die schöneren Dinge im Leben unterhalten und sicher wird dir eine Brise frischer Luft gut tun." Ruckartig versucht sie sich zu erheben, aber auch der ihr zugefügte Sturz auf den harten Stahlboden im Maschinenraum macht ihr mehr zu schaffen, als sie es zugeben möchte. Doch dann steht sie vor ihm, hebt ihren Kopf, um ihm in die Augen zu schauen bevor sie vorsichtig beide Arme um ihn legt und sich zärtlich an ihn schmiegt. Mit nur einer freien Hand streichelt er wieder und wieder über ihr zerzaustes Haar, nicht mächtig auch nur ein einziges Wort über seine Lippen zu bringen.

Als wäre sie plötzlich aus einem Traum erwacht, lässt sie ihn los und eine Schritt zurücktretend, schaut sie ihn fassungslos an:

„Entschuldigen sie, Herr Hofer, ich, ich, es tut mir so leid, ich verspreche ihnen, ich werde das nie wieder tun."

„Krista, da gibt's nichts zu entschuldigen und wenn immer du zukünftig von dem Gefühl überwältigt wirst, mich zu drücken, lege dir keinen Zwang an, tue es einfach. Es tut einem alten Mann wie mir auch Mal gut und heute haben wir beide es uns aufrichtig verdient. Was denkst du, möchtest du mit mir den kleinen Spaziergang am Hafen entlang unternehmen oder fühlst du dich noch nicht kräftig genug dafür und möchtest dich doch lieber noch etwas ausruhen?"

„Herr Hofer, alles was heute passiert ist, werden weder sie noch ich so leicht nicht vergessen können. Ja, ich freue mich, mit ihnen einen Hafenrundgang zu machen. Er wird uns beide von den grausigen Geschehnissen des heutigen Tages ein wenig Abstand gewinnen lassen. Ist es in Ordnung, wenn ich sie um zehn Minuten Zeit bitte, damit ich mich umziehen kann?" „Selbstverständlich, nimm dir genügend Zeit. Wenn immer du fertig bist, rufe mich bitte auf dem Zimmertelefon an oder klopfe einfach an meine Türe, ich werde auf dich warten."

Es dauert nur wenige Minuten als sie an seiner Tür anklopft. Markus Hofer hat bereits Kapitän Lindberg von ihrem geplanten Landausflug verständigt. So verlassen die beiden zwar körperlich stark lädierten Personen, aber mit mehr und mehr zurückkehrender geistigen Stärke die ‚Geering ONE' und wandern zielstrebig auf die Stadtmitte der Kleinstadt Bergen zu. In der ersten Hälfte des Weges hängen sie ihren Gedanken nach, versuchen das Geschehene zu analysieren, doch dann passiert etwas, was Krista zwar momentan in eine fast panische Angst versetzt, ihr andererseits jedoch so etwas wie einen Weg ins Glück offenbart. Als sie eine kleine Abkürzung über einen Schotterweg zur Hauptstraße benutzen, ergreift Markus Hofer ohne jegliche Vorwarnung Kristas Hand und lässt sie auch nach Erreichen des geteerten Gehsteiges nicht mehr los. Ziel- und wortlos wandern sie einfach geradeaus, wohin der Weg sie auch immer führen mag.

Dann bleibt er wie auf Kommando stehen, dreht ihre Schultern ihm zu, schaut in ihre bernsteinfarbenen Augen, die in der halbdunklen Nacht wie pures Gold sprühen. Doch was er glaubt entdeckt zu haben, sind Tränen, die nun langsam ihre Wangen herunterrinnen. Von diesem Moment an wird ihm klar, dass der ‚liebe Gott' da oben ihm im Leben eine zweite große Chance geschenkt hat, von der er nie geglaubt hat, dass es sie für ihn je nochmals geben würde. Er hat sich zum zweiten Mal in seinem Leben unsterblich verliebt. Und das an einem Tag, der fast sein Todestag geworden wäre.

Auch seine Augen haben nun jenen feuchten Glanz angenommen, den man im Volksmund als ‚Tränen' bezeichnet. Als diese sich über seine zerschundenen und aufgeschürften Wangen einen Weg nach unten bahnen und dabei höllisch schmerzen, stört ihn das nicht im Geringsten. Fest an seiner Hand hält er nämlich etwas, was er nie wieder hergeben wird.

Ohne auch nur ein einziges Wort miteinander zu wechseln, wandern sie mit langsamen Schritten zu dem Platz zurück, der sie dem Tod so nahe gebracht hat, aber sie nun mit dem großen Glück der wahren Liebe beschert.

Als sie die ‚Geering ONE' betreten, verlässt Kapitän Torsten Lindberg die Brücke und marschiert mit schnellen Schritten geradewegs auf die Beiden zu:

„Markus und Krista, ich hoffe ihr hattet einen angenehmen Spaziergang. Nach alledem was ihr beide heute durchgemacht habt, weiß man wirklich nicht, was man dazu sagen soll. Möge von heute an das Glück nur auf eurer Seite stehen. Das ist alles was ich euch mit auf den Weg geben kann, denn egal wie schrecklich leid mir alles tut, wir alle sind nicht in der Lage das Geschehene ungeschehen zu machen. Vor einigen Minuten hat Inspektor Peer Eklund angerufen. In dem Gespräch mit ihm konnte ich glücklicherweise Lars Geering und auch seinen Sohn Sven mit dazu schalten. Der Bericht des Pathologen als auch die Auswertung der Spurensicherung scheinen klar bewiesen zu haben, was sich im Maschinenraum der ‚Geering ONE' abgespielt hat. Weitere Untersuchungen sind daher eingestellt worden und wir können den Hafen von Bergen jederzeit verlassen, um unser Ziel, nämlich Oslo doch noch fast in der uns gesetzten Zeitspanne zu erreichen.

Wenn es für euch keine besonderen Erschwernisse darstellt, möchte ich noch heute zur Nachtzeit auslaufen, damit wir Morgen bei vollem Tageslicht durch die zwischen Stavanger und Kristiansand manchmal recht raue ‚Nordsee' wenn möglich ungeschoren davonkommen."

Markus schaut erst ein wenig unschlüssig zu Krista, die ihm durch ihr Kopfnicken ein ‚Ja' andeutet. Obwohl in ihr eine gewisse Beruhigung eingetreten ist, möchte sie auf jeden Fall die Stätte des Grauens, die ihren selbstlosen

Chef und auch ihr fast das Leben gekostet hätte, schnellstmöglich verlassen und nie mehr wiedersehen.

„Skipper, kein Problem, ich denke dass diese tapfere Frau hier neben mir und auch ich ein wenig Ruhe und Schlaf gut vertragen können. Sollte sich irgendetwas Besonders ereignen oder du meine Hilfe brauchen, kannst du mich jederzeit wecken, denn schließlich fehlt dir ja jetzt eine Arbeitskraft."

„Ja Markus, da hast du recht, aber der Hafenmeister war so nett und wird mir beim Auslaufen eine Hilfskraft zur Verfügung stellen und wird auch den Hafenmeister in Oslo verständigen, dasselbe zu tun." Markus streckt dem Kapitän seine offengehaltene Hand entgegen, bittet ihn aber vorsorglich keinen zu festen Druck anzuwenden, da bei dem heutigen Kampf leider auch beide Hände in Mitleidenschaft gezogen wurden und dementsprechend schmerzen.

Obwohl er nur zu gerne Krista in seine Arme genommen hätte, um sie an sich zu drücken und sie zu fühlen, streichelt er nur ganz sachte über ihre immer noch bleichen Wangen, denn eins möchte er auf jeden Fall vermeiden, nämlich das Ausnutzen einer Situation, in die sie beide ohne ihr Wollen geraten sind. Sie, die nicht die geringsten Ahnung hat, wie sehr er sich in den letzten Stunden in sie verliebt hat, schaut ihn mit großen Augen an, streckt ihm ihre Hand entgegen und fast wie ein Hauch entweicht ihrem Mund ein von Herzen kommendes „Danke für alles und gute Nacht". Ohne weitere Worte begeben sie sich in ihre Räume. Während Markus in wenigen Minuten die

Welt um sich herum vergessen hat und in einen wohlverdienten Tiefschlaf fällt, liegt Krista noch eine Zeitlang hellwach in ihrem Bett.

Wie aus heiterem Himmel erinnert sie sich plötzlich daran, dass sie durch die Aufregungen der letzten Tage und Stunden ihre Gedanken und Gefühle über ihren geliebten ‚Froschkönig' total in den Hintergrund verdrängt hat. ‚Ja, jetzt in dieser Minute wird sie ihm schreiben. Aber was kann sie ihm schreiben? Was heute passiert ist? Dass ihr Chef ihr unter Einsatz seines eigenen Lebens ihres gerettet hat?' Nein, sie kann es nicht! Stattdessen teilt sie ihm nur kurz mit, dass sie sich auf einer Yacht von Narvik nach Oslo befindet, dass der Wettergott ihnen hold ist und sie sich riesig freut, innerhalb der nächsten drei Tage wieder in Toronto und somit auch in seiner Nähe zu sein.

Nachdem sie das letzte Wort in ihr ‚Handy' getippt hat, beginnt sie hoffnungslos zu weinen. Sie weiß, dass sie dem ‚Froschkönig' die Wahrheit verschweigen muss, zumindest bis sie wieder in Toronto zurück ist und ihn vorsichtig auf das grausame Erlebnis vorbereiten kann. Aber das ist nicht der wahre Grund ihrer Zurückhaltung. Irgendwie ist in ihr heute etwas erwacht, etwas vorher nie Gekanntes hat sich in ihrem Herzen breitgemacht. ‚Aber so etwas gibt es nicht. Man kann nicht zwei Menschen zu gleicher Zeit lieben oder doch?' Die Antwort hierzu erfährt sie in dieser Nacht jedenfalls nicht mehr, denn während ihrer geistigen Suche danach wird auch sie vom Schlaf überwältigt, um erst am Morgen von der in ihre Kabine scheinenden Sonne aufgeweckt zu werden.

Eigentlich hatte Kapitän Lindberg geplant, einen weiteren Stopp in Stavanger zu machen, um dort wie mit dem Käufer vereinbart, nochmal vor der Übergabe der Luxus-Yacht alle Treibstofftanks zu füllen. Doch aufgrund der vorgefallenen Ereignisse, steht im Moment nicht Mal fest, ob der Käufer bereit ist, sein Kaufangebot aufrecht zu erhalten. Zumindest wird er versuchen, durch neue Verhandlungen den Preis der Yacht herunterzudrücken. Wie es dem auch sei, jedenfalls wird die ‚Geering ONE' an Stavanger vorbei durch die raue Nordsee auch die Ortschaften Kristiansand und Arendal links liegen lassen, um ins ‚Skagerrak' einzufahren. Von dort wird sie wenige Stunden später in das imposante Hafenbecken von Oslo, der Hauptstadt Norwegens, einlaufen und hoffentlich wie vorgeplant, ihrem neuen Eigentümer übergeben werden.

Dort werden sich dann Markus und Krista von dem Skipper Torsten Lindberg und seinem Stammmatrosen Björn Jakobsson verabschieden. Eigentlich hatte Markus hier in Oslo drei Nächte in einem der schönsten Hotels der Stadt eingeplant, aber bedingt durch die unvorhergesehenen Umstände hat er, natürlich mit Kristas Zustimmung, diesen Aufenthalt auf einen Tag reduziert, um ihr wenigstens die bedeutendsten Gebäude und attraktivsten Merkmale dieser Stadt zu zeigen.

Doch nach dem ‚Good Bye' von der auf zwei Mann reduzierten Besatzung der ‚Geering ONE' besteigen Markus und Krista ein Taxi, um sich vom Hafen zum Hotel ‚The Thief' im Zentrum der Stadt bringen zu lassen. Erst nach dem Einchecken in das ‚Fünf Sterne' Hotel mit dem nicht gerade einladend klingenden Namen ‚The Thief' (Der

Dieb), macht sich bei Krista eine deutlich spürbare Erleichterung bemerkbar. Ihre Gesichtszüge wirken wie entkrampft und manchmal sieht es so aus, als wolle ein fröhliches Lächeln ihr Gesicht langsam aber sicher wieder zurückerobern.

Auch Markus Hofer scheint sich wieder mehr und mehr wieder in der Realität zurechtzufinden. Nachdem die Beiden ihre Hotelzimmer belegt haben, bittet er Krista in sein Zimmer, da er mit seinen Kindern in Kanada telefonieren möchte, Krista aber bei dem Gespräch gerne als Zuhörerin dabei hätte. Nachdem er auf seinem ‚Handy' die direkte Durchwahl zur Zentrale des ‚Guggenhofer Konzerns' gewählt hat und den Lautsprecher seines Telefons auf ‚mithören' geschaltet hat, bittet er seine inzwischen eingetretene Mitstreiterin doch Platz zunehmen. Es dauert tatsächlich nicht Mal zehn Sekunden bevor sich Theresa Lindegaard meldet und nach einigen Begrüßungsworten das Gespräch an seinen Sohn Patrick durchstellt.

„Das darf doch wohl nicht wahr sein. Mein Vater gibt sich wirklich die große Ehre uns hier endlich Mal mitzuteilen, wo er sich aufhält und was er so treibt. So Dad, nun sei bitte so nett und beantworte deinen Kindern doch bitte die von mir gerade vorgetragenen Wünsche und Fragen. Schließlich sind hier inzwischen so viele Dinge passiert, wo wir deine Hilfe und vor allen Dingen deinen Rat dringend benötigt hätten. Selbst Helen, die ja meistens für dich Partei ergreift, ist sich sicher, dass deine Dienstreise zum ‚Geering Konzern' in Narvik ein wenig aus den Fugen geraten ist. Bist du dir ganz sicher, dass du sie nicht in eine Urlaubsreise umgewandelt hast, zumal du ja mit deiner hübschen, nun sind wir uns hierüber ganz sicher, ‚Privatsekretärin' unterwegs bist. Doch bevor ich mich selber in meinen Gefühlen hochschaukele, lasse mich nun bitte wissen, was der plötzliche Grund deines Anrufes ist, denn schließlich machen Helen als auch ich uns große Sorgen um euer Wohlbefinden."

„Okay Patrick, das alles ist ganz anders verlaufen als ich es mir vorgestellt und vorgeplant hatte. Sicherlich muss ich dir das Recht zugestehen, mir vorzuwerfen, dass ich zusammen mit Krista Rosner eine Dienstreise teilweise in eine Urlaubsreise umgewandelt habe ohne irgendjemand anders zu verständigen. Inzwischen ist mir klar geworden, dass das eine totale Fehlentscheidung war, die Krista und auch mich fast das Leben gekostet hätte..........." dann erzählt er seinem Sohn die Geschichte ihrer Reise und zwar von der Ankunft in Narvik bis zum Ende hier in Oslo.

„Dad, das darf doch alles nicht wahr sein. Das hört sich ja fast wie ein Horrorfilm an. Doch bevor du mir alles weitere erzählst, bestätige mir bitte offen und ehrlich, dass es euch jetzt gut geht und ihr Beide auch in Sicherheit seid."

„Ja Patrick, Krista und auch ich sind beide in relativ guter Verfassung. Ein bisschen lädiert schauen wir schon aus, aber das wird sich in einen Tagen schon geben. Doch nun zu meiner Frage; wo befindet sich unser Firmenjet im Moment? Denn in unserer armseligen Verfassung würde ich ihn schon einem Linienflug vorziehen, zumal die kürzeste Rückflugzeit zwischen Oslo und Toronto über München führen würde und bei rund fünfzehn Stunden liegt. Übrigens, ohne Krista hätte ich den Deal mit dem alten Geering niemals so wie jetzt über die Bühne bekommen und ich denke, der Trip durch Finnland und Norwegen war das Minimum, was ich ihr schuldig bin. Sie ist nicht nur hübsch und adrett, sondern gepaart mit Intelligenz und einem schnellen Denkvermögen, wie ich es nur selten in meinem Leben erlebt habe."

„Dad, nun werde ich das Gefühl nicht los, dass ich mir wirklich Sorgen um dich machen muss, denn dich scheint's ja ganz ordentlich erwischt zu haben. Deshalb sollte es euch auch nicht schwerfallen, noch einen Tag länger in Oslo auszuharren, denn der ‚Guggenhofer Jet' ist für einen Lieferflug am Freitag nach St. Petersburg vorgesehen und könnte euch danach in Oslo abholen, sodass ihr noch am Wochenende wieder hier in Toronto ankommt. Das käme auch Helen und mir sehr gelegen. Für die nächsten Wochen hat sich nämlich eine Delegation aus China unter der Leitung des dir bekannten Diplomaten Dr. Wei Yang angesagt. Diese Delegation zeigt äußerstes Interesse an unserer neuen voll digitalen Lungentestmaschine, die qualitätsweise nur durch die in Großbritannien hergestellten ‚Vitalograph-Geräte' mit einem deutlich höheren Preis, überboten werden kann. Wei Yang ist, wie dir bekannt ist, ein schlauer Fuchs. Ein schlauer Fuchs braucht einen anderen schlauen Fuchs als Gegenspieler und das bist nun Mal du. Ich werde sofort alles in die Wege leiten, damit euer Abholen in Oslo reibungslos verläuft. Eine große Bitte habe ich noch und Helen, die neben mir steht, nickt mit dem Kopf, bitte keine weiteren Abenteuer mehr bis ihr wieder zu Hause seid. Kannst du mir das versprechen?"

„Sohn, versprechen kann ich dir gar nichts, aber wir befolgen gerne deine Ratschläge. Bestätige mir bitte kurz per E-Mail, wenn du alles arrangiert hast. Sollte sich etwas an dem vorgesehenen Plan ändern, ruf mich kurz hier im Hotel an. Hier ist der volle Hotelname mit der Telefonnummer. Meine Zimmernummer ist die 777, Kristas ist die 779. Nun mach's gut, aber lass mich bitte noch ein paar Worte mit Helen reden. Ja, Helen schön dich zu hören …" Nach einem relativ kurzen Gespräch mit seiner Tochter übermittelt er noch viele Grüße von Krista an die beiden Junior-Chefs, bevor er abhängt.

Vollkommen ahnungslos hat Krista dem Gespräch zugehört und es schien ihr so, als ob ihr Chef ihre Anwesenheit vollkommen vergessen hätte, als er sie bei diesem Gespräch über den grünen Klee lobte.

Sein linkes Auge ist immer noch total angeschwollen und hat rundherum eine blau-gelbe Farbe angenommen. Sicherlich wird es noch einige Tage dauern, bevor es seine volle Sehschärfe wiedererlangt. Doch sein charmantes Lächeln scheint er nicht verloren zu haben, als er seiner Sekretärin mit grinsendem Gesicht erzählt, dass sie die Worte an seinen Sohn nun nicht unbedingt auf die Goldwaage legen muss. Dann lädt er sie zum Essen in das im Erdgeschoss gelegene Luxus-Restaurant ein. Nach einem leichten Abendmenü unterhalten sich die Beiden bei einem Glas Wein noch recht lebhaft über das, was nun glücklicherweise hinter ihnen liegt, bevor sie sich trennen, um sich mit dem Schlaf der kommenden Nacht für einen neuen Tag zu stärken.

Als wolle der Wettergott sie für das Erlebte der vergangenen Tage entschädigen, scheint auch heute Morgen wieder die Sonne mit voller Kraft in ihre Hotelzimmer. Als Markus Hofer, normalerweise ein Frühaufsteher, an diesem Morgen erwacht, sind die Zeiger der auf seinem Nachtschrank stehenden Weckuhr bereits auf die acht Uhr Marke vorgerückt. Mein Gott, hatte er nicht gestern Abend mit Krista vereinbart, sich um neun Uhr im Frühstücks Restaurant zu treffen? Mit einem mächtigen Satz trotz seines lädierten Körpers, springt er aus dem Bett. Rasieren, duschen, ankleiden, alles passiert halt etwas schneller als normal und so schafft er es, bereits kurz vor neun Uhr im Frühstücksraum des Hotels aufzutauchen, um noch einen der Tische direkt am Fenster mit einem prächtigen Ausblick bis hinunter zum Hafen, zu ergattern. Der Serviererin deutet er im Vorbeigehen an, dass er noch auf jemand wartet, bevor er sich mit der heutigen Tageszeitung in der englischen Fassung beschäftigt, um sich zumindest über die wichtigsten anstehenden Ereignisse in der Welt zu informieren.

Pünktlich wie abgesprochen, betritt Krista den Frühstücksraum, wirft einen schweifenden Blick über die anwesenden Gäste, bevor sie den kleinen Tisch am Fenster entdeckt, an dem sich ihr Chef hinter einer Tageszeitung verschanzt hat. Aber trotz der Zeitung vor seinem Gesicht hat auch er das zwar unauffällige, aber bedingt durch ihre Erscheinung nicht leicht übersehbare Eintreten seiner Sekretärin auf Anhieb wahrgenommen. Noch bevor er in der Lage ist ihr mit einem Handzeichen zu deuten, wo er sitzt, eilt sie bereits mit forschen Schritten auf ihn zu.

Während Markus die Zeitung zur Seite legt und sie angenehm überrascht von ihrem sicheren Auftreten nach dem gestrigen Erlebnis anschaut, bleibt sie vor ihm stehen:

„Guten Morgen Chef, darf ich sie bitte als erstes nach ihrem Wohlbefinden fragen? Ihr Gesicht macht immer noch einen recht lädierten Eindruck, aber was ist mit dem Rest ihres Körpers? Denken sie nicht, dass wir vielleicht einen Arzt oder sogar eines der Krankenhäuser in der Nähe aufsuchen sollten, damit man ihnen einige schmerzstillende Mittel verschreiben kann. Sicherlich wird das ihren Tagesablauf stark vereinfachen, denn ich kann mir schon vorstellen, dass die von ihnen heruntergespielten Schmerzen ihnen redlich zu schaffen machen."

„Krista lass mal gut sein, ich führe nämlich in meinem Reisegepäck immer ein kleines Kontingent von schmerzstillenden Mitteln mit mir, die mir notfalls für eine Woche meine Schmerzen lindern beziehungsweise mir auch eine gewisse Bewegungsfreiheit erlauben, ohne beim geringsten Schmerz gleich aufzuschreien.

Doch nun lass uns erstmal unser Frühstück in Ruhe genießen, bevor wir aus dem heutigen Tag das Beste machen. Ich kann mir gut ausmalen, dass wir das Ende aller uns betroffenen Überraschungen erreicht haben. So wie ich meinen Sohn kenne, wird er nun alles daran setzen, uns so schnell wie möglich nach Hause zu bringen. Ich könnte mir ohne weiteres vorstellen, dass er es mit seinem Organisationstalent auch schaffen wird, unser Abholen hier aus Oslo um einen Tag vorzuverschieben. Im Klartext würde das heißen, dass wir nur noch den heutigen Tag zum Ausruhen haben und uns Morgen im Laufe des Nachmittags auf die Reise nach Toronto begeben werden. Wie du selber mitgehört hast, hat sich eine Delegation chinesischer Geschäftsleute angesagt, die an unseren Produkten und zwar nicht nur dem Kauf, sondern auch der Herstellung interessiert sind. Das klingt für unseren Konzern zwar sehr interessant, ist auf der anderen Seite auch mit einer großen Gefahr verbunden. Die Chinesen sind im Laufe der letzten Jahrzehnte wahre Meister der Kopierkunst geworden und Wei Yang, der Delegationsleiter und gleichzeitig auch Diplomat der Republik China, ist einer der ganz Großen unter ihnen. Patrick weiß das, weshalb er mich unbedingt dabei haben will." Markus Hofer unterbricht seinen Redeschwall nur für einen kurzen Moment. Mit einem scharfen Blick beobachtet er die Reaktion seiner ihm gegenübersitzenden Sekretärin. Eigentlich sieht er sie seit diesem gemeinsamen Trip nicht mehr als Sekretärin, sondern viel mehr als seine Beraterin und auch gleichzeitig als eine unentbehrliche Partnerin an. Sie ist es, die ihm alles was in ihr steckt, rückhaltlos zur seinem Gebrauch zur Verfügung stellt, ihre Ideen, ihre Gedankengänge, mit kurzen Worten gesagt, ihre Arbeitskraft mit Leib und Seele und das ohne jegliche Vorbedingung ihrerseits.

„Krista, bevor uns der heutige Tag davonläuft, habe ich ein paar Dinge vorgeplant. Gefährliche Abenteuer haben wir in den letzten achtundvierzig Stunden mehr als genug erlebt. Nun ist es an der Zeit, uns einigen schöneren und entspannenderen Dingen zuzuwenden. Was würdest du sagen, wenn wir den Tag dazu nutzen, uns einige der Sehenswürdigkeiten, die diese schöne Stadt zu bieten hat, anzuschauen."

„Chef, ich denke, dass das die beste Medizin sein wird, die gruseligen Gedanken und grausamen Bilder der letzten Tage aus unseren Köpfen zu vertreiben. Auslöschen können wir sie nicht mehr, dafür haben sie sich zu tief in unser Erinnerungsvermögen eingegraben. Vielleicht gelingst es uns, sie fürs erste zu verdrängen und dann hoffentlich sie mit der Zeit zu vergessen. Doch was steht auf ihrem Plan?"

„Oslo hält so viele Sehenswürdigkeiten für seine Besucher bereit und da wir ja zwar nur für einen Tag dazugehören, schlage ich vor, das wir uns nicht nur drei der naheliegensten, sondern auch der schönsten ansehen, damit wir auch einige gute Erinnerungen aus diesem Land, welches doch in gewisser Weise auch unserer Heimat Kanada gleicht, mit nach Hause nehmen. Und ich werde mir erlauben, dich zu überraschen, denn alle drei von mir ausgesuchten Attraktionen sind per Fuß leicht erreichbar. Also, auf los geht's los."

Die als Nummer eins von Markus ausgesuchte Sehenswürdigkeit liegt nur etwa einen Steinwurf vom Hotel entfernt. Es ist das Rathaus von Oslo, ein äußerst massiver Prachtbau architektonischer Kunst, welcher mit zwei mächtigen Türmen das Stadtbild dominiert. Im Dezember jeden Jahres wird hier der Friedensnobelpreis verliehen. Als Krista und er den mit wunderschönen Wandbildern und Fresken ausgemalten Saal betreten, in dem die Verleihung stattfindet, kann selbst der hartgesonnene Markus Hofer nicht vermeiden, dass ihm ein Schauer den Rücken herunterläuft. Wie viele Menschen werden hier schon gestanden haben, um diesen Preis in Empfang zu nehmen. Menschen wie er und alle anderen, die sich in diesem Moment hier aufhalten, um diese Preisträger zu ehren und zu respektieren. Innerlich ergriffen wird ihm bewusst, dass die Empfänger des Friedensnobelpreises oft ihr ganzes Leben für den Frieden gekämpft haben und auch mehr als einer dafür sein Leben aufs Spiel gesetzt hat.

Vom Rathaus aus begeben sie sich auf den Weg zum Königspalast, ebenfalls im Stadtzentrum gelegen und von einem zweiundzwanzig Hektar großen Park umgeben. Obwohl es sich um einen der kleinsten Königspaläste in Europa handelt, beherbergt der Prachtbau immerhin noch 173 Zimmer und wird derzeit von König Harald und seiner Gattin, der Königin Sonja, bewohnt. Selbstverständlich finden hier auch alle Staatsempfänge statt. Nach ihrer eingehenden Besichtigung und einem ausgiebigen Spaziergang durch den wunderschön gepflegten Park, wird es für die Beiden Zeit, sich auf die letzte Etappe ihrer Wanderung zu begeben, nämlich zu der Festung ‚Akershus', die auf der Halbinsel Akersneset direkt an den Ufern des Oslofjords, liegt. Mit ihren alten und mächtigen Mauern dominiert sie auch heute noch das Küstenbild Oslos. Auch die Innenseite des Schlosses mit ihrem wunderschönen Festsaal begeistert besonders Krista und lässt sie die unschönen Erinnerungen der letzten Tage wenigsten momentan total vergessen. Pausenlos hält sie mit ihrer Digitalkamera alles das fest, was sie besonders beeindruckt und wie viele Bilder sie wohl geschossen hat? Sie weiß es wirklich nicht, denn über die Anzahl der Bilder hat sie längst den Überblick verloren. Drinnen wie draußen, alles ist für sie atemberaubend schön. Und der Mann an ihrer Seite kann des Öfteren sein Schmunzeln über ihr kindliches Benehmen nicht verbergen. Schließlich ist sie für ihn so etwas wie ein wiedergefundener Diamant, aber davon hat sie nicht Mal die geringste Ahnung.

Eigentlich haben die frühen Abendstunden bereits begonnen, als sie sich auf den Weg zu ihrem Hotel begeben. Beide sind rechtschaffen müde und begeben sich in ihre Zimmer mit der Vereinbarung, sich zum Abendessen in eineinhalb Stunden drunten im Restaurant zu treffen.

Sobald sie ihr Zimmer betritt und die Türe hinter sich geschlossen hat, rennt sie hastig ins Badezimmer, denn dort hat sie ihr ‚Handy' vor dem Tagesausflug auf einer Ablage liegengelassen. Ja, es liegt noch genauso da wie sie es dort hingelegt hat. Nur das blinkende blaue Licht zeigt ihr, dass eine E-Mail auf sie wartet. Mit angespannten Gesichtszügen blickt sie auf den kleinen Monitor vor ihr.

„Liebe Prinzessin, du kannst dir ja gar nicht vorstellen, wie sehr ich mich freue, dich bald wieder in meiner Nähe zu haben. Irgendwie werde ich das urkomische Gefühl nicht los, dass du mir etwas verschweigst. Deine letzte E-Mail war kurz, schön und hat mich auch sehr gefreut, aber irgendwie war sie total aussagelos. Vielleicht sollten wir doch nach deiner Rückkehr hier das Spiel beenden. Schließlich sind wir doch keine kleinen Kinder mehr. Hier bei mir ist alles in Ordnung und innerhalb der nächsten drei Wochen kann ich mich aller meiner Sorgen entledigen. So bitte lass dir doch meinen Vorschlag nochmal durch den Kopf gehen. Irgendwie werde ich nämlich das Gefühl nicht los, dass uns die Zeit davonläuft. Morgens, wenn ich erwache, denke ich an dich, abends bis zum Einschlafen denke ich an dich und dazwischen liegt ein verlorener Tag, der nie wieder zurückkommt. Bitte gib mir die Chance auf die ich nur noch drei Wochen warten muss. Ich schwöre dir, du wirst sie nie bereuen. Ich liebe dich mit jeder Faser meines Herzens und das ist alles was ich dir schenken kann. Ich wünsche dir einen schönen Flug und komm bitte, bitte gesund zurück

Dein dich für immer und ewig liebender ‚Froschkönig'"

Als würde sich der Text der E-Mail ständig ändern, so liest Krista die dort lesbaren Worte bestimmt zum fünften Mal, als sie mit Schrecken bemerkt, dass ihr die Zeit regelrecht davongelaufen ist. Hastig springt sie in die Dusche, schlüpft in ihre Abendgarderobe und schafft es gerade noch rechtzeitig mit Markus Hofer gleichzeitig den Fahrstuhl zu erreichen, der sie in die Lobby bringt.

Nach dem leichten Abendmenü und angeregter Unterhaltung, bittet sie ihren Chef, ihn einige Minuten allein lassen zu dürfen, da sie schnell in ihr Zimmer zurück möchte. Sie hat vorhin bei ihrem hektischen Aufbruch ihre Kamera vergessen, möchte ihm aber die von ihr im Bild festgehaltenen fotografischen Kunstwerke zu gerne zeigen. Als Markus die Bilder sieht, lässt sich seine Überraschung in seinem Gesichtsausdruck ablesen. Wer ist diese Frau? Gibt es eigentlich etwas, was sie nicht beherrscht?

Gleichwohl sie eine Leica-Digitalkamera von hoher Qualität besitzt, braucht man kein Kenner zu sein, um festzustellen, dass etliche Bilder absolute Meisterfotografien sind, die sie nun doch mit einem gewissen Stolz ihrem Chef zeigt.

Erschöpft und das nicht nur von ihren heutigen Exkursionen, sondern auch noch von den nachhängenden Ereignissen der letzten Tage, beschließen beide in vollkommener Übereinstimmung ihre Zimmer aufzusuchen, um sich frühzeitig zu Bett zu begeben. Immerhin steht ihnen zwar noch der morgige Tag zur Verfügung, aber Markus kann sich des Gefühls nicht erwehren, dass bereits morgen und nicht der übernächste Tag ihr Abreisetag sein wird.

Und sein Spürsinn hat ihn nicht im Stich gelassen. Tief und fest schlafend wird er um sechs Uhr morgens telefonisch aus dem Bett geklingelt.

Auf der anderen Seite der Leitung meldet sich der Kapitän des ‚Guggenhofer' Lear Jets aus St. Petersburg, um ihm mitzuteilen, dass er bereits gestern Nachmittag dort gelandet sei. Einige Male habe er bereits gestern versucht, Mister Hofer auf der ihm übermittelten Nummer zu erreichen, was ihm jedoch nicht gelungen sei. Er hoffe stark, dass seine Ladung bis Mittag gelöscht sei und er von dort den relativ kurzen Flug nach Oslo ‚Gardermoen' in den frühen Nachmittagsstunden ausführen kann. Falls es Markus Hofer und seiner Begleiterin möglich sei, sich von etwa fünf Uhr nachmittags bereitzuhalten, bittet er ihn das bitte zu tun, da die Flugzeit zum Flughafen Oslo ‚Gardermoen' in weniger als eineinhalb Stunden leicht zu bewältigen sei. Der einzige Nachteil würde es jedoch sein, dass man aus Platzgründen den Lear-Jet in Toronto wegen der mehr als erwarteten Gepäckaufnahme umrüsten musste und daher nur zwei zusätzliche Sitzplätze auf dem Rückflug zur Verfügung stünden.

„Kapitän Kramer, machen sie sich darüber keine großen Sorgen. Meine Begleiterin ist sozusagen ein Leichtgewicht und meine hundertneunzig Pfund werden sie wohl auch noch leicht auf einem Sitz unterbringen können. Also falls wir ihrerseits keine gegenteilige Nachricht erhalten, werden wir in ‚Gardermoen' im Terminal Drei heute Nachmittag ab siebzehn Uhr auf ihre Ankunft warten. Herzlichen Dank für ihre kurzfristige Benachrichtigung und dann bis heute Nachmittag." Nach Beendigung dieses Gespräches ist ein nochmaliges Einschlafen für den Seniorchef des ‚Guggenhofer Konzerns' unmöglich, weshalb er beschließt, sich auf den neuen Tatbestand einzustellen.

Kurz bevor die Zeiger der Weckuhr auf sieben zeigen, ist er rasiert, geduscht und angezogen, kurzum er ist reisefertig. Dennoch wartet er noch eine volle Stunde, bevor er mit dem Zimmertelefon Krista aufwecken möchte. Schon nach dem ersten Klingeln meldet sie sich. Als hätte sie geahnt, dass der heutige Tag ihr Abreisetag sein würde, ist auch sie reisefertig und so vereinbaren die Beiden, sich in einer halben Stunde, also um siebenuhrdreißig im Frühstücksrestaurant zu treffen.

Mit großer Erleichterung stellt Krista fest, dass die Schwellung im Gesicht ihres Chefs enorm zurückgegangen ist. Auch das linke, bis gestern Abend noch blutunterlaufene Auge, hat sich gewaltig gebessert. Dagegen bereitet ihm das Aufstehen immer noch einige Schwierigkeiten, doch Markus Hofer war in seinem gesamten Leben alles andere als ein Weichling. Schon in seinen fünfziger Jahren hatte er nach großen Rückenschmerzproblemen sogar einige Schmerzmanagement-Kurse absolviert, die ihm heute noch zu seinem Vorteil gereichen.

Doch die Freude, noch heute wieder nach Hause zu kommen, um im eigenen Bett zu schlafen, verdrängt in ihm auch die letzten Schmerzen.

Nach einem genussreichen und vielfältigen Frühstück ziehen sich die Beiden in sein Zimmer zurück, um in einem einstündigen Gespräch das Fazit ihrer Reise zu ziehen, wobei Markus Krista bittet, alles was sie jetzt besprechen zu stenografieren und nach ihrer Rückkehr in Toronto auszudrucken. Inzwischen ist es Mittag geworden und da Beide keinen Hunger verspüren, beschließen sie, sich per Taxi zum fünfunddreißig Kilometer entfernten Airport bringen zu lassen. Dort werden sie auf eine Nachricht von Flugkapitän Frank Kramer warten, der sie nach Toronto zurückfliegen wird. Nach Markus Hofers vorläufiger Schätzung werden sie dann etwa gegen zehn Uhr abends in Toronto landen.

Kapitel 10: Die Delegation aus China

Wie bereits von Markus Hofer richtig vorausgeschätzt, landet der Lear-Jet der ‚Guggenhofer International' wenige Minuten nach zehn Uhr abends auf dem ‚Lester Pearson' Airport in Toronto. Nachdem sie über die üblichen Taxiwege gerollt und nun auf dem Vorfeld vor dem Terminal 3 ihre Parkposition eingenommen haben, hat Markus bereits telefonischen Kontakt mit seinem treuen Freund und Chauffeur Moritz Drommer aufgenommen. Mit einer Sondererlaubnis ausgestattet, darf er daher mit der ‚Mercedes-Benz' Limousine bis auf wenige Meter an den geparkten Lear-Jet heranfahren, um seinen beiden Fahrgästen den Fußmarsch zum Fahrzeug-Parkplatz zu ersparen.

Nach einer kurzen, aber äußerst herzlichen Begrüßung erfolgt die Gepäckumladung vom Flugzeug ins Auto in wenigen Minuten. Immer wieder schaut Moritz in das lädierte Gesicht seines Freundes. Es fällt ihm äußerst schwer, sich auszumalen, was Markus und Krista ihm jetzt mit kurzen Worten erzählen. Um zu glauben, dass es sich genau so und nicht anders abgespielt haben muss, darüber bestehen wohl kaum Zweifel, wenn man Markus Hofer ins Gesicht schaut und auch gleichzeitig dabei seine langsamen und gleichzeitig schmerzverursachenden Bewegungen registriert.

Dennoch scheint die Freude, wieder daheim zu sein, alle Schmerzen vergessen zu lassen, denn als Markus auf der Heimfahrt das Unterhaltungsthema wechselt, wirkt Moritz Drommer auf einmal wie ausgewechselt. Als dann das

Wort ‚Narvik' fällt, scheint seine Begeisterung keine Grenzen mehr zu kennen. Schließlich hat er dort in den Jahren nach dem Ende des ‚Zweiten Weltkrieges' als junger Bursche gearbeitet und mitgeholfen, den Hafen nach dem Ende der deutschen Besatzung wieder aufzubauen.

Jetzt ist ein Feuer in ihm entfacht, welches mit seinen Erzählungen immer wieder aufs Neue geschürt wird, wobei es ihm total entgeht, dass Markus als auch Krista im Fond der Limousine fest eingeschlafen sind.

Erst als er vor dem hochaufragenden Gebäude am Ontario- See in Toronto stoppt, da sich Kristas Wohnung hier befindet, bemerkt er mit erstauntem Gesicht, dass er in der letzten Stunde mehr oder weniger mit sich selber gesprochen hat.

Sanft weckt er zuerst Markus, der wiederum Krista mit einem leichten Anstoß wachrüttelt, um ihr zu sagen, dass sie das endgültige Ziel ihrer Reise erreicht hat. Eine Reise, die er für sie eigentlich als ein Geschenk für ihre unermüdliche Arbeitsleistung gedacht hatte und die für Beide fast mit einem tragischen Ausgang geendet hätte.

In wenigen Minuten wird auch Markus Hofer zu Hause sein und nachdem Moritz ihm mit seinem Reisegepäck behilflich ist, verabschieden sich die beiden Freunde mit der Vereinbarung, dass Moritz ihn Morgen um neun Uhr abholen und zum Büro bringen wird.

Wie am Vorabend abgesprochen, steht sein Freund kurz vor neun Uhr vor seiner Wohnungstüre, um ihn abzuholen. In nur wenigen Minuten, die Markus aber trotzdem wie eine Ewigkeit vorkommen, steht er in der Lobby der ‚Guggenhofer International' Zentrale. Noch während er Theresa Lindegaard begrüßt, öffnet sich die linke Seitentüre hinter ihr und Krista kommt ihm mit einem aufmunternden Lächeln entgegen. Nichts deutet darauf hin, dass sie vor nichtmals achtundvierzig Stunden durch die pure Hölle marschiert ist.

Dann geht alles Schlag auf Schlag. Wie herbeigezaubert stehen Helen und Patrick ihrem Vater gegenüber. Helen bedeckt mit ihrer linken Hand ihren Mund, als ob sie einen Schrei im Keim ersticken wollte, doch es gelingt ihr nicht. Als sie so plötzlich in das immer noch mit den Merkmalen eines Kampfes auf Leben und Tod gezeichnete Gesicht ihres Vaters blickt, stürzt sie auf ihn zu, um sich wie ein Kind an seine Brust zu drücken. Dann beginnt sie hemmungslos zu weinen. Auch Patricks Augen haben sich vor Schreck mit Tränen gefüllt. Als ihm sein Vater gestern telefonisch von dem Geschehen auf der Luxus-Yacht ‚Geering ONE' berichtete, hatte das alles viel harmloser geklungen, als das was er jetzt hier zu sehen bekommt. Alles was er von Moritz Drommer im Laufe der Jahre hinter dem Rücken seines Vaters erfahren hatte, war der Fakt, dass dieser einfach eine unwahrscheinlich hohe Schmerzgrenze hatte und wenn eben noch ertragbar, Schmerzen als etwas ansah, was man einfach ignorieren musste.

Doch heute Morgen ist alles anders. Es ist nicht nur der körperliche Schmerz, der Markus um einen Teil seiner Kraft beraubt, sondern der seelische, der sich aus seinen Gesichtszügen deutlich herauslesen lässt. Er war es, der die Reise durch Skandinavien mit dem Ziel geplant hatte,

Krista ein ganz klein wenig zu entschädigen, für das was sie in der Zeit seit ihrer Einstellung in den Konzern geleistet hatte. Sicherlich war sie dafür finanziell entschädigt worden, doch was war das alles verglichen mit dem finanziellen Gewinn, den sie durch ihr Können und ihre Leistung der Firma eingebracht hatte.

Ganz gewiss waren auch Teile der Reise schön und manche sogar unvergesslich, aber der hauptsächliche Grund dafür war doch, dass sich die Beiden trotz allem, was ihnen zugestoßen war, einfach so fabelhaft verstanden und sie regelrecht zusammengeschweißt hatte.

Denn gewiss kam auch das Drama bei dieser ereignisreichen Reise nicht zu kurz. Der Besuch bei seinem Freund Pater Rudy war wohl ein seltenes Erlebnis und wenn er jetzt versucht, die schöne Seite mit der traurigen gegeneinander abzuwägen, muss er trotz des aufkommenden Realismus der freudigen Seite die Oberhand zugestehen. Mit dabei gewesen zu sein, ein ganz klein wenig mitgeholfen zu haben, den armen Frauen und Kindern im Hafen eine neue Zukunft aufzubauen, das alles kommt ihm jetzt erst voll zum Bewusstsein. Seines Freundes strahlenden Blick zu sehen, als er ihm den ersten Bankscheck überreichte und ihm dabei versprach, dass das erst der Start einer großen Hilfsaktion sei. Und dass niemand anders als Krista Rosner in Zukunft die Geschicke dieser Transaktionen leiten und lenken wird. Als Markus Pater Rudy sein zukünftiges Hilfeversprechen abgab und dieser dann Kristas beide Hände in seine nahm, bevor er ihr in Gottes Namen dessen Segen erteilte, ja das waren schon Momente, die man nie mehr aus seinem Gedächtnis streichen kann.

Besonders dann nicht, wenn man dabei die Gelegenheit hatte, in die funkensprühenden Augen und das überaus glückliche Gesicht seiner mit Stolz erfüllten Mitarbeiterin schauen zu dürfen.

Doch dann begann das richtige Drama, ein Drama auf Leben und Tod. Glücklicherweise siegte das Leben und damit auch die Gerechtigkeit. Aber die verbliebenen Spuren und Narben werden noch lange sichtbar sein und Markus als auch Krista in der Zukunft noch manche Stunde ihres Schlafes rauben.

Aber egal was auch immer passiert ist, jetzt sind die Beiden erst einmal wieder zu Hause. Und damit es ihnen in den nächsten Tagen und Wochen nicht etwa langweilig werden sollte, verkündet ihnen Patrick mit stolzer Stimme:

„Dad, gestern Nachmittag, als ihr euch noch auf eurem Heimflug befandet, erhielt ich den lang erwarteten Anruf von Wei Yang. Er wird innerhalb der nächsten Wochen mit seiner siebenköpfigen Delegation hier anreisen, um unser neuestes Lungentestgerät nicht nur auszuprobieren sondern auch ausgiebig zu testen. Er möchte es durch seine Delegationsteilnehmer, drei davon sind Ärzte, bei dem Rest handelt es sich um Ingenieure und Techniker, auch direkt auf seine Langzeit-Funktiontüchtigkeit einem zehnstündigen Dauertest unterziehen. Falls alle Erwartungen ihrerseits zutreffen, dessen bin ich mir sicher, dass sie es werden, können wir noch während ihres Besuches in unserem Hause mit einem Vertragsabschluss rechnen."

Krista, Helen als auch Markus haben fast andächtig den Worten Patricks zugehört. Wie man jedoch jetzt bemerken kann, macht der sechs Stunden Zeitunterschied sich bei Krista schlagartig und deutlich bemerkbar. Einige Male blinzelt sie mit ihren Augen, versucht sie krampfhaft offenzuhalten, doch dann gewinnt die Müdigkeit die Oberhand und ehe sie sich in ihr Büro zurückziehen kann, gleitet sie sanft zur Seite und wie natürlich nicht anders zu erwarten, in die aufgehaltenen Arme ihres Bosses Markus Hofer. Erst als alle Anwesenden zu lachen beginnen, reißt sie ihre Augen auf und schaut verlegen in das zurückhaltende Gesicht ihres Chefs. Patrick kann sich in seinem Sarkasmus nicht zurückhalten und verspricht ihr, in ihrem Büro eine bequemere Bettcouch aufstellen zu lassen, da es ja anscheinend zu ihrem Hobby geworden zu sein scheint, immer im richtigen Moment seinem Vater in die Arme zu fallen.

Der einzige, der nicht lacht, ist Markus. Etwas betroffen und mit einem Hauch von Traurigkeit im Gesicht, schaut er Krista in ihre weitgeöffneten Augen:

„Krista, ich möchte nun kein ‚Wenn und Aber' hören, ich bringe dich jetzt nach Hause und da bleibst du übers Wochenende. Nachdem du dich Mal wieder richtig ausgeschlafen hast, reden wir am Montag weiter. Alle bisher hier angefallene Arbeit kann jetzt auch noch zwei Tage länger warten. Wei Yang und seine Truppe kommen erst in den nächsten Wochen und bis dahin wird es uns wohl gelingen, die erforderlichen Vorbereitungen ordentlich zu treffen." Obwohl Krista die Anordnung ihres Chefs mit beiden Händen abwehrt, gibt ihr Markus keine Chance.

Mit sanfter Gewalt zieht er sie hinter ihrem Bürotisch hervor und hilft ihr beim Überwerfen ihres Jacketts. Danach schiebt er sie aus ihrem Büro durch die offenstehende Tür an Helens Büro und der Lobby vorbei in den Flur zum bereitstehenden Aufzug, um mit ihr gemeinsam in die Untergrundgarage zu gelangen.

Strahlender Sonnenschein, nicht nur über Toronto, sondern über die ganze Provinz Ontario, hat dieses Wochenende in seinen Besitz genommen. Der kanadische Sommer mit Tagestemperaturen zwischen 25° und 30° Celsius lockt die Menschen aus ihren Häusern und zwar nicht nur auf die Straßen, sondern in die sonnenüberströmten Parks und bereits geöffneten Schwimmbäder in den einzelnen Bezirken der Metropolitan. Viele Hunderte von Männern, Frauen und Kinder bevölkern bereits am Samstagvormittag die sandigen Strände in und um das Hafengelände der Großstadt.

Krista hat in der vergangenen Nacht fest und traumlos geschlafen. Trotzdem ist sie heute Morgen nach dem Frühstück doch tatsächlich nochmal kurz eingenickt, um jetzt kurz vor der Mittagszeit aufzuwachen. Auf ihrem kleinen, eingeglasten Balkon sitzend, beobachtet sie mit wachsamen Augen das rege Treiben am Sandstrand des Ontario Sees, welches tief unter ihr in ihrem direkten Blickfeld liegt.

Aber bevor sie mit ihrer Morgentoilette beginnen möchte, wird sie erst ihrem geliebten ‚Froschkönig' eine E-Mail senden. Gestern war sie wegen der sie überfallenden Müdigkeit einfach nicht in der Lage dazu. Außerdem hatte ihr Chef Markus Hofer sie in seiner Besorgnis nicht eine

Minute aus den Augen gelassen, hatte sie nach Hause gebracht und praktisch bis zum letzten Moment als sie sich in ihr Schlafzimmer zurückzog, bei ihr ausgeharrt.

„Lieber Froschkönig, du wirst es kaum glauben, ich bin wieder glücklich und gesund von einer anstrengenden Geschäfts- und teilweise auch Urlaubsreise zurückgekommen. Es war einfach aufregend, aber auch manche schöne Dinge durfte ich sehen und erleben. Doch das Schönste ist immer noch die Rückkehr und wieder daheim im eigenen Bett zu schlafen. Gestern hätte ich dir noch so gerne eine E-Mail geschickt, aber es sollte einfach nicht sein. Den ganzen Tag war mein Chef um mich herum und als ich dann endlich zu Hause war, bin ich ohne es zu merken, tief und fest eingeschlafen und nur einmal kurz nach Mitternacht wach geworden. Sei mir deshalb nicht böse, denn es sind nicht viele Minuten seit dieser Zeit vergangen, an denen ich nicht an dich gedacht habe.

Hoffentlich geht es dir gut und du kannst dir natürlich nicht vorstellen, wie sehr ich mich darauf freue, dich bald mit Leib und Seele kennenzulernen. Während der gesamten Zeit, in der ich unterwegs war, habe ich versucht, mir ein leibhaftiges Bild von dir zu machen, ja im Traum habe ich sogar mit dir geredet. Nun lass die drei Wochen wie einen Windhauch vorüberziehen. Schließlich habe ich dir doch auch so viel zu erzählen, nämlich alles das was ich dir nicht per E-Mail mitteilen, sondern dir nur sagen möchte, wenn ich dabei in deine Augen schauen darf.

Ab Montag geht alles wieder seinen gewohnten Gang und ich verspreche dir, dass ich dir jeden Tag mitteilen werde, was mit mir und um mich herum passiert. Für Heute ist es nun erstmal genug. Nun wünsche ich dir ein schönes Wochenende und vergiss bitte nicht, dass ich dich mit allem was ich mein Eigen nenne von ganzem Herzen liebe. Deine Prinzessin."

‚Send' und die E-Mail trifft nur Sekunden später bei ihrem Empfänger ein.

Während Krista wieder das rege Treiben am Strand unter ihr beobachtet, schweifen ihre Gedanken in eine ganz andere Richtung. Irgendwie wird sie von einer Art ‚Trauer' erfasst. Irgendwie hat sie das Gefühl, einem Menschen den sie zu lieben glaubt, gegenüber unehrlich zu sein. Denn, so muss sie sich eingestehen, wandern ihre Gedanken seit ihrer Lebensrettung durch ihren Chef zwischen den beiden Männern hin und her. In den einen hat sie sich aufgrund seiner oftmals poetischen Schreiben ohne ihn auch nur persönlich zu kennen, total verliebt. Doch der andere war bereit, sein Leben zu opfern, um ihres zu retten und hat nicht Mal die geringste Ahnung, welche Gedanken und Gefühle sie seit diesem Moment für ihn empfindet.

Aber hat sie sich nicht schon etliche Male selber eingeredet, dass zwischen ihr und ihm unüberbrückbare Welten liegen. Sein Reichtum, sein Lebensstil, sein Alter sind doch eigentlich nur einige der vielen Fakten, die ihr klar verdeutlichen, dass eine Liebe zwischen ihr und ihm langfristig nicht die geringsten Chancen für eine glückliche Zukunft aufweisen würde. Noch während ihre Gedanken sich vor und zurück wie hoppelnde Hasen durch ihre geistige Landschaft bewegen, erhält sie die Antwort auf ihre vorhin abgesandte E-Mail.

Mit bewegten Worten teilt ihr der ‚Froschkönig' seine Freude über ihre glückliche Rückkehr mit. Sein ihr gegebenes Versprechen, innerhalb der kommenden drei Wochen das ihn umgebende Rätsel aufzulösen, bekräftigt er zu Kristas Beruhigung noch einmal in diesem Schreiben. Vom Montag nächster Woche will er versuchen, ihr mit kleinen Schritten die Spannung durch die nächsten Wochen etwas zu mildern. Aber ein Versprechen hierfür kann er ihr nicht geben, da selbst ihm das endgültige Aufklärungsresultat noch nicht bekannt ist.

Die kommende Woche beginnt für Markus Hofer als auch für Krista Rosner, seine Mitarbeiterin, wie er sie von jetzt an offiziell bezeichnet, mit der gewohnten Routine. Während ihrer zweiwöchigen Abwesenheit ist für Beide wie zu erwarten, eine Menge Arbeit liegengeblieben, die es jetzt aufzuarbeiten gilt. Mit vereinten Kräften schaffen sie es jedoch, noch vor dem kommenden Wochenende ihre Papierberge auf ein Minimum zu reduzieren. Vom kommenden Montag an werden sie nicht umhin kommen, sich mit den Vorbereitungsarbeiten für die innerhalb der nächsten zehn Tage erwartete chinesische Delegation zu befassen. Die hierbei zu beachtenden Sicherheitsvorkehrungen werden die Priorität ihrer Arbeit ausmachen.

Da es sich bei dem von den chinesischen Interessenten geplanten Kauf um ausschließlich hochwertige medizinische Geräte, wie Lungentestmaschinen sowie Beatmungsmaschinen und dergleichen handelt, ist es für die ‚Guggenhofer Konzernleitung' ungeheuer wichtig, alle nur eben möglichen Vorsichtsmaßnahmen zu treffen. Sicherlich wird man von chinesischer Seite versuchen, die ihnen vorgeführten Geräte, sowie die dazugehörenden Pläne in geeigneten Momenten zu kopieren oder sogar zu entwenden, da in diese Geräte seitens der ‚Guggenhofer-Planungsabteilung' ungeheure Entwicklungssummen gesteckt wurden.

Nach längeren Überlegungen zwischen Markus und seinen Kindern Patrick und Helen beschließen sie, Krista die Betreuung der chinesischen Delegation während ihres Aufenthaltes in den Betriebsräumen der ‚Guggenhofer International' zu übertragen. Um zu vermeiden, dass während des äußerst wichtigen Besuches der Delegation irgendwelche Unstimmigkeiten aufkommen, werden Krista zwei der besten Detektive der Inter-Phönix Detektei, als Mitarbeiter des ‚Guggenhofer Konzerns' getarnt, nämlich Freddy Wilhelm und Lee Randall, an ihrer Seite. Deren Aufgabe wird es sein, alle nicht klipp und klar mit der Geschäftsleitung abgesprochenen Aktivitäten der chinesischen Gäste zu registrieren oder wenn eben möglich, von vorne herein im Keim zu ersticken.

Da die Räume, in denen die Testgeräte zur Verfügung stehen, sich in der ‚Guggenhofer Produktionsstätte' in Midland-Ontario, etwa achtzig Kilometer nördlich von Toronto befinden, hat Krista die Hotelunterbringung ihrer Gäste dort bereits arrangiert.

Der Vorteil des ausgewählten Ortes besteht darin, dass hier bereits die Testmöglichkeiten von der ‚Guggenhofer Entwicklungsabteilung' seit einigen Jahren ausgeführt werden. Aus Sicherheitsgründen sind daher die Testräume bereits seit der Erstellung mit unsichtbaren Lichtschranken, auf Wärme reagierenden Scannern und anderen technischen Hilfen ausgestattet.

Lange haben Markus, Patrick und Helen über Kristas schwierigen und vielleicht sogar gefahrvollen Einsatz nachgedacht. Schließlich ist sie erst eine relativ kurze Zeit für den ‚Guggenhofer Konzern' tätig, aber der entscheidende Punkt für diese Jobübertragung ist die Tatsache, dass sie sehr schnell denken und entscheiden kann, wenn eine zwielichtige oder nur schwer erkennbare Situation auf sie zukommt. Das sind nach Markus Hofer die entscheidenden Fakten, die sie bisher immer hundertprozentig richtig und sehr schnell zugunsten des Konzerns gemeistert hat.

Zwei Wochen sind inzwischen ins Land gezogen. Täglich haben Krista und die beiden ihr unterstellten Detektive alle möglichen Situationen, die beim Besuch der Delegation auftauchen könnten, nachsimuliert und immer wieder und wieder durchgespielt.

Mit großer Wahrscheinlichkeit wird es für die chinesische Delegation fast unmöglich sein, irgendeinen Schaden durch Kopieren oder unbemerkten verschwinden lassen von wichtigen Bauteilen anzurichten. Dennoch ist da eine Schwachstelle aufgetaucht, die man nicht zu vermeiden oder gar beheben kann.

Wei Yang ist als Diplomat unantastbar und braucht sich damit auch keiner Kontrolle zu unterziehen oder zu unterwerfen. Weder die Hofer Familie noch Krista und ihre beiden Detektive haben eine Vorstellung, wie man eine solche Situation meistern könnte, sollte sich diesbezüglich irgendetwas Nachteiliges ergeben. Immerhin bleibt da ja auch noch der Fakt, dass man die Geschäftspartner von einer solch enormen Größenordnung unter keinen Umständen verärgern möchte, um sie damit eventuell der Konkurrenz in die Arme zu treiben.

Dann endlich ist es soweit. Am Donnerstag der dritten Woche befinden sich Moritz Drommer und ein weiterer Chauffeur auf dem Weg zum ‚Internationalen Flughafen' in Toronto, um dort die erwarteten Gäste abzuholen und zuerst einmal in die Zentrale der ‚Guggenhofer International' zu bringen. Eigentlich war geplant, dass Patrick als auch Krista die wichtigen Gäste bei Ihrer Ankunft in Toronto begrüßen sollten, doch dann entschied Markus, dass er mit seinem Sohn Patrick zusammen für die Empfangszeremonie am Flughafen zuständig sein würde. Schließlich war es ja Patrick, der dieses Riesengeschäft angekurbelt und zustande gebracht hat.

Mit zwei großen Limousinen warten Moritz Drommer und der zweite Fahrer vor dem Terminal 1 des Lester Pearson Airports vor dem Gebäude in einer ‚Kurzzeit-Parking Zone' während Markus und Patrick im Ankunftsbereich des Flughafengebäudes auf die Ankunft ihrer Gäste vorbereiten. Die Maschine der ‚China Eastern Airlines' ist für 14.25 Uhr angekündigt und sollte planmäßig ankommen. Es ist inzwischen 15 Uhr geworden und eine Gruppe von sieben chinesischen Männern kann bei ihrer Ankunft schwerlich übersehen werden. Markus als auch Patrick haben sich in der Ankunftshalle so postiert, dass sie die beiden Ausgangstüren aus dem Zollbereich voll im Auge haben. Endlich, um 15.15 Uhr kommt die erwartete Gruppe durch die linke Ausgangstüre und postiert sich in der Halle neben einem Informationsstand. Während sie sich suchend umschauen, tritt Patrick auf den sich nach allen Seiten umschauenden Anführer der Gruppe zu, um ihn anzusprechen. Wie von Patrick erwartet, ist es Dr. Wei Yang, der diplomatische Delegationsleiter der Chinesen, dem er sich jetzt vorstellt und die Hände schüttelt. Dr. Wei Yang ist ein kleiner Mann, etwa 55 Jahre alt mit schütterem graumelierten Haar und einer dunklen Hornbrille. Er hat Wirtschaftswissenschaft in seinem Heimatland studiert, lebt in einem kleinen Vorort von Peking, wo er auch an der dortigen Universität für die letzten fünf Jahre einen Lehrstuhl für Wirtschaftswissenschaften belegt. Er genießt in Regierungskreisen einen ausgezeichneten Ruf, da er nicht nur als hochintelligent, sondern auch als ein sogenannter Hardliner des kommunistischen Systems gilt. Seine Lehr- als auch Arbeitsweise wird von vielen seiner Kollegen als äußerst unkonventionell bezeichnet, weshalb er auch von verschiedenen interessierten Industrie- und Wirtschaftsexperten aus Regierungskreisen für diese heikle Mission als der absolut richtige Mann vorgeschlagen worden war. Der Rest der Delegation besteht wie schon erwähnt aus drei Medizinern sowie Ingenieuren und einem hoch qualifizierten Techniker.

Nachdem Patrick Wei Yang begrüßt hat und bevor er sich den anderen Delegationsmitgliedern vorstellen möchte, kommt Markus schnellen Schrittes auf die beiden beieinanderstehenden Männer zu.

„So, Dr. Yang nun darf ich ihnen zuerst einmal den Seniorchef unseres Konzerns vorstellen, nämlich meinen Vater Markus Hofer. Mein Vater wollte unbedingt heute bei ihrer Begrüßung der erste sein, aber wie sie ja nun selbst gesehen und bemerkt haben, habe ich ihm diesen Rang abgelaufen.

Nach dieser relativ kurzen Begrüßung stellen sich Markus und sein Sohn den anderen Delegationsmitgliedern vor. Nach einigem Smalltalk trennt man sich in zwei Hälften, die sich auf die beiden Limousinen verteilen.

Innerhalb der nächsten halben Stunde stoppen beide Limousinen vor dem ‚Guggenhofer' Bürogebäude in der Gerrard Street, wo die Neuankömmlinge nun offiziell im Konferenzraum der Geschäftsleitung begrüßt werden. Bei Kaffee und verschiedenem Gebäck, ist es wiederum Patrick, der der Delegation Krista Rosner als die für sie zuständige Ansprech- und Begleitperson für die Dauer ihres Aufenthaltes vorstellt.

Wie bei ihr nicht anders zu erwarten, hat sie sich nicht nur für ein kurzes Begrüßungsgespräch, sondern auch zur Beantwortung eventueller Fragen dementsprechend vorbereitet. Aber sie hat Glück. Die meisten der sieben Männer haben nach ihrem strapaziösen Flug nur einen Wunsch, nämlich so schnell wie möglich das Endziel ihrer Reise, das ‚Highland Inn und Resort Center' in Midland zu erreichen und für die dann folgenden Stunden nur zu schlafen.

Da es inzwischen später Nachmittag geworden ist, benachrichtigt Krista den Hotelmanager in Midland, dass man dort in etwa einer Stunde eintreffen wird. Markus Hofer hat zwischenzeitlich noch ein kurzes aber aufschlussreiches Gespräch mit Dr. Yang geführt, der ihn ein wenig über die noch im Aufbau befindlichen Produktionsstätten der ‚Mincoma Gesellschaft' unterrichtet hat. Bei Markus haben sich während des Gespräches alle Antennen aufgestellt. Schnell, ja zu schnell ist im klar geworden, dass die Herren dieser Delegation sich definitiv zum Kauf der ‚Guggenhofer Produkte' entscheiden werden. Aber auf jeden Fall werden sie auch versuchen, während ihres Hierseins nicht nur mit Augen und Ohren zu stehlen, sondern auch alle nutzbaren Pläne, deren sie habhaft werden können, heimlich in ihr Gepäck stecken.

Nachdem sich die beiden Limousinen mit ihren hochkarätigen Gästen auf dem Weg zu ihrem Hotel in Midland befinden, bittet Markus seine drei noch in ihren Büros befindlichen Mitarbeiter, Patrick, Helen und Krista in sein Büro. Mit knappen Worten erläutert er ihnen seine Besorgnis und bittet alle drei, die Sicherheitsvorkehrungen auf das absolute Maximum hochzuschrauben, um den Interessenten das Entwenden anderer Pläne als nur den Gebrauchsanleitungen, so schwierig wie nur möglich zu gestalten.

Der Freitagmorgen ist mit strahlendblauem Himmel, also mit vollem Sonnenschein angebrochen und es verspricht ein heißer Tag in Ontario zu werden. Eigentlich zu schade, um mit ihren Gästen in einem fensterlosen Raum zu sitzen und so quasi die Aufpasserin zu spielen.

Es ist erst kurz vor Sieben Uhr also noch recht früh am Morgen und Krista ist bereits kurz vor ihrem Ziel, der Produktionsstätte der Lungentestmaschinen und sonstiger medizinischer Geräte, in Midland angelangt. Die nächste Abfahrt von der Hauptstraße nach links und nach etwa

500 Metern steht sie vor der Einfahrt in das Fabrikgelände. Bevor die chinesische Delegationsgruppe um etwa neun Uhr, wie abgesprochen, hier auftaucht, möchte sie noch gerne mit dem Produktionsmanager als auch mit zwei der für die Endabnahme der Produkte zuständigen Ingenieuren sprechen.

Da sie schon etliche Male mit Mr. Hofer als auch allein hier war, braucht sie sich beim Eintreten in die Testräume nicht den strengen Sicherheitsvorkehrungen unterwerfen. Kurz nach ihrem Eintreten wird sie von Peter Langford, dem Betriebsleiter, herzlich begrüßt und seinen beiden Ingenieuren vorgestellt.

Mister Langford stammt aus Großbritannien und wollte damals eigentlich nur für ein Jahr nach Kanada kommen, um hier noch einige einschlägige Erfahrungen zu sammeln. Doch inzwischen hat er mit der ‚Guggenhofer Produktionsfirma Midland' bereits über 25 Jahre auf dem Buckel und ist inzwischen auch seit zehn Jahren für das hiesige Wohlergehen der Firma verantwortlich.

Nach einem etwa einstündigen Gespräch mit Krista, wünscht er ihr viel Glück und verlässt die Testräume um sich seiner eigenen auf ihn wartenden Arbeit zu widmen. Kurz vor Neun erscheinen auch die beiden Detektive Freddy Williams und Lee Randall. In ihrem Schlepptau befinden sich die sieben Delegationsmitglieder.

„Guten Morgen, meine Herren.

Wie war ihre erste Nacht in Kanada, haben sie gut geschlafen und sind jetzt voll einsatzbereit?"

Mit diesen Begrüßungsworten wendet sich Krista an die Chinesen. Obwohl alle sieben die englische Sprache gut beherrschen, geht schlagartig ein ‚Geschnatter' los, welches jede normale Unterhaltung direkt im Keim erstickt. Doch bevor sie etwas sagen kann, hat Dr. Yang beide Hände über seinem Kopf zusammengeschlagen und schlagartig verstummt jedes menschliche Geräusch im Raum.

Mit kurzen Worten zeigt Krista der Delegation die zur Verfügung stehenden Maschinen und Testgeräte, die wie sie nun beteuert, von den Ingenieuren der ‚Guggenhofer Produktion' in den nächsten Stunden den Teilnehmern ausführlich erklärt werden. Doch die Einteilung, wer und wo an welchem Gerät oder welcher Maschine und in welcher Zeitspanne die Teste durchführen wird, bleibt Dr. Yang überlassen.

Obwohl eigentlich nicht erlaubt und auch nicht vorgesehen, haben drei der Delegationsteilnehmer ihre Laptop-Computer mitgebracht, um sich darauf direkte Notizen zu machen. Krista denkt sich dabei nichts und mit ihrer Zustimmung, verteilt Dr. Yang auf je einen der Testräume je einen Laptop. Der einzige Vorteil dieser Aktion ist für die ‚Guggenhofer Ingenieure', dass sie mit dem Ausdrucken der von den Delegationsteilnehmern erarbeiteten Werte nicht belästigt werden.

Dennoch hat sich in Kristas Gedankengang ein Fehler eingeschlichen. Da sie sich mit den üblichen Details eines Computers und seiner Bedienung erstaunlich gut auskennt, ist ihr bekannt, dass heute jeder neue Computer etliche USB-Eingänge hat, mit denen man über sogenannte USB-Sticks alles speichern kann. Mit klarem Verstand muss sie sich sagen, dass dies ein sehr einfacher Weg der Datenübertragung ist. Auf der anderen Seite ist diese Kopiermaßnahme aber leicht zu entdecken, da die USB-Sticks ja außen am Computer für jeden sichtbar, eingesteckt werden müssen.

Was und wovon Krista aber bisher nichts wusste, ist der Fakt, dass es zusätzlich zu dieser Datenübertragungsmethode viel versteckte andere Mittel gibt. So sind die meisten hochwertigen Laptops heute nicht nur mit USB-Eingängen, als auch über fast täglich neu auf dem Markt erscheinenden Methoden ausgerüstet, die man als ‚Bluetooth' und dergleichen bezeichnet und vollkommen kabellos Daten senden und empfangen können.

Doch eine leicht versteckbare Variante ist die Datenübertragung vom Computer auf direkte Weise auf eine winzige sogenannte SD-Karte mit unterschiedlich hoher Speicherkapazität. Diese Karte wird über einen kaum sichtbaren Schlitz in den Computer eingeführt und kann blitzschnell unauffällig ausgetauscht werden.

Als Markus allen Beteiligten vorgeschlagen hatte, neben Krista die zwei Detektive als ‚Guggenhofer Angestellte' an ihre Seite zu stellen, war das ein Vorschlag, der sich jetzt bezahlt machen sollte. Freddy Williams ist nämlich ein technischer ‚Wizzard' und besonders im Computerbereich immer auf dem neuesten Stand. Als Dr. Yang die drei Laptops auf alle drei Testräume verteilen ließ, wurde Freddy sofort klar, wie das Spiel gespielt werden sollte, denn innerhalb weniger Sekunden hatte er an allen drei unterschiedlichen Computer- Modellen die Einstellschlitze für die SD Karten und schon damit aufgeladen, entdeckt.

In den nächsten drei Stunden herrscht in allen drei Testräumen so viel Trubel, dass die drei Ingenieure der ‚Guggenhofer Testanstalt' des Öfteren total überfordert sind. Doch dann kommt die Mittagszeit und alle in den Räumen befindlichen Angestellten als auch alle Delegationsteilnehmer werden zur Kantine gebeten, wo das wohlduftende Essen bereits aufgetragen ist. Genau der richtige Zeitpunkt für Freddy Williams, Krista über die bemerkte Unregelmäßigkeit aufzuklären und ihr seinen Plan zu unterbreiten.

Nach der einstündigen Pause geht's zurück in die Testräume. Dr. Yang hat inzwischen mit Krista gesprochen und mit ihr vereinbart, notfalls zwei Stunden länger testen zu dürfen, da man dann anstatt in zwei Tagen bereits alles noch vor dem Wochenende bewerkstelligen könne und somit nicht am kommenden Montag weiter testen zu müssen. Vielmehr könnten dann bereits die Abschlussgespräche stattfinden und eventuelle Verkaufsabschlüsse unter Dach und Fach gebracht werden. Krista hat unverzüglich die Geschäftsleitung davon verständigt, sowie aber auch Markus von dem Vorfall der geladenen SD-Karten in den Laptops der Gäste informiert, die jedoch von Freddy Williams frühzeitig entdeckt wurden. Markus scheint sich aber keine größeren Sorgen mehr um die Diebstahlsabsichten seiner Gäste zu machen. Erst gestern Abend hat ihm nämlich sein Sohn mehr so beiläufig erzählt, dass er von einer der angesehensten und als absolut vertrauenswürdigsten Computerfirma alle Passwörter auswechseln ließ. Diese Firma arbeitet mit einer neuen Technik, die das Hacken eines Computers zum derzeitigen Standpunkt unmöglich macht und dafür sogar eine limitierte Garantie übernimmt. Eines hat er allerdings nicht bedacht. In seinem Plan hat Dr. Yang natürlich mit einbezogen, dass im ‚Guggenhofer Konzern' alles was der Geheimhaltung von neuen Produkten Schaden zufügen könnte, absolut bis zur maximalen Grenze abgesichert ist.

Doch deshalb und nur deshalb befindet sich im Delegationsteam von Dr. Yang ein junger Mann mit Namen Feng Huang, der in eingeweihten Kreisen als einer der weltbesten Hacker gilt und bisher alle von den namhaftesten Universitäten ausgeschriebenen Hackerkurse mit Bravour gemeistert hat. Aber das wird sich ja in den nächsten Stunden zeigen. Schließlich hat der Detektiv Freddy Williams ja auch noch seine Pläne und wer von den Beiden der Gewinner sein wird, wird sich möglicherweise erst in den nächsten Tagen entscheiden.

Aber dann passiert im Testraum Drei etwas Unerklärliches. Eine der im Dauertest belasteten Beatmungsmaschinen hat sich total überhitzt und muss daher sofort abgeschaltet werden. Nun ist guter Rat teuer. Krista trifft eigenmächtig die Entscheidung, ein zur Kundenauslieferung bereits im Versandraum der ‚Guggenhofer' stehendes Gerät mit der überhitzten Beatmungsmaschine auszutauschen, um den Zeitverlust so gering wie möglich zu halten. Durch die aufgetretene Unterbrechung ins Stocken geratenen Tester als auch die Ingenieure der Firma halten sich im Testraum Drei auf, um hier die Lage ziemlich lautstark zu diskutieren. Doch eine Person fehlt. Feng Huang, der junge Computer-Wizzard hat sich unauffällig in den Testraum Eins begeben, um mit unglaublicher Schnelligkeit das stark verschlüsselte Password zu knacken und mit der gleichen Geschwindigkeit alle benötigten Daten auf seine im ‚Guggenhofer-Zentralcomputer' eingesteckte SD-Speicherkarte zu laden.

Jedoch Freddy Williams hat ihn unbemerkt beobachtet und tritt anscheinend rein zufällig in den Testraum. Damit verwehrt er dem Chinesen die Möglichkeit, seine SD-Karte dem Computer zu entnehmen. Ihn in ein unverbindliches Gespräch verwickelnd, lehnt er sich mit dem Rücken zur Tischkante und stößt dabei scheinbar unbeabsichtigt einen kleinen offenen Kanister mit irgendeiner Flüssigkeit um, die nun langsam auf den Zentralcomputer mit der SD-Karte zuläuft. Sich tausendfach entschuldigend, versucht er mit seinem Taschentuch so viel Flüssigkeit wie nur möglich aufzuhalten, was ihm natürlich nicht gelingt. Deshalb bittet er Feng Huang schnell in den Toilettenraum zu laufen, um von dort einen Pack Papiertücher zu holen. Total überrumpelt von Freddys raffiniertem Trick rennt Feng Huang los, findet in der Toilette aber keine Papierhandtücher, da Freddy diese bereits vor seinem Eintritt in den Testraum verschwinden ließ. So bleibt dem Hacker nichts anderes übrig, als einige Rollen Toilettenpapier aus ihren Halterungen zu entfernen, mit denen er sich nun hastig zurück in den Testraum begibt.

Nicht Mal im Geringsten kommt ihm der Verdacht, dass Freddy Williams in der Zwischenzeit die mit den Konstruktionsplänen der Guggenhofer Entwicklungsabteilung vollgeladene SD-Karte mit einer absolut identischen, aber total leeren Karte ausgetauscht haben könnte.

Mit arroganter Selbstsicherheit, es ergibt sich aber auch vorher nicht mehr die Gelegenheit dazu, entnimmt Feng Huang in einem, wie er glaubt unbeobachteten Moment die SD-Karte, und steckt sie in seine Hosentasche. Jetzt braucht er sie nur noch im geeigneten Moment seinem Chef, Dr. Yang, zuzuspielen.

Während alle Delegationsteilnehmer als auch die betreffenden Angestellten der ‚Guggenhofer Research Facility' beim Verlassen des Testzentrums sich denselben Sicherheitsvorkehrungen wie beim Betreten unterwerfen müssen, kann Dr. Yang aufgrund seiner diplomatischen Immunität die Räumlichkeiten auf normalem Weg zusammen mit Krista verlassen.

Bei einem kurzen Abschlussgespräch im Konferenzsaal bedankt er sich noch einmal bei allen Beteiligten für die großartige Zusammenarbeit, wünscht allen ein schönes Wochenende und verspricht Krista, sie in der Geschäftsleitung des ‚Guggenhofer Konzerns' am Montagmorgen wiederzutreffen.

Wieder zurück in seinem Hotelzimmer, entnimmt er die ihm von seinem Meisterhacker Feng Huang zugesteckte SD-Karte seiner Jackentasche in dem sicheren Glauben, alle wissenswerten und notwendigen zum Nachbau der ‚Guggenhofer medizinischen Geräte' benötigten Pläne zu besitzen, verpackt die Karte ohne weitere Nachprüfung äußerst vorsichtig in ein weiches Tuch, um dieses danach in seiner Reisetasche zu verstauen.

Wie noch am gleichen Abend telefonisch mit Markus vereinbart, trifft sich Krista mit ihm am Samstagmittag im ‚Swiss Chalet' Restaurant im Zentrum von Toronto, um ihm die von Freddy Williams gerettete Version der alle Pläne und Daten enthaltenden SD-Karte zu übergeben.

Was Krista bei ihrem Treffen auffällt und auch gleichermaßen irritiert, ist die Tatsache, dass sich Markus ihr gegenüber sehr schweigsam verhält. Kein wie sonst üblich nettes oder gar privates Wort kommt über seine Lippen. So kommt es, dass die Beiden sich bereits nach einer halbstündigen mit belanglosen Worten gefüllten Unterhaltung fast kühl voneinander verabschieden.

Für den Rest des Wochenendes bemüht sich Krista, das Verhalten ihres Chefs zu verstehen. Aber sie kann sich nicht den geringsten Reim daraus machen. Dann endlich, am Sonntagabend als sie in ihrem eingeglasten Balkon sitzt und ihre Gedanken kaum ordentlich einsortieren kann, fällt es ihr wie Schuppen von den Augen. Die ‚Guggenhofer Geschäftsleitung' hatte ihr das China-Projekt mit vollstem Vertrauen in ihr Können übertragen und sie hatte versagt. Wäre da nicht der Privatdetektiv Freddy Williams gewesen und hätte rechtzeitig den Plan Wei Yangs vereitelt, wäre dem ‚Guggenhofer Unternehmen' ein Millionenschaden entstanden.

Krista muss sich eingestehen, sie hat versagt. Sie ist zu vertrauensselig in Dr. Yangs Falle gestolpert. Niemals hätte sie das Mitbringen der drei Laptops erlauben dürfen. Aber jetzt ist es zu spät. Glücklicherweise ist nochmals alles gutgegangen, aber sie kann das Gefühl nicht abschütteln, dass der von ihr herausgearbeitete Vertrauensvorschuss im Konzern auf ein Minimum zusammengeschrumpft ist. Was wird passieren, wenn Dr. Yang bemerkt, dass er nur noch eine vollkommen wertlose SD-Karte in seinem Gepäck hat? Sie darf nicht darüber nachdenken, weshalb sie beschließt, ihren ‚Froschkönig' um Rat zu bitten. Sie kann ihm aber nur allgemeine Details preisgeben, um die ihre eigene und auch die Identität ihres Konzerns nicht zu verraten.

Schon nach einer halben Stunde erhält sie ihre Rückantwort. Mit beruhigenden Worten erklärt ihr der ‚Froschkönig,' die Gegenseite, wie sie Dr. Yang bezeichnet hat, am Montagmorgen genau zu beobachten und falls diese beschließt, die Einkäufe ihrer Firma kurzfristig aufs Eis zu legen, um erst die Sachlage nochmals durchzurechnen, dann kann sie sich gewiss sein, dass man die leere SD-Karte nicht nachgeprüft hat. Und wenn die Delegation schnellstens unter irgendeinem Vorwand nach China zurückreisen muss, dann kann sie mit großer Gewissheit davon ausgehen, dass man von Anfang an nur auf Dokumenten-Diebstahl aus war. Falls es so eintrifft, kann sie mit ruhigem Gewissen ihre Geschäftsleitung fragen, ob ihnen ein solcher Trick mit einer SD-Karte bekannt gewesen wäre und wenn ja, warum man sie in ein offenes Messer hätte laufen lassen. Nach einigen Liebesbezeugungen wünscht er ihr viel Glück für den Montagmorgen und verspricht ihr, sich später wieder zu melden. Falls sie zwischendurch seine Hilfe benötigt, weiß sie ja, wie sie ihn unverzüglich benachrichtigen kann.

Der Montagmorgen kommt und verläuft sprichwörtlich so, wie ihn der ‚Froschkönig' seiner ‚Prinzessin' beschrieben hat. Die Käufer vertagen ihren Kauf für eine Weile, Markus Hofer entschuldigt sich für sein gestriges Verhalten und Patrick Hofer ist stinksauer, einen Deal in einer solch enormen Größenordnung vorerst verloren zu haben.

Doch wieder ist es Markus, der die betrübt da sitzende Krista und den nicht gerade himmelhoch jauchzenden Patrick aufzumuntern versucht:

„Kinder, beruhigt euch wieder, man kann nicht immer nur auf der Gewinnbank sitzen. Aber eine Gewissheit kann ich euch heute schon mit auf den Weg geben. Dr. Yang und seine Delegation werden wiederkommen und ich freue mich jetzt schon darauf gegen den schlauen Fuchs anzutreten. Doch jetzt lade ich euch alle zum Essen ein. Ich bin mir nämlich sicher, dass ihr es euch hart und ehrlich verdient habt."

Kapitel 11: Der ‚Mediator'

Die nächsten Wochen verlaufen verhältnismäßig ruhig im ‚Guggenhofer Konzern'. Selbst in der Geschäftsleitung spielte sich nichts Besonderes ab. Das Verhältnis zwischen Markus Hofer und Krista Rosner hat sich nach der Abreise der chinesischen Delegation schnell wieder normalisiert. Auch Patrick und Helen haben nur einige Tage nach ihren Vorwürfen gegen Krista, diese auf Anraten ihres Vaters schleunigst zurückgezogen, da sie beide technisch ziemlich unbegabt sind und daher von der Existenz einer SD-Karte in einem Laptop Computer nicht den geringsten Schimmer hatten.

Direkt nach der Rückkehr in sein Heimatland China hatte der schlaue Diplomat Wei Yang bemerkt, wer bei dem Spiel mit dem ‚Guggenhofer Konzern' der eigentliche Verlierer war. Als er die wie er glaubte, mit Plänen und Daten gefüllte SD-Karte seinen Vorgesetzten voller Stolz vorführen wollte, bemerkte er mit Entsetzen, dass die Karte komplett leer war. Glücklicherweise gelang es ihm, sein Missgeschick zu vertuschen und das Ganze als ein technisches Versagen auf den im Testzentrum benutzten Laptop Computer abzuwälzen.

Das Fazit der Delegationsreise zum ‚Guggenhofer Konzern' war schließlich, dass man von chinesischer Seite keine andere Wahl hatte, als die sich angesehenen und getesteten medizinischen Geräte auf legale Weise zu erwerben. Doch die ‚Guggenhofer Geschäftsleitung' mit Markus Hofer an der Spitze, ist sich mit absoluter Sicherheit darüber im Klaren, dass die Chinesen ein komplettes

Set der Geräte bis ins kleinste Detail zum Kopieren auseinander nehmen werden, um somit letztendlich doch noch zum Ziel zu kommen.

Alles wäre auch für Krista in bester Ordnung, wenn nicht die ‚dritte Woche', wie sie sie in ihrer Einbildung bezeichnet ihr ein wenig Kummer bereitet hätte. Zwischen ihr und ihrem ‚Froschkönig sind in den zwei vergangenen Wochen die E-Mails voll mit Liebesschwüren von beiden Seiten nur so hin-und hergeflogen. Doch in der jetzigen, nämlich der dritten Woche, teilt er ihr mit, dass er für einige Wochen dringend geschäftlich nach Europa muss, um dort einige schiefgelaufene Dinge wieder zurechtzubiegen. Naturgemäß ist Krista enttäuscht, hatte sie sich doch so darauf gefreut, ihn endlich mit Leib und Seele kennenzulernen und dem kindischen Spiel, wie sie es nun ansieht, endgültig den Garaus zu machen. ‚Aber aufgeschoben ist nicht aufgehoben.' Das sind praktisch die letzten entscheidenden Worte, die er ihr in seiner E-Mail an seinem Abflugtag schreibt.

Als sie am Abend auf ihrem kleinen Balkon sitzt und das rege Treiben zwanzig Stockwerke unter sich an der Wasserfront beobachtet, wird sie ohne Vorwarnung von einer bisher für sie unbekannten Traurigkeit befallen. Mag sie es als ungerecht empfinden oder nicht, heute Abend fühlt sie sich allein gelassen. Doch das ist nicht der alleinige Grund ihres Verhaltens. Alles das, was sie in den letzten Wochen versucht hat zu verdrängen, ist auf einmal wieder da. ‚Ja, sie liebt den ‚Froschkönig', aber was ist mit Markus Hofer? Es ist fast, als ob heute Abend alle Gefühle in ihr wieder wach gerüttelt worden wären. Sie weiß, dass es total sinnlos ist, die Mauern, ja Welten, die zwischen ihm und ihr liegen, nicht Mal zu beschädigen, geschweige denn, einzureißen. Wisch ihn aus deinem Gedächtnis und bleibe mit beiden Füßen auf der Erde! Nur weil dein ‚Froschkönig' alles um eine oder zwei Wochen verschoben hat, brauchst du dich jetzt nicht so anzustellen, als ob die Welt unterginge. Oder bist du tatsächlich in zwei Männer zur gleichen Zeit verliebt? Mein Gott, bitte hilf mir, ich weiß es wirklich nicht.'

Ohne es selbst zu bemerken, schläft sie in ihrem Korbstuhl ein und erwacht erst wieder kurz nach Mitternacht.

Die politische Szene ist gerade dabei, sich zwischen zwei Ländern, nämlich Kanada und Albanien dramatisch zu verändern. Kanada, einer der G8 Staaten und dementsprechend mit einem gewissen Wohlstand ausgestattet, exportiert seit Jahren an das weitaus ärmere Albanien, einem kleinen Mittelmeerstaat gegenüber von Italien und im Süden an Griechenland angrenzend, Getreide in großen Mengen, um das Land einer Hungersnot fernzuhalten. Seit dem Jahre 2014 bemüht sich die albanische Regierung um Aufnahme in die Europäische Union, bisher erfolglos, da das Land von der Hauptstadt Tirana aus mehr oder weniger immer noch von diktatorischen Strukturen regiert wird. Als der mächtigste Mann in dieser Regierung wird der albanische General Sergio Tiarez angesehen, dessen brutale Gewalt eine demokratische Staatsform nur mit Einschränkung zulässt.

Aufgrund der großen Zahlungsschwierigkeiten, an einen Devisenausgleich braucht man zu diesem Zeitpunkt nicht

Mal einen Gedanken zu verschwenden, hat die kanadische Regierung alle weiteren Lieferungen nach Albanien gestoppt. Man zeigt sich aber gewissen Konzessionen und absolut notwendig gewordenen Verhandlungen aufgeschlossen gegenüber.

Bedingung hierzu ist ein Treffen hochkarätiger Regierungsmitglieder beider Staaten, welches in einer Woche an einem neutralen Ort, nämlich der österreichischen Hauptstadt Wien stattfinden soll.

Nach langem Hin und Her seitens der kanadischen Regierung hat man den schon einige Male äußerst erfolgreich als Mediator bei Regierungsverhandlungen und Aufträgen zugezogenen Wirtschaftsmogul Markus Hofer als die Nummer Eins auf der Vorschlagsliste.

Obwohl gerade Mal die erste Jahreshälfte vorüber ist und die letzten Monate selbst für einen gewieften Verhandlungspartner wie Markus Hofer allerhand Überraschungen und Abenteuer bereitgehalten haben, stimmt dieser zu.

Nur noch fünf volle Tage stehen ihm für die Reiseplanung, einschließlich der Vorbereitung aller Reden und Gespräche mit Regierungsvertretern beider Länder zur Verfügung. Eine verdammt kurze Zeit, die anscheinend durch die Eskalation während der ersten Gesprächsphase entstanden ist.

Doch Markus Hofer zeigt sich zuversichtlich. Schon am nächsten Tag nach seiner Wahl als Mediator bittet er

Krista und Moritz Drommer gleich bei Beginn ihres Arbeitstages in sein Büro.

Nach einer kurzen Einleitung, in der er den Beiden alle interessanten Aspekte darlegt, erläutert er ihnen seinen Wunsch:

„Liebe Krista, lieber Moritz, sicherlich ist es euch nicht entgangen, dass unser Land mit Albanien, einem relativ kleinen Land im Mittelmeerraum, seit geraumer Zeit in einen heftigen politischen Streit verwickelt ist. Glücklicherweise ist es noch ein Streit mit Worten, der jedoch jederzeit eskalieren kann. Durch die Vermittlung unserer Regierung hat mich die UNO gebeten, wie schon einige Male zuvor als ‚Mediator' zu fungieren. Nach reiflicher Überlegung habe ich das Angebot angenommen. Sicherlich und mit gutem Grund werdet ihr mir jetzt die berechtigte Frage stellen: ‚Was haben wir damit zu tun?'

Hier ist meine Antwort: ‚Ich möchte euch beide mitnehmen'. Moritz, dich als meinen ständigen Begleitschutz und dich, liebe Krista um dich um mich herum zu haben, wenn ich verhandlungstechnisch nicht mehr weiter weiß, mit anderen Worten, wenn ich mich festgefahren habe.

Ich kann euer ‚Ja Wort' nicht erzwingen, aber wenn ihr mir diesen Wunsch erfüllen könnt, würde ich diese Mission mit einem enorm besseren Gefühl antreten. Überlegt es euch bitte recht gut. Bis Morgen habt ihr mit eurer Antwort Zeit."

Moritz Drommer rutscht verlegen auf seinem Stuhl hin und her, bevor er sich zu einer Antwort entschließt:

„Boss, seit über vierzig Jahren schlage ich mich mit dir herum. Viele schöne, aber auch viele unschöne Dinge habe ich während dieser Zeit mit dir erlebt. Dieser Auftrag, der dich jetzt eine Menge Kraft kosten wird, mag vielleicht die Krönung deines bisherigen Lebens werden. Es sollte doch mit dem Teufel zugehen, wenn ich nicht dabei sein sollte. Ich werde an deiner Seite sein und wenn es gegen den Teufel persönlich geht, dann soll es so sein."

Dass es wirklich dazu kommen soll, kann er nicht im Geringsten ahnen.

Mit offenstehendem Mund und einem Staunen, welches sich deutlich in ihrem Gesichtsausdruck widerspiegelt, lauscht Krista den Worten, die aus dem Mund des besten Freundes ihres Chefs kommen.

Mit einer leichten Kopfbewegung wendet sie ihr apartes Gesicht Markus Hofer zu:

„Chef, es ist mir eine große Ehre mit dabei zu sein. Dazu brauche ich keine Überlegungszeit bis Morgen. Meine Antwort ist ein klares ‚Ja' und das jetzt und hier in dieser Minute."

Markus sitzt vor ihnen. Sein Kinn hält er in beide Hände gestützt:

„Ich danke euch, ihr Beiden. Mein Gefühl hat mich nicht getäuscht, denn seit sich der Gedanke eurer Begleitung in meinen Kopf eingeschlichen hat, war mir instinktiv bewusst, dass ich die richtige Entscheidung getroffen habe. So, nun habt ihr noch zwei Tage Zeit, um eure Sachen zu packen. Übermorgen geht's los. Wir werden zusammen mit einigen Delegierten der kanadischen Regierung in einer Sondermaschine der kanadischen ‚Air Force' nach Wien zum UNO-Zentrum gebracht und einen Tag später werden die eigentlichen Verhandlungen beginnen."

In Gedanken versunken verlassen Moritz als auch Krista das Büro ihres Chefs. Die Zusage der beiden äußerst verlässlichen Mitarbeiter hat ihn in eine Hochstimmung versetzt. Irgendwie freut er sich, mal wieder in Wien zu sein, dort mit Geschick und Können in den Verhandlungen zwischen zwei Ländern vermitteln zu dürfen und ja, wenn möglich am Ende der Reise Krista mit einem besonderen Geschenk als einem kleinen ‚Danke schön' zu überraschen.

Während Patrick und Helen Hofer mit einem Stab hochqualifizierter Mitarbeiter die Geschicke des ‚Guggenhofer Konzerns' während der Abwesenheit ihres Vaters leiten und lenken werden, ist dieser bereits mit seinen beiden Vertrauten in Wien angekommen und bereitet sich auf seinen ersten Vermittlungstag vor.

Nach ihrer Ankunft werden die Drei in luxuriösen Hotelzimmern im feudalen ‚Hotel Park Inn UNO City' untergebracht. Gleich nach ihrer Ankunft und einer angemessenen Erfrischungspause beginnt eine kurze Vorstellungsrunde im Hotel, während die am nächsten Tag beginnenden Verhandlungen im Konferenzgebäude C, umrundet von UNO Bürohochhäusern, stattfinden werden.

Zu seinem großen Erstaunen wird Markus schon nach relativ kurzer Zeit klar, dass er seine Sekretärin Krista als auch seinen Freund Moritz umsonst hierher gebracht hat, da man ihm gleich einen gesamten Stab von Mitarbeitern zur Verfügung stellt. Ohne lange Überlegung trifft er daher eine, wie er glaubt salomonische Entscheidung, indem er Krista als auch Moritz in sein Zimmer bittet:

„Liebe Krista, lieber Moritz, gerade erst vor wenigen Minuten musste ich die Feststellung machen, dass mir bei der Planung dieser Reise, bedingt durch die Kürze der Zeit, ein großer Fehler unterlaufen ist. Wie man mir inzwischen hier mitteilte, steht mir ein Stab von Mitarbeitern zwecks Ausführung meiner Vermittlertätigkeit 24stündig zur Verfügung. Trotzdem bin ich froh, dass ihr mitgekommen seid. Aber es gibt mir auch die Möglichkeit, euch beiden etwas zu schenken, was ihr mir jeden Tag aufs Neue beweist und das möchte ich jetzt auch tun.

Krista, Österreich ist dein Heimatland und seit wir beide zusammenarbeiten, weiß ich wie sehr du es liebst und daran hängst. Auch ist mir bekannt, dass du aus der Steiermark stammst, also von hier aus in ein paar Stunden daheim sein kannst. Ich bin mir ganz sicher, dass sich deine Verwandten freuen werden, wenn du ihnen deinen unverhofften Besuch ankündigen wirst und du, Moritz wirst sie heil dort hinbringen. Du kannst dir ja ein gemütliches Hotel in Kristas Nähe aussuchen, alle Kosten übernehme ich. Zudem könnte ich mir vorstellen, dass Krista auch genug Zeit aufbringen wird, um dir alten Brummbär, ein wenig von ihrer schönen Heimat zu zeigen. So, jetzt macht's euch in euren Zimmern für heute Nacht bequem und haut morgen Früh schleunigst ab, bevor ich es mir anders überlege."

„Danke Boss und falls wir keine Gelegenheit mehr haben, mit dir zu sprechen, wünschen Krista und ich dir für die nächsten Tage alles erdenklich Gute und alles Glück der Welt, denn das wirst du sicher brauchen können."

Nachdem Markus die Beiden fest an sich drückt, verabschieden sie sich voneinander. Wenn er gewusst hätte, was auf ihn zukommen sollte, wäre allen Dreien der Abschied nicht so leicht gefallen. Dennoch schaut er etwas wehmütig hinter ihnen her bis sie im Aufzug verschwunden sind.

Der Gebäudetrakt C, das Konferenzzentrum der UNO City Vienna ist mit allen um ihn herumstehenden Bürotürmen direkt verbunden und daher relativ leicht von allen Seiten erreichbar. Den Teilnehmern der Kanadisch-Albanischen Konferenz hat man einen etwa fünfzig Personen fassenden Konferenzsaal an der Ostseite des Gebäudekomplexes zugeteilt. Delegationsleiter der Kanadier ist deren Außenminister Peter McGivern, während die Albaner durch ihren Regierungschef, den als Diktator in der Welt bekannten General Sergio Tiarez, vertreten sind.

Schon nach den ersten zwei Stunden haben sich die Fronten so festgefahren, dass man Markus Hofer bittet, sich in die Verhandlungen einzuschalten. Es gelingt ihm auch tatsächlich, den Knoten zu lösen und die streitenden Parteien zu einem Neustart zu bewegen.

Glücklicherweise verläuft der Tag ohne weitere besondere Vorkommnisse, aber auch von jeglichem Resultat scheint man meilenweit entfernt zu sein. Erst am fünften

Verhandlungstag, als sich immer noch kein klares Bild einer Lösung abzeichnet, beschließen beide Parteien den vollen Einsatz des ‚Mediators' Markus Hofer.

Sicherlich ist sich Markus der Tragweite seines Verhandlungsgeschicks voll bewusst, ist sich aber keinesfalls im Klaren darüber, wie der temperamentvolle und rücksichtslose Diktator Tiarez auf seine Vorschläge zur Konfliktlösung reagieren wird. Immerhin stehen auf der albanischen Seite gegenüber den Kanadiern unbezahlte Rechnungen in immenser Höhe offen. Der Albaner möchte aber die bereits von kanadischer Seite gestoppte Güterzufuhr ohne momentane Zahlung wieder in Gang bringen und danach mit stotternder Bezahlung, je nach Wirtschaftslage beziehungsweise seinem Gutdünken, in einer nicht festgelegten Zeitspanne, begleichen.

Noch während der bereits aufgeheizten Debatte ergeben sich einige weitere unklare Punkte und als dann Markus Hofer mit einem deutlich sichtbaren Hochheben seiner Hände versucht, die grundlos eskalierende Situation zu entschärfen, zieht der albanische Diktator plötzlich eine Waffe, die er auf ihn richtet. Doch mit beschwichtigenden Gebärden schreitet Markus Hofer furchtlos auf den Diktator zu, als dieser ohne weitere Warnung abdrückt. Bevor er jedoch einen weiteren Schuss abfeuern kann, hat einer der im Raum befindlichen Sicherheitskräfte Sergio Tiarez, den gefürchteten Diktator, mit einem gezielten Schuss unschädlich gemacht.

Markus Hofer torkelt noch einen Schritt nach vorne, seine rechte Hand über die Wunde auf der Herzseite haltend, bevor er blutüberströmt zusammenbricht.

Das plötzlich ausbrechende Durcheinander macht es dem in wenigen Minuten erscheinenden Ambulanzteam nicht gerade einfach, an das Opfer zu heranzukommen. Während der Notarzt Markus Hofers Jacke und Hemd aufreißt, schaut er zu seinem Kollegen auf und schüttelt kaum wahrnehmbar mit dem Kopf. Es war sehr wahrscheinlich ein Herzschuss, der dem Leben Markus Hofers ein Ende gesetzt hat.

Dennoch bringt das Team den wahrscheinlich bereits tot oder zumindest tödlich Verletzten durch den Notausgang zu einem in der Zwischenzeit vor dem Gebäude bereitstehenden Ambulanz-Hubschrauber. Alles das geschieht mit unwahrscheinlicher Präzision und Schnelligkeit. Innerhalb von Sekunden hebt der Hubschrauber mit Markus Hofer, zwei Notärzten und einem Ambulanzhelfer an Bord, ab um nach wenigen Minuten in einer vorüberziehenden Wolkendecke und mit unbekanntem Ziel zu verschwinden.

Nicht nur in Österreich, fast überall in der Welt wird nur kurze Zeit später über das ‚Internet' als auch im Fernsehen, sowie der Presse die verwerfliche Tat des albanischen Diktators Sergio Tiarez gezeigt. Die in dem Konferenzsaal hängenden Überwachungskameras zeigen in vollkommener Klarheit immer und immer wieder den Ablauf des Geschehens.

Als in dem kleinen Ort Altenmarkt in der Steiermark eine der Schwestern Kristas auf das Geschehen aufmerksam wird, rennt sie in die Küche, wo sich Krista gerade mit ihrer zweiten Schwester aufhält, und zieht sie wortlos an einem Ärmel ihres Kleides hastig ins Wohnzimmer. Als Krista das Geschehene gesehen und begriffen hat, bricht sie bewusstlos zusammen. Ein in der Nähe praktizierender Hausarzt ist sofort zur Stelle und bringt sie wieder zum Bewusstsein. Doch ein tiefer unvermeidbarer Schock bleibt.

Obwohl sich in den nächsten Tagen ein weiterer Betroffener, nämlich Moritz Drommer, äußerst liebevoll um sie kümmert, scheint sie die Lust am Leben aufgegeben zu haben. Auch ihre drei Schwestern versuchen immer und immer wieder, ihr Lebensmut einzureden, aber alle Liebesmühe ist vergeblich.

Fernsehstationen, sowie alle Radiosender und auch fast alle Zeitungen versuchen ununterbrochen, die Hintergründe des gemeinen Attentates aufzudecken. Vor allen Dingen bemühen sich die Medien zu erfahren, wohin man Markus Hofer gebracht hat oder ob er überhaupt noch lebt. Ein aufgekommenes Gerücht, dem man mehr und mehr Glauben und Beachtung schenkt, spricht von seinem Tod, da der Schuss des Diktators direkt ins Herz getroffen hätte. Aber alle direkt Beteiligten, wie von zuständiger Regierungsseite verlautet, hüllen sich aus Sicherheitsgründen in tiefes Schweigen.

In der vergangenen Nacht, als ihr der seelische Schmerz den Schlaf verwehrte, ist ihr schlagartig klar geworden, wie sehr sie ihn, ihren Markus, geliebt hat. Die andere Welt, seine Welt, die zwischen ihm und ihr lag, ist auf einmal nicht mehr da. Wie eine abgerissene Mauer ist sie verschwunden. Nicht sein Alter, nicht sein Aussehen oder gar sein Reichtum sind in der Lage, daran irgendetwas zu ändern, wenn nur eins zählt, nämlich die wahre, vorbehaltlose Liebe.

Doch da ist noch etwas anderes, was sie sehr betrübt. In den letzten Tagen, eigentlich seit der Zeit in der sie sich in Österreich aufhält, hat sie nicht ein einziges Wort von ihrem ‚Froschkönig' erhalten. Deshalb beschließt sie, ihm ihrerseits eine E-Mail zu senden. In der wird sie ihm offen und ehrlich erzählen, dass sie ihn sehr gerne hat, aber erst letzte Nacht, als alles zu spät war, erfahren hat, was die ganz große Liebe ist und wie sie diese nun auf tragische Weise verloren hat.

„Lieber Froschkönig, sehr wahrscheinlich hast du in den letzten Tagen genauso wie ich, das Tagesgeschehen in der Welt verfolgt und dabei das tragische Schicksal Markus Hofers, erfahren. Markus Hofer war mein Chef. Jetzt darf ich es dir ja sagen. Sei mir bitte nicht böse, aber für mich war er der wohl ehrenhafteste und charaktervollste Mensch, dem ich je in meinen bisherigen Leben begegnen durfte.

Lieber Froschkönig, heute Nacht als ich das schreckliche Ereignis nochmals wie in einem bösen Traum miterleben musste, wurde mir klar, was mir dieser Mann bedeutet hat. Sei mir bitte nicht böse, wenn ich heute so offen und ehrlich zu dir bin, denn es bleibt mir keine andere Wahl, als dir die Wahrheit zu schreiben. Meine Liebe und Zuneigung zu dir war immer offen und ehrlich, dennoch konnte ich eine immer stärker werdende Liebe zu meinem Chef verspüren und war letztendlich nicht in der Lage, sie einfach beiseite zu schieben. Immer wieder habe ich es versucht, doch wie es scheint, vollkommen vergeblich. Nun ist etwas in mir zerbrochen. Nach Markus Hofers Tod werde ich nie wieder in der Lage sein, einen anderen

Mann zu lieben. Mein Herz wird für immer und ewig bei ihm sein, denn ich werde es nie schaffen, ihn aus meinem zukünftigen Leben zu verdrängen. Ich könnte dir noch so viel schreiben, aber vielleicht ist der Schmerz für dich geringer, wenn wir es bei dieser kurzen E-Mail belassen. Ich wünsche dir alles Glück dieser Erde und danke dir von Herzen für die schönsten und gefühlvollsten E-Mails, die ich jemals zuvor und aber auch niemals in der Zukunft wieder erhalten werde. Es tut mir ja alles so leid. Deine Prinzessin"

Vier volle Tage sind seit dem Absenden ihrer E-Mail vergangen. Doch die von ihr erwartete Antwort ist bisher ausgeblieben. Nicht nur der ‚Froschkönig', auch über den Verbleib ihres geliebten Chefs ist es weder seinen Kindern Patrick und Helen, als auch Moritz Drommer bisher gelungen, auch nur die geringste Kleinigkeit in Erfahrung zu bringen. Krista ist der Verzweiflung nahe. Tränenströme fließen, von ihr nicht Mal mehr wahrgenommen, fast unaufhaltsam über ihr hübsches Gesicht.

Dann endlich, am Ende des vierten Tages, bekommt sie eine zwar nur kurze, aber dafür umso wichtigere E-Mail von ihrem ‚Froschkönig':

„Liebe Prinzessin, sicherlich denkst du nun, dass ich dich total vergessen hätte. Nein, das Gegenteil ist der Fall. Es blieb mir nichts anderes übrig, als mit etwas Zeit deine E-Mail zu verdauen. Doch ich bin mir ganz sicher, dass ich es nun geschafft habe, weil mir klar geworden ist, dass gegen die ganz große Liebe kein Kraut auf dieser Welt gewachsen ist. Selbstverständlich wünsche ich dir alles Liebe und nur erdenklich Gute für die Zukunft. Wie sagt der Volksmund so schön. ‚Die Zeit heilt alle Wunden.' Sicherlich wird dieser Spruch auch auf dich zutreffen.

Dennoch habe ich eine ganz große Bitte an dich. Während der gesamten vorhergegangenen Zeit war es mir als auch dir aus unterschiedlichen Gründen versagt, uns jemals zu begegnen. Doch mein größter Wunsch war und ist es auch heute noch, dir nur einmal in deine und da bin ich mir ganz sicher, wunderschönen und ausdrucksvollen Augen schauen zu dürfen.

Glaubst du, du bist stark genug, dass es du es schaffen wirst, dich nur ein einziges Mal, wenn auch nur für wenige Minuten mit mir zu treffen, egal wo und wer noch von deiner Seite dabei ist. Da ich annehme, dass du dich in Österreich aufhältst, kannst du selbstverständlich jeden dir passenden Ort als Treffpunkt vorschlagen.

Bitte denke jedenfalls Mal darüber nach, bevor du mich für mein außergewöhnliches Ansinnen mit einer Ablehnung abtust. Ich werde auf deine Antwort warten und werde sie auf jeden Fall respektieren, egal wie sie ausfällt.

Dein Froschkönig."

Schreck, Schmerz und Angst vor der Zukunft haben sich in Krista breitgemacht. Obwohl ihre Gedanken momentan oftmals große Lücken aufweisen, liest sie die erhaltene E-Mail immer wieder und wieder aufs Neue. Endlich, nach zwei Tagen der Überlegung beschließt sie, ihre Schwestern über ihr langzeitiges Verhältnis mit dem E-Mail Schreiber aufzuklären. Doch die beiden Namen ‚Prinzessin' und ‚Froschkönig' verschweigt sie geflissentlich. Dafür erzählt sie ihnen ohne auch nur geringe Details auszulassen, ihre unbeschreiblich große Liebe zu ihrem Chef Markus Hofer und deren Zustandekommen. Mit offenstehenden Mündern und hochroten Gesichtern lauschen die Drei der fast unglaubwürdigen Geschichte ihrer ältesten Schwester. Nur ab und zu wagt eine von ihnen, Krista um die Beantwortung einer kurzen Frage.

Am Ende ihrer Geschichte angelangt, liest sie ihnen von ihrem Handy die letzterhaltene E-Mail vor und verschweigt auch hier die beiden Wörter ‚Prinzessin' als auch ‚Froschkönig'.

Ohne größere Debatte, stimmen alle vier Schwestern für ein Treffen mit dem großen Unbekannten. Die jüngste Schwester schlägt als Treffpunkt eine kleine am Wegrand zwischen Radstadt und Schladming in den ‚Hohen Tauern' befindliche Kapelle als den idealen und auch leicht zu findenden Treffpunkt vor.

Noch in der gleichen Stunde erhält der ‚Froschkönig' Kristas E-Mail mit einer kurzen Lagebeschreibung und dass sie sich dort mit ihm in einer Woche vom heutigen Tag an um 15 Uhr treffen möchte. In der Hoffnung, dass er nichts dagegen einzuwenden habe, wird sie von ihren drei Schwestern begleitet. Obwohl es für beide Parteien nicht gerade der freudigste Anlass sein wird, ist sie dennoch von einer großen Spannung erfasst. „........viele liebe Grüße zum letzten Mal von deiner ‚Prinzessin'."

Die kurze Rückantwort erfolgt noch in der gleichen Minute „Herzlichen Dank für dein großzügiges Verhalten, dein ‚Froschkönig'."

Die nächsten sieben Tage bringen Krista als auch alle anderen an diesem Drama Beteiligten fast an den Rand des Wahnsinns, denn es geschieht absolut gar nichts. Der ‚Mediator' Markus Hofer ist und bleibt verschwunden. Die einzige Mitteilung der kanadischen Regierung besagt nur, dass man aus Sicherheitsgründen zurzeit noch keine Auskunft irgendwelcher Art erteilen könne und um Geduld bittet.

Krista und ihre Schwestern beschäftigen sich nur noch mit einem Thema....was ist mit Markus Hofer. Während ihre Schwestern im Stillen nicht mehr daran glauben, dass er überlebt hat, will sie es einfach nicht wahrhaben. Auch der ‚Froschkönig' hat aus Pietätsgründen in seinen letzten E-Mails alle Zusammenhänge bezüglich des Attentates auf den ‚Mediator' Markus Hofer mit keinem Wort erwähnt.

Doch die Zeit steht nicht still. Heute ist der Tag des Treffens mit dem ‚Froschkönig'. In wenigen Stunden wird sie vor dem Mann stehen, in den sie sich unbekannter Weise verliebt hat und den sie jetzt so bitter enttäuschen muss.

Nur noch drei Stunden, dann nur noch zwei Stunden, jetzt nur noch eine Stunde, bevor sie ihn in der kleinen Kapelle am Straßenrand in der Nähe des kleinen Ortes Mandling treffen wird. Sie ist grenzenlos erregt, eine Aufregung hat sich ihrer bemächtigt, die gleichzeitig auch ihre drei Schwestern erfasst zu haben scheint.

Eine etwa fünfzehnminütige Autofahrt bringt die Vier zum vollkommen leeren Parkplatz neben der Kapelle. In ihrer Aufregung hätte sich Krista beim Aussteigen fast ihre rechte Hand zwischen der Türe und der Karosserie eingeklemmt, aber glücklicherweise ist alles noch einmal glimpflich verlaufen.

Es ist ihre jüngste Schwester Gabi, die als erste, dicht gefolgt von ihren anderen Schwestern in die kleine Kapelle eintritt. Kaum hat sich die Türe hinter den Besuchern geschlossen, ertönt ein wundersames Glockenspiel mit melodischem Klang.

Das kleine Kirchlein hat auf jeder Seite sechs Reihen mit Bänken. Auf der linken Seite kniet ein alter Mann, sehr wahrscheinlich ein Bergbauer, und scheint tief im Gebet versunken zu sein.

In der dritten Reihe auf der rechten Seite, etwa in der Mitte der Bankreihe ist die Silhouette eines Mannes nur sehr schlecht erkennbar, da zwei weitere Männer in der Bank hinter ihm stehen und ihn fast verdecken.

Kristas Schwestern folgen ihr langsamen Schrittes durch den Mittelgang, als sie etwa in der Mitte der Kapelle stehenbleibt.

Sie möchte gern laut schreien, aber in ihrer Aufregung versagt ihre Stimme total, sodass sie mehrmals ansetzen muss, um auch nur einen hörbaren Ton über ihre Lippen zu bringen:

„Fro….Fro….Froschkönig, Froschkönig bist du da?"

Es ist, als ob die Töne des Glockenspiels ihre schwache Stimme verschlucken würden. Doch während sich die beiden Personen in der hinteren Bank niedersetzen, erhebt sich der bisher fast vollkommen im Schatten der beiden anderen verdeckte Mann in der dritten Reihe:

„Ja Prinzessin, hier bin ich," um sich mit langsamen, fast bedächtigen Bewegungen ihr zuzuwenden. Mit ungläubigem und unfassbarem Staunen schaut sie in Markus Hofers bleiches Gesicht. Vorsichtigen Schrittes verlässt er die Bank, um die wenigen Meter auf sie zuzugehen. Bevor er den letzten Schritt vorwärts schreiten kann, wird sie jedoch von einer tiefen Ohnmacht erfasst.

Nur den direkt hinter ihr stehenden Schwestern gelingt es, sie rechtzeitig aufzufangen. Erst als er sich über sie beugt und einige Tränen aus seinen Augen auf ihr Gesicht fallen und langsam ihre Wangen hinunterlaufen, schlägt sie ungläubig umherschauend, ihre Augen auf:

„Lieber Gott, sag mir bitte, dass ich nicht träume, bitte, bitte, lass es nie wieder fortgehen, bitte, bitte lass es wahr sein. Und du allein" dabei schaut sie Markus inständig in seine Augen, „hast es all die Zeit gewusst. Bitte, bitte lass es kein Spiel sein."

„Nein, Prinzessin, es ist kein Spiel, denn umsonst habe ich das Hochzeitsaufgebot sicherlich nicht bestellt. Ich hoffe nur von ganzem Herzen, dass du zustimmst und mir für meine Eigenmächtigkeit verzeihst."

„Ja, Markus, jetzt darf ich dich ja so nennen, und dir sagen, wie sehr ich dich liebe und zwar mit allem, was mein Herz zu geben vermag."

Mit schwacher Stimme entschlüpfen die Worte ihrem Munde.

„Krista, ich liebe dich, genauso wie du mich und bevor wir weiter reden, magst du dich wehren so viel du willst, denn dir einen Kuss zu geben, ist mein sehnlichster Wunsch, den ich mir jetzt gerade erfüllen werde."

Ohne ein weiteres Abwarten ihrer Antwort, nimmt er sie vorsichtig in seine Arme und küsst sie mit einer Intensität, dass Kristas Schwestern der Verstand stehen und der Mund offen bleibt.

Einer kleinen Prozession ähnlich, Markus mit Krista an seiner Seite und die drei Schwestern hinter dem Paar hergehend, bewegen sie sich dem Kapellenausgang zu. Als Krista mit ihren großen Augen zu ihm aufschaut und versucht nur für einen Moment ihren Kopf an seine Brust zu legen, bemerkt sie wie schmerzvoll er sein Gesicht verzieht.

Schließlich war der Schuss des Attentäters Tiarez haarscharf an seinem Herzen vorbeigegangen und wie die ihn behandelten Ärzte ihm bescheinigten, wirklich nur um Haaresbreite.

Als Markus und Krista durch die von Moritz offen gehaltene Kapellentür ins Freie schreiten, versucht Moritz seinem Boss einen großen weißen Briefumschlag in die Hand drücken, doch Markus winkt ab:

„Moritz, wie du weißt war er für Krista bestimmt. Sei bitte so nett, öffne ihn und gib ihn ihr."

Moritz reißt den übergroßen Umschlag auf und entnimmt ihm eine doppelseitige Karte, auf deren Vorderseite ein gold-grüner Frosch, nämlich der Froschkönig, zu sehen ist und drückt Krista die Karte in die Hand.

Als sie die Innenseite aufschlägt, ist diese mit einem kurzen Text versehen:

‚Liebe Krista, was immer auch mit mir in den nächsten Tagen geschehen wird, von der ersten Stunde, in der ich dich gesehen habe, habe ich mein Herz an dich verloren. In Liebe ‚Dein Froschkönig Markus Hofer'

Als Krista die Karte gelesen hat, wird ihr bewusst, dass Markus Hofer vom Beginn seiner ihm aufgetragenen Mission die Gefahr in der er sich befand, realistisch eingeschätzt hatte und trotzdem bereit war, das Risiko auf sich zu nehmen. Doch jetzt bittet er Krista um Übergabe der Karte, die wie er sich ausdrückt, nun nicht mehr gebraucht wird.

Noch einmal schaut er fast wehmütig auf das Bild des Froschkönigs auf der Vorderseite, bevor er die Karte in kleine und kleinere Stücke zerreißt. Mit einem kräftigen Schwung wirft er alles in die Luft, wo ein gerade vorbeiziehender Wind die Papierschnitzel davonträgt.

Fast andächtig schaut Markus ihnen nach, um mit wenigen Worten dem ‚Froschkönig' für immer ‚Ade' zu sagen: „Lassen wir ihn dahinziehen, den Froschkönig. Dort drüben hinter den schneebedeckten Bergen an einem stillen See liegt sein kleines Reich. Dort wird er für alle Zeiten glücklich weiterleben.

Ja, und alles was uns von ihm bleibt……. ist Fantasie."

Liebevoll schaut er Krista in die Augen, um sie danach mit der zärtlichen Berührung ihrer Wangen zu küssen.

ENDE

Alle in diesem Buch vorkommenden Personen und Handlungen sind frei erfunden. Jegliche Ähnlichkeit zu realen, lebenden oder verstorbenen Personen ist rein zufällig.

WEITERE BÜCHER
ERSCHIENEN VON HEINZ BRAST

Packender spannungsgeladener Thriller basierend auf einer wahren Geschichte

Als Pieter van Dohlen während eines Spaziergangs im südafrikanischen Dschungel wertvolle Diamanten findet, beginnt für ihn ein spektakuläres und gefährliches Abenteuer, das ihn um die ganze Welt führen wird. Für seinen Versuch, die heiße Ware sicher nach Kanada zu schmuggeln, beauftragt er den skrupellosen Diplomaten Ron Wellington mit dem Transport. Er ahnt nicht, dass Wellington längst einen perfiden Plan entwickelt hat, selbst in den Besitz der Diamanten zu gelangen und van Dohlen auszuschalten. Ein gnadenlos gieriger Zweikampf beginnt, für den van Dohlen auch den großen Traum riskiert, mit seiner geliebten Belinda in Kanada ein neues Leben anzufangen…

Gefühlvoll, dramatisch, mitreißend

Am Wörthersee lernt der weltberühmte Tenor Fabian Bauer die hübsche Gottscheerin Gabi Haas kennen. Als bei der Geburt ihrer Tochter Stefanie stirbt, verliert Fabian schockbedingt seine Stimme. In seiner Verbitterung entwickelt er sich zu einem knallharten Geschäftsmann. So führt er eine ihm erworbene marode Airline in nur wenigen Jahren zu einem unglaublichen Erfolg. Aber durch sein rücksichtsloses Verhalten steht am Ende nur noch der Dorfpfarrer Peter Weiler treu an seiner Seite. Da dieser nicht länger mit ansehen kann, wie Fabian leidet, schmiedet er einen genialen Plan. Er lädt die beiden ein mit der Gottscheer

Gruppe nach Kanada zu reisen. Trotz anfänglicher Schwierigkeiten kann er sein Glück kaum fassen, als Tatjana seine Tochter liebevoll aufnehmen. Stefanie, endlich froh eine Mama gefunden zu haben, versucht mit immer neuen Tricks, ihren Papa und Tatjana zusammenzubringen. Am Weihnachtstag passiert dann das Unfassbare. Einer seiner Airliner stürzt im Landeanflug auf Lima ab. Nun beginnt für Fabian ein unglaubliches Abenteuer in Peru, ein Wettlauf um Leben und Tod, das ihn selbst in große Gefahr bringt. Wird er je seine Tochter und Tatjana, die längst das Feuer in ihm entflammt hat, wiedersehen?

Spannender Einblick in das harte und ungewöhnliche Leben der Mennoniten in Kanada.

Den von allen Seiten hochgeschätzten Chirurgen Dr. Christian Moser hat schon immer die außergewöhnliche Lebensweise der Mennoniten fasziniert. Von seinem besten Freund und Kollegen Dr. Reitzel motiviert, lässt er sich schließlich darauf ein, diese besondere Religionsgemeinschaft hautnah kennenzulernen. Denn die Mennoniten leben nach den strengen Regeln ihres Glaubens und pflegen uralte Werte und Traditionen abseits der modernen Konsumgesellschaft. So ist es wie eine Zeitreise in die Vergangenheit als Chris auf dem lebhaften, nur etwa eine Autostunde von Toronto entfernten St. Jakobs Farmersmarkt die Bekanntschaft eines älteren Mennoniten Ehepaares macht. Doch dann steht plötzlich der Markt in Flammen. Chris rettet in allerletzter Minute auf dramatische Weise das Leben zweier Kinder, taucht dann aber unter. Eine beispiellose Suche nach dem Retter beginnt. Chris ahnt nicht wie sich von nun an sein Leben radikal verändern sollte.

Made in the USA
Middletown, DE
23 November 2015